Goldmann Science Fiction

Von Clifford D. Simak
sind außerdem im Goldmann Verlag lieferbar:

Als es noch Menschen gab. 23036
Blumen aus einer anderen Welt. 23071
Raumstation auf der Erde. 23032
Shakespeares Planet. 23273
Die unsichtbare Barriere. 23038
Der einsame Roboter. 23045
Das Tor zur anderen Welt. 23015
Invasionen. 23310

CLIFFORD D. SIMAK

Die Brüderschaft vom Talisman

THE FELLOWSHIP OF THE TALISMAN

Fantasy-Roman

Deutsche
Erstveröffentlichung

Wilhelm Goldmann Verlag

Aus dem Amerikanischen übertragen von
Jürgen Saupe
Herausgegeben von
Dr. Herbert W. Franke

Made in Germany · 11/79 · 1. Auflage · 1110

Umschlagentwurf: Atelier Adolf & Angelika Bachmann, München
Umschlagfoto: Selecciones Ilustradas, Barcelona
Gesamtherstellung: Mohndruck Graphische Betriebe GmbH, Gütersloh
Verlagsnummer: 23330
Lektorat: Helmut Putz/Melanie Berens · Herstellung: Harry Heiß
ISBN 3-442-23330-5

I

Das Herrenhaus war das erste unzerstörte Gebäude, das sie in den zwei Tagen ihrer Reise durch ein unglaublich gründlich verwüstetes Gebiet sahen.

In den zwei Tagen hatten ihnen die Wölfe von den Hügeln nachgespäht, hatten sie Füchse durchs Gebüsch schleichen und Bussarde auf kahlen Bäumen und verkohlten Balken niedergebrannter Häuser sitzen sehen. Sie waren nicht einer Seele begegnet, waren jedoch manchmal im Dickicht auf menschliche Skelette gestoßen.

Das Wetter war bis zum Mittag des zweiten Tages gut gewesen. Dann zog sich der sanfte, schon herbstliche Himmel zu, und von Norden her begann ein kühler Wind zu blasen. Manchmal peitschte ihnen der Wind eisigen, mit Schnee vermischten Regen gegen die Rücken.

Am späten Nachmittag kam Duncan Standish auf eine niedere Anhöhe und erblickte den Herrensitz, eine wirre Ansammlung von Gebäuden, die von einer Palisade und einem schmalen Graben umgeben war. Im Hof dahinter, der über eine Ziehbrücke zu erreichen war, befanden sich in Pferchen Pferde, Rinder, Schafe und Schweine. Ein paar Männer bewegten sich auf dem Hof, und aus ein paar Kaminen stieg Rauch in die Höhe. Vor der Palisade standen ein paar kleinere Häuser, die vom Feuer gezeichnet waren. Die ganze Anlage wirkte heruntergekommen.

Hinter Duncan tauchte Daniel auf, das große Streitroß, das dem Mann wie ein Hund gefolgt war. Hinter Daniel kam Beauty, der kleine graue Esel, getrabt, dem einige Ballen auf den Rücken gebunden waren. Daniel senkte den Kopf und stieß ihn leicht gegen den Rücken seines Herrn.

»Gut, Daniel«, sagte Duncan. »Wir haben eine Unterkunft für die Nacht gefunden.«

Das Pferd schnob leise.

Conrad kam den Hang heraufgestapft und blieb neben Duncan stehen. Conrad war ein kräftiger Mann. Er maß fast zwei Meter und war selbst für seine Größe schwer. Er hatte sich ein Gewand aus Schafspelzen um die Schultern gelegt, das beinahe bis zu den Knien hinabreichte. In der rechten Faust hielt er eine mächtige Keule, die aus einem Eichenast gefertigt war. Er starrte stumm auf den Herrensitz.

»Was meinst du?« fragte Duncan.

»Sie haben uns gesehen«, sagte Conrad. »Köpfe schauen über die Palisade zu uns her.«

»Du hast schärfere Augen als ich», sagte Duncan. »Bist du sicher?«

»Ich bin sicher, Herr.«

»Hör auf, mich ›Herr‹ zu nennen. Ich bin kein Herr. Mein Vater ist der Herr.«

»Wenn dein Vater stirbt, wirst du der Herr sein«, sagte Conrad. »Deshalb betrachte ich dich als Herrn.«

»Keine Verheerer?«

»Nur Menschen«, sagte Conrad zu ihm.

»Sehr unwahrscheinlich«, sagte Duncan, »daß die Verheerer einen Ort wie diesen links liegenließen. Die haben doch die kleinste Hütte in Schutt und Asche gelegt.«

»Da kommt Tiny«, sagte Conrad. »Er ist unten gewesen und hat sich umgesehen.«

Die Bulldogge kam den Hang heraufgesprungen. Sie blieb dicht vor Conrad stehen, der ihr den Kopf tätschelte. Der große Hund wedelte mit dem Schwanz. Duncan sah die beiden an, und ihm fiel wieder auf, wie ähnlich sie sich waren. Tiny reichte Conrad fast bis zur Hüfte. Ein prächtiges Tier. Es trug ein breites Lederhalsband, das mit Metallbuckeln besetzt war. Seine Ohren richteten sich nach vorn, während es auf die Gebäude hinabblickte. Der Hund ließ ein leises Knurren hören.

»Tiny gefällt es auch nicht«, sagte Conrad.

Duncan rückte sein Schwert zurecht. »Mir geht es wie dir und Tiny«, sagte er. »Uns steht eine scheußliche Nacht bevor.«

»Wir bleiben zusammen«, sagte Conrad, »und lassen uns nicht auseinanderbringen.«

»Richtig«, sagte Duncan. »Wir können also hinunter.«

Während sie den Hang hinabliefen, faßte Duncan unbewußt in seinen Umhang und suchte den Beutel, der an seinem Gürtel hing. Seine Finger fanden die Schriftrolle. Ihm war, als höre er das Pergament bei seiner Berührung knistern. Dabei war ihm auch, als höre er wieder Seine Exzellenz sagen, daß von diesen wenigen Seiten vielleicht die Zukunft der Menschheit abhinge. Seine Exzellenz übertrieb zwar gern und durfte oft nicht so ernst genommen werden, wie sie sich gab, aber Duncan sagte sich, daß der alte, stattliche Mann der Kirche diesmal wohl recht haben mochte. Das würde sich aber erst in Oxenford erweisen, und das war auch der Grund, warum er sich jetzt nicht mehr im sicheren und warmen Standish House befand.

»Eins macht mir Kopfzerbrechen«, sagte Conrad, während er neben Duncan herschritt.

»Ich hätte nicht gedacht, daß du dir je den Kopf zerbrechen würdest.«

»Das Zwergenvolk macht mir Sorgen«, sagte Conrad. »Wir haben noch nichts von ihm gesehen. Wenn jemand den Verheerern entkommen kann, dann doch die Wichte. Du kannst mir nicht weismachen, daß Zwerge und Gnomen den Verheerern nicht entgehen können.«

»Vielleicht sind sie verschreckt und halten sich verborgen«, sagte Duncan. »Schließlich kann ich mir denken, daß sie wirklich wissen, wo man sich versteckt.«

Conrads Gesicht hellte sich sichtlich auf. »Ja, das muß es sein«, sagte er.

Als sie sich der heruntergekommenen Ansiedlung näherten, tauchten hier und da Köpfe über der Schutzwehr auf. Dann erreichten sie den stinkenden Graben, aber die Zugbrücke machte keine Anstalten, sich herabzusenken.

Conrad schrie zu den Köpfen über der Palisade hinauf: »Aufmachen! Reisende suchen eine Unterkunft!«

Eine Weile geschah nichts, und Conrad mußte noch einmal rufen. Schließlich senkte sich die Brücke an quietschenden Ketten langsam und ruckartig herab. Als sie dann den Graben überquerten, sahen sie drinnen eine zusammengewürfelte Menge stehen, die sie an Landstreicher denken ließ, aber die Landstreicher waren mit Speeren bewaffnet, und einige hielten sogar grobe Schwerter in den Händen.

Conrad schwang seine Keule. »Zurück!« knurrte er. »Platz gemacht für meinen Herrn!«

Die Leute wichen zurück, senkten aber die Speere nicht und steckten die Schwerter nicht weg. Ein kleiner, verkrüppelter Mann humpelte auf sie zu. »Mein Herr heißt Euch willkommen«, winselte er. »Er bittet Euch zu Tisch.«

»Als erstes«, sagte Conrad, »eine Unterkunft für die Tiere.«

»Dort ist ein Schuppen«, sagte der Lahme. »Wir haben Heu für Pferd und Esel. Dem Hund bringe ich einen Knochen.«

»Keinen Knochen«, sagte Conrad. »Ein großes Stück

Fleisch.«

»Ich werde ihm eines besorgen«, sagte der Lahme.

»Gib ihm einen Penny«, sagte Duncan zu Conrad.

Der Schuppen bot wenigstens gewissen Schutz vor Regen und Wind. Duncan nahm Daniel den Sattel ab und stellte ihn an die Palisade. Conrad nahm dem Esel die Bündel ab und legte sie auf den Sattel.

»Ihr wollt Sattel und Bündel nicht mit Euch hineinnehmen?« fragte der Lahme. »Drinnen sind sie vielleicht sicherer.«

»Hier sind sie sicher genug«, versetzte Conrad. »Sollte sie jemand anfassen, muß er mit gebrochenen Rippen und vielleicht zerfetzter Kehle rechnen.«

Die liederliche Menge im Hof hatte sich zerstreut. Die Ziehbrücke wurde mit lautem Getöse wieder hochgezogen.

»Folgt mir jetzt, bitte«, sagte der Lahme. »Der Herr sitzt zu Tisch.«

Der große Saal des Herrenhauses war schlecht beleuchtet und roch übel. An den Wänden waren Reihen von qualmenden Fakkeln befestigt. Der Boden war seit Monaten nicht gereinigt worden. Es stank nach Hundedreck und Urin. Am anderen Ende des langen Raumes brannte ein Feuer im Kamin. In der Mitte des Saales stand ein langer Tisch, um den sich eine wüste Gesellschaft versammelt hatte. Halbwüchsige Burschen rannten umher und trugen Speisen und Getränke auf.

Als Duncan und Conrad den Saal betraten, erstarben die Gespräche, und bleiche Gesichter wandten sich ihnen zu und starrten sie an. Hunde ließen von Knochenhaufen ab und zeigten ihnen die Zähne.

Am anderen Ende des Tisches erhob sich ein Mann von seinem Sitz. Er brüllte ihnen mit fröhlicher Stimme zu: »Willkommen, Reisende! Kommt und tafelt mit Harold dem Räuber!«

Duncan bahnte sich einen Weg durch die Hundemeute, und Conrad folgte ihm.

»Ich danke Euch«, sagte Duncan, »für Eure Freundlichkeit.«

Harold der Räuber war grobknochig, und Haare und Bart waren ungepflegt. Er trug einen Umhang, der einmal dunkelrot gewesen sein mochte, jetzt aber so mit Fett befleckt war, daß er eher schlammfarben wirkte. Die Pelzbesätze an Kragen und Ärmeln waren mottenzerfressen.

Der Räuber zeigte auf einen Sitz neben ihn. »Setzt Euch, bitte, Herr«, sagte er.

Duncan stellte sich vor. »Ich heiße Duncan Standish, und der Mann, der bei mir ist, Conrad.«

»Conrad ist Euer Diener?«

»Nein, mein Gefährte.«

Der Räuber ließ sich die Antwort durch den Kopf gehen und sagte dann: »Wenn das so ist, muß er neben Euch sitzen.« Er wandte sich an den Mann neben ihm. »Einer, verschwinde. Such dir einen anderen Platz und nimm dein Schneidebrett mit.«

Einer stand widerwillig auf und ging auf der Suche nach einem freien Platz den Tisch entlang.

»Setzt Euch, bitte«, sagte der Räuber. »Es gibt Fleisch und Bier, auch Brot und den besten Honig, den Bienen nur produzieren können. Als die Verheerer über uns herfielen, setzte unser Imker, der alte Cedric, sein Leben aufs Spiel, um die Bienenkörbe hier in Sicherheit zu bringen.«

»Wann war das?« fragte Duncan. »Wann waren die Verheerer hier?«

»Im Spätfrühling. Zuerst kamen nur wenige, die Vorhut der Horde. Dadurch hatten wir Gelegenheit, die Tiere und die Bienen hereinzuholen. Als die eigentliche Horde schließlich da war, waren wir auf sie vorbereitet. Habt Ihr, Herr, je die Verheerer gesehen?«

»Nein, ich habe nur von ihnen gehört.«

»Eine üble Bande«, sagte der Räuber. »Sie kommen in allen möglichen Formen und Gestalten: Kobolde, Dämonen, Teufel und viele andere, die einem die Angst ins Gedärm jagen und einen schwach werden lassen. Am schlimmsten sind die Haarlosen. Sehen aus wie Menschen, sind aber keine. Sie sind wie starke, mächtige Schwachsinnige, die keine Furcht kennen und nur den Wunsch haben zu töten. Sie haben kein einziges Haar am ganzen Körper. Sie sind weiß wie die Maden, die man unter einem verfaulten Baumstamm findet. Fett und schwer wie Maden. Eigentlich sind sie nicht fett, wenn ich es mir recht überlege; sie bestehen aus nichts als Muskeln. Sie sind unvorstellbar stark. Sie töten und brennen alles gnadenlos nieder. Wild sind sie und kennen sich mit der Zauberei aus. Wir hatten große Schwierigkeiten, sie uns vom Leib zu halten. Wir widersetzten uns ihrem Zauber und waren ihnen an Wildheit gleich, obwohl ihr Anblick einen schon zu Tode erschrecken kann.«

»Ich nehme an, Ihr wart nicht erschrocken.«

»Nein«, sagte der Räuber. »Meine Männer sind harte Burschen. Wir wollten diesen Ort, den wir gefunden haben, nicht aufgeben.«

»Gefunden?«

»Ja. Ihr seht ja, daß wir nicht die Leute sind, die man gewöhnlich an einem solchen Ort antrifft. Versteht Ihr, Räuber ist nur mein Spitzname. Wir sind ein Haufen ehrsamer Arbeiter, die keine Anstellung finden. Wir taten uns zusammen, um eine ruhige Ecke zu finden, wo wir das Land bebauen und unsere Familien ernähren können. Wir haben sie erst gefunden, als wir hier auf diesen verlassenen Ort trafen.«

»Wollt Ihr damit sagen, daß hier niemand lebte?«

»Keine Seele«, sagte der Räuber scheinheilig. »Wir beschlossen, uns hier einzurichten, bis die rechtmäßigen Besitzer zurückkommen würden.«

»Dann würdet Ihr ihnen den Besitz zurückgeben?«

»Aber gewiß«, sagte der Räuber. »Wir würden uns dann eine andere ruhige Ecke suchen.«

»Das ist sehr großzügig von Euch«, sagte Duncan.

»Nicht der Rede wert. Doch genug davon. Erzählt mir von Euch selbst. Reisende seid Ihr. In dieser Gegend zeigen sich nicht viele Reisende. Sie ist zu gefährlich.«

»Wir sind auf dem Weg in den Süden«, sagte Duncan, »nach Oxenford, vielleicht weiter nach London.«

»Und Ihr fürchtet Euch nicht?«

»Natürlich fürchten wir uns. Wir sind jedoch gut bewaffnet und werden wachsam sein.«

»Das ist auch nötig«, sagte der Räuber. »Ihr werdet durch die Mitte des Öden Landes kommen. Dort lauern viele Gefahren. Nahrung wird kaum zu finden sein.«

»Ihr selbst kommt gut zurecht?«

»Wir konnten unsere Tiere retten. Wir haben spät noch einmal gesät, als die Verheerer weitergezogen waren, aber die Ernte fiel natürlich mager aus. Und die Wölfe sind hinter unseren Schafen her.«

Vor Duncan und Conrad wurden Schneidebretter und dann Schüsseln mit Fleisch abgesetzt. Ein zweiter Junge brachte einen Laib Brot und einen Teller Honigwaben.

Während Duncan aß, sah er sich am Tisch um. Ganz gleich, was der Räuber gesagt hatte, die Männer, die dort saßen, waren keine ehrlichen Arbeiter. Sie hatten Augen wie Wölfe. Vielleicht eine Bande Plünderer, die von den Verheerern überrascht worden war und sich hierher gerettet hatte.

»Wo sind jetzt die Verheerer?« fragte er.

»Niemand weiß es«, teilte ihm der Räuber mit. »Sie können überall sein.«

»Aber hier ist doch eben erst die Grenze des Öden Landes. Es heißt, sie sind tief ins nördliche Britannien eingedrungen.«

»Ach ja, vielleicht. Wir wissen nichts. Ihr seid die einzigen, die wir gesehen haben. Ihr müßt etwas Wichtiges vorhaben, daß Ihr hierher kommt.«

»Wir überbringen Botschaften, sonst nichts.«

Duncan fiel auf, daß keine Frauen zu sehen waren. In einem gut geführten Herrenhaus wären Damen am Tisch gesessen. Wenn es hier Frauen gab, so versteckte man sie.

Ein Bursche brachte einen Krug Bier. Es war köstlich. Duncan sagte es dem Räuber. Der hatte sich in seinen Sitz zurückgelehnt und hielt die Augen geschlossen. Die Gespräche im Saal waren verstummt.

Duncan schnitt zwei Scheiben Brot ab und reichte eine an Conrad weiter. Er strich sich Honig auf das Brot. Wie der Räuber gesagt hatte, war er hervorragend, rein und süß aus Sommerblüten gewonnen.

Im Kamin stürzte funkensprühend ein Balken in sich zusammen. An den Wänden waren einige Fackeln verlöscht, qualmten aber ölig weiter.

Ein erstickter Schrei ließ Duncan aufspringen. Er blieb lauschend stehen, und der Schrei ertönte wieder, ein Kampfschrei, kein Schmerzensruf. Conrad schoß in die Höhe. »Das ist Daniel«, platzte er heraus.

Duncan rannte, von Conrad gefolgt, durch den Saal. Er riß das Schwert aus der Scheide. Conrad rüttelte an der Tür, drückte sie auf, und die beiden stürzten auf den Hof hinaus. Draußen brannte ein großes Feuer, und in seinem Schein erblickten sie eine Gruppe Männer, die um den Schuppen standen, in dem die Tiere untergebracht worden waren. Die Gruppe löste sich eben auf und stob auseinander.

Daniel wieherte zornig, hatte sich auf die Hinterbeine erhoben und schlug mit den Vorderhufen nach den Männern vor ihm. Ein Mann lag hingestreckt am Boden, und ein zweiter kroch fort. Duncan und Conrad liefen über den Hof, und das Pferd wirbelte die Vorderbeine durch die Luft und traf einen Mann am Kopf. Er stürzte zu Boden. Dicht neben Daniel hatte

Tiny einen Mann am Hals gepackt und schüttelte ihn wütend hin und her. Der kleine Esel schlug mit allen vieren um sich.

Als die wenigen Männer, die noch vor dem Schuppen standen, die beiden Gefährten über den Hof rennen sahen, ergriffen sie die Flucht.

Duncan war nun bei dem Pferd. »Es ist gut jetzt«, sagte er. »Wir sind ja da.«

Daniel schnob laut.

»Loslassen!« befahl Conrad dem Hund. »Er ist tot.«

Der Hund gehorchte und leckte sich die blutige Schnauze. Zwei Männer lagen vor Daniel und rührten sich nicht mehr. Ein dritter schleppte sich mit gebrochenen Knochen über den Hof.

Aus der Tür zum großen Saal quollen die Männer. Sie blieben in Gruppen stehen und starrten herüber. Der Räuber bahnte sich einen Weg durch die Menschenmenge und kam auf Duncan und Conrad zu.

Er brüllte: »Was geht hier vor? Ich nehme Euch gastfreundlich auf, und hier liegen meine Leute und sind tot!«

»Sie wollten unsere Sachen stehlen«, sagte Duncan. »Vielleicht wollten sie sich auch die Tiere aneignen. Wie Ihr seht, gefiel das denen nicht.«

Der Räuber gab sich entsetzt. »Das kann ich nicht glauben. Meine Leute würden etwas so Schäbiges nicht tun.«

»Eure Leute sind ein schäbiger Haufen«, sagte Duncan.

»Mir ist das sehr peinlich«, sagte der Räuber. »Mit Gästen streite ich mich nicht.«

»Wir brauchen gar nicht zu streiten«, sagte Duncan scharf. »Laßt die Brücke herab. Wir gehen. Ich bestehe darauf.«

Conrad hob die Keule und trat dicht vor den Räuber. »Ihr habt verstanden«, sagte er. »Mein Herr besteht darauf.«

»Na schön«, sagte der Räuber. Er rief seinen Männern zu: »Laßt die Brücke herab, damit unsere Gäste gehen können!«

»Die Leute bleiben, wo sie sind«, sagte Conrad. »Sonst wird Euch der Schädel eingeschlagen.«

»Bleibt, wo ihr seid!« schrie der Räuber. »Laßt sie ziehen! Wir wollen keinen Ärger!«

Conrad sagte zu Duncan: »Leg Daniel den Sattel auf und Beauty das Gepäck. Ich kümmere mich um den hier.«

Die Zugbrücke wurde schon herabgelassen. Als sie auf der anderen Seite des Grabens aufsetzte, waren sie bereit.

»Ich nehme mir den Räuber vor«, sagte Conrad, »bis wir über

der Brücke sind.«

Er zerrte den Räuber hinter sich her. Die Männer im Hof blieben auf Abstand. Tiny sicherte nach hinten.

Als Duncan auf der Brücke war, bemerkte er, daß es aufgeklart hatte. Ein fast voller Mond stand am Himmel, und Sterne blitzten. Nur ein paar Wolken trübten noch den Gesamteindruck.

Am Ende der Brücke hielten sie an. Conrad ließ den Räuber los.

Duncan sagte zu ihrem ehemaligen Gastgeber: »Sobald Ihr zurück seid, zieht Ihr die Brücke hoch. Eure Leute schickt Ihr uns lieber nicht nach. Wenn Ihr es tut, lassen wir Pferd und Hund los. Es sind Kampftiere, wie Ihr gesehen habt. Sie würden Kleinholz aus Euren Leuten machen.«

Der Räuber erwiderte nichts. Er stapfte zurück über die Brücke. Als er den Hof erreichte, brüllte er einen Befehl. Ein Rad quietschte, Ketten klirrten und Holz ächzte. Die Brücke hob sich langsam.

»Gehen wir«, sagte Duncan, als sie halb aufgezogen war.

Tiny lief voraus, und sie folgten einem schmalen Pfad, der einen Hügel hinablief.

»Wohin gehen wir?« fragte Conrad.

»Ich weiß nicht«, sagte Duncan. »Nur fort von hier.«

Tiny vor ihnen knurrte drohend. Auf dem Pfad stand ein Mann. Duncan trat neben Tiny. Zusammen gingen sie auf den Mann zu. Der sprach sie mit zitternder Stimme an: »Habt keine Angst, Herr. Es ist nur der alte Cedric, der Imker.«

»Was machst du hier?« fragte Duncan.

»Ich bin hier, um Euch zu führen, Herr. Außerdem habe ich etwas Proviant bei mir.« Er hob einen Sack hoch, der vor seinen Füßen lag. »Ein Stück Speck», sagte er, »ein Schinken, einen Laib Brot und etwas Honig. Und ich kann Euch den Weg zeigen, der Euch am raschesten weit fortbringt. Ich habe mein ganzes Leben hier verbracht. Ich kenne das Land.«

»Wieso hilfst du uns? Du gehörst zu den Leuten des Räubers. Er hat von dir erzählt. Er sagte, du hättest die Bienen gerettet, als die Verheerer kamen.«

»Ich gehöre nicht zu den Leuten des Räubers«, sagte der Imker. Ich war schon Jahre hier, als er kam. Wir lebten hier gut, der Herr und wir alle. Wir waren friedliche Menschen. Wir hatten keine Chance, als der Räuber kam. Wir konnten uns nicht wehren. Er kam vor zwei Jahren . . .«

»Du bist aber beim Räuber geblieben?«

»Nicht geblieben. Man hat mich verschont, weil er weiß, daß ich mit Bienen umgehen kann, und er mag guten Honig.«

»Und du wirst uns den schnellsten Weg zeigen, der uns vom Räuber wegbringt?«

»Das werde ich.«

»Der Räuber wird aber wissen, daß du uns geholfen hast. Er wird sich an dir rächen.«

Cedric schüttelte den Kopf. »Man wird mich nicht vermissen. Ich bin immer bei den Bienen.«

Conrad nahm dem alten Mann den Sack ab. »Ich trag ihn«, sagte er. »Später können wir ihn zum Gepäck des Esels tun.«

»Glaubst du, daß uns der Räuber mit seinen Leuten verfolgen wird?« fragte Duncan.

»Ich weiß nicht.«

»Du haßt ihn doch. Warum kommst du nicht mit uns?«

»Das würde ich gerne tun. Aber ich kann meine Bienen nicht allein lassen.«

Conrad brummte: »Die verflixten Bienen. Wir reden hier, und das kann unser Ende sein.«

»Ich denke zuviel an die Bienen«, sagte der alte Mann. »Folgt mir. Bleibt dicht hinter mir.«

Er huschte wie ein Gespenst vor ihnen her. Manchmal trabte er los, rannte ein Stück, ging wieder vorsichtig und langsam. Von Norden her blies immer noch ein kalter Wind, aber es regnete nicht mehr.

Duncan war müde. Sein Körper wollte sich schlaftrunken dem erstaunlich raschen Schritt des alten Cedric nicht anpassen. Duncan stolperte ab und zu. Conrad sagte zu ihm: »Steig aufs Pferd!« Duncan schüttelte den Kopf. »Daniel ist genauso müde«, sagte er.

Sein Denken löste sich von den Füßen. Die bewegten sich weiter, brachten ihn voran, an dunklen Wäldern und Hügeln vorbei. Sein Denken war anderswo. Es kehrte zu dem Tag zurück, an dem alles begonnen hatte.

2

Duncan hatte zum ersten Mal geahnt, daß er für eine besondere Aufgabe ausersehen war, als er die prächtig gewundene Treppe herabstieg und zur Bibliothek lief, wo sein Vater mit dem Erzbischof wartete, wie ihm der Diener gesagt hatte.

Duncan war es gewohnt, zum Vater gerufen zu werden, aber welche Geschäfte hatten den Erzbischof ins Schloß geführt? Seine Exzellenz war ein älterer, wohlgenährter Mann, der selten die Abtei verließ. Es mußten schon ungewöhnliche Dinge geschehen, bevor er sich auf sein graues Maultier setzte.

Duncan betrat die Bibliothek mit ihrer großen Sammlung von Schriftrollen, ihren bunten Fenstern und dem Hirschgeweih über dem prasselnden Kamin.

Sein Vater und der Erzbischof saßen am Feuer, und als er eintrat, erhoben sie sich, um ihn zu begrüßen.

»Duncan«, sagte sein Vater, »wir haben einen Besuch, den du sicher kennst.«

»Euer Exzellenz«, sagte Duncan und eilte zum Erzbischof, um seinen Segen entgegenzunehmen. »Gut, Euch zu sehen. Es ist Monate her.« Er beugte das Knie, und als der Segen erteilt war, hieß ihn der Kirchenmann mit einem Wink wieder aufstehen.

»Natürlich kennt er mich«, sagte der Erzbischof zu Duncans Vater. »Ich ließ ihn manchmal rufen, um ihm gut zuzureden. Anscheinend war es für die guten Brüder nicht einfach, seinem Schädel einfaches Latein und ein wenig Griechisch einzutrichtern.«

»Aber Euer Exzellenz, das war alles so langweilig«, sagte Duncan. »Das Konjugieren eines Verbs, was kann das einem . . .«

»Darüber klagen sie alle«, sagte Seine Exzellenz. »Wobei du dich besser als die meisten geschlagen hast.«

»Lassen wir das Spotten und setzen wir uns«, sagte Duncans Vater. »Wir haben etwas zu besprechen.« Er wandte sich an Duncan. »Hör genau zu, mein Sohn. Es geht dabei um dich.«

»Ja«, sagte Duncan und setzte sich.

Der Erzbischof lehnte sich in seinem Sessel zurück unf faltete plumpe Finger über einen plumpen Bauch. »Vor mehr als zwei Jahren«, sagte er zu Duncan, »brachte mir dein Vater eine Handschrift, auf die er gestoßen ist, als er die Familienpapiere durchsah und ordnete.«

»Das war eine Arbeit«, warf Duncans Vater ein. »Die hätte schon vor Jahrhunderten getan werden müssen. Papiere und Urkunden wie Kraut und Rüben durcheinander. Alte Briefe, alte Dokumente, alte Privilegien, alles in ein paar Kisten gestopft.«

»Er brachte mir die Handschrift«, sagte der Erzbischof, »weil sie in einer unbekannten Sprache abgefaßt war, die er noch nie gelesen oder gehört hatte, und die auch anderen nur sehr selten begegnet.«

»Es zeigte sich, daß es Aramäisch war«, sagte Duncans Vater. »Wie ich höre, die Sprache, in der Jesus redete.«

Duncan blickte von einem zum anderen. Was ging vor? Was sollte das? Was hatte es mit ihm zu tun?

»Unsere Brüder hatten schreckliche Schwierigkeiten mit der Handschrift«, sagte der Erzbischof. »Nur zwei haben Kenntnis von der Sprache. Das Problem ist, daß wir nicht feststellen können, ob das Manuskript echt oder eine Fälschung ist. Es sieht so aus, als enthalte es einen Bericht über das Wirken Jesu. Anscheinend lebte der Schreiber zur Zeit des Herrn und hat das, was er berichtet, mit eigenen Augen gesehen. Er gehörte vielleicht nicht unbedingt zu denen, die Jesus folgten, war aber irgendwie mit ihnen verbunden.«

Der Erzbischof sah Duncan wie eine Eule an und fuhr fort: »Du weißt natürlich, was es bedeutet, wenn die Handschrift echt ist.«

»Freilich«, antwortete Duncan, »wir würden in ihr einen genauen Bericht über das Wirken Jesu haben.«

»Weit mehr, mein Sohn«, sagte sein Vater. »Wir hätten den ersten Augenzeugenbericht über ihn. Das wäre der Beweis, daß es wirklich einen Menschen namens Jesus gegeben hat.«

»Aber ... ich begreife nicht —«

»Dein Vater hat recht«, sagte der Erzbischof. »Von diesen paar Seiten des Manuskripts abgesehen, gibt es nichts, womit man die Geschichtlichkeit Jesu beweisen könnte. Wir, die wir glauben, brauchen keine Beweise. Die Heilige Kirche hat keine Zweifel an seiner Existenz. Doch das beruht auf Glauben, nicht auf Beweisen. Darüber reden wir sonst nicht. Es gibt so viele Ungläubige und Heiden, daß es unklug wäre, darüber zu reden. Wir brauchen keinen solchen Beweis, wenn das Manuskript wirklich ein Beweis sein sollte, aber die Mutter Kirche könnte es verwenden, um die zu überzeugen, die nicht unseres Glaubens sind.«

»Das würde auch«, sagte Duncans Vater, »einige Zweifel ausräumen, von denen die Kirche selbst befallen ist.«

»Es könnte jedoch eine Fälschung sein, wie Ihr selbst sagt.«

»Möglich«, sagte der Erzbischof. »Wir sind aber geneigt anzunehmen, daß es keine ist. Wir brauchen jetzt einen Gelehrten, der das Aramäische gut beherrscht.«

»Ich bin natürlich beeindruckt«, sagte Duncan, »daß aus diesem Haus eine Sache stammt, die so bedeutend ist. Ich begreife aber nicht, was ich —«

»Auf der ganzen Welt gibt es nur einen Menschen«, sagte der Erzbischof, »der feststellen könnte, ob die Handschrift echt ist. Dieser Mensch lebt in Oxenford.«

»Oxenford? Ihr meint, im Süden?«

»Genau. Er lebt in jener kleinen Gemeinschaft von Gelehrten, die im letzten Jahrhundert etwa . . .«

»Zwischen hier und Oxenford«, sagte Duncans Vater, »liegt das Öde Land.«

»Wir denken«, erklärte der Erzbischof, »daß ein kleiner Trupp mutiger und eifriger Männer vielleicht durchschlüpfen könnte. Dein Vater und ich, wir haben daran gedacht, die Handschrift auf dem Seeweg zu schicken, aber die Küsten sind von Seeräubern so sehr heimgesucht, daß kaum ein gutes Schiff noch seinen Ankerplatz verläßt.«

»Wie klein soll der Trupp sein?«

»So klein wie möglich«, sagte Duncans Vater. »Schlimm ist nur, daß ein solcher Trupp mitten durch das Öde Land reisen müßte. Es führt kein Weg um dieses herum. Alle Berichte sprechen davon, daß es sich quer über das ganze Land erstreckt. Die Gruppe hätte es viel leichter, wenn wir eine Ahnung hätten, wo sich die Verheerer aufhalten. Denn Berichten nach sind sie anscheinend im ganzen Norden. Es scheint, daß sie sich in den letzten Wochen in nordöstlicher Richtung bewegt haben.«

Seine Exzellenz nickte bedächtig. »Direkt auf uns zu«, sagte sie.

»Ihr meint, daß Standish House . . .«

Duncans Vater lachte kurz auf. »Wir haben von ihnen nichts zu befürchten, mein Sohn. Nicht in dieser alten Burg. Fast tausend Jahre hat sie sich all dem widersetzt, was gegen sie anstürmte. Wenn eine Gruppe jedoch versuchen will, Oxenford zu erreichen, wäre es das beste, sie macht sich bald auf den Weg, bevor diese Horde der Verheerer vor unserer Schwelle ihr Lager aufschlägt. Ich glaube, wenn du dich entschließt, dich auf den Weg zu machen, hast du gute Aussichten auf Erfolg.«

»Er ist gut auf den Kampf vorbereitet«, sagte Seine Exzellenz zu Duncans Vater. »Wie ich höre, ist Euer Sohn der beste Schwertkämpfer des Nordens ...«

»Ich habe aber noch nie im Ernst eine Klinge geführt«, widersprach Duncan. »Ich beherrsche kaum mehr als die Kunst des Fechtens. Seit Jahren haben wir Frieden. Seit Jahren gab es keine Kriege ...«

»Wir wollen dich nicht in den Kampf schicken«, sagte sein Vater ruhig. »Je weniger es zum Kampf kommt, desto besser. Deine Aufgabe ist, ungesehen durch das Öde Land zu kommen.«

»Wir müßten aber immer damit rechnen, auf Verheerer zu stoßen. Ich glaube, irgendwie würde ich mit der Aufgabe zurechtkommen, obwohl es nicht diejenige ist, welche ich mir für mich vorgestellt habe. Ich interessiere mich wie Ihr und Euer Vater vor Euch für das Gut, das Land, die Leute ...«

»Darin bist du nichts Besonderes«, meinte sein Vater. »Viele Männer der Standish lebten in Frieden auf diesem Land, doch wenn der Ruf erging, ritten sie in die Schlacht, und es gab keinen, der uns nicht Ehre gemacht hätte. Du kannst also beruhigt sein. Unter unseren Ahnen findet sich eine lange Reihe von Kriegern.«

»Nun«, sagte Duncan, »da Ihr mich dazu ausersehen habt, diesen Ausfall in den Süden zu unternehmen, teilt Ihr mir sicher auch mit, was Ihr über das Öde Land wißt.«

»Wir wissen nur, daß es sich um ein Phänomen handelt, das in Zyklen immer wieder auftritt«, sagte der Erzbischof. »Ein Zyklus, der etwa alle fünfhundert Jahre eine andere Gegend heimsucht. Wir wissen, daß er vor ungefähr fünfhundert Jahren auf der Iberischen Halbinsel auftrat, fünfhundert Jahre davor in Mazedonien, und es gibt Anzeichen, daß davor in Syrien ähnliches geschehen ist. Die Gegend wird von einem Haufen Dämonen und verschiedenster böser Geister überrannt. Sie reißen alles vor sich nieder. Die Bewohner werden hingemetzelt, die Behausungen zerstört. Das hält so eine unbestimmte Anzahl von Jahren an, mindestens zehn, meistens mehr Jahre. Danach scheinen sich die bösen Kräfte zurückzuziehen, und die Menschen kehren zurück, wobei es ein Jahrhundert dauern kann, bis das Land wieder besiedelt ist. Die Dämonen und ihre Haufen werden mit verschiedenen Namen bezeichnet. Bei dieser letzten großen Invasion wurden sie Verheerer genannt, manchmal auch die Horde. Wenn Bischof Wise in Oxenford nicht so alt wäre, würde ich sagen, wir sollten warten. Aber letzten Berichten zufolge ist er sehr geschwächt. Ich kenne keinen anderen, der sich der Handschrift annehmen könnte.«

»Wenn das Manuskript auf dem Weg nach Oxenford verlorengeht, was dann?« fragte Duncan.

»Das Risiko müssen wir tragen, wobei ich weiß, daß du es wie deinen Augapfel hüten wirst.«

»Ihr könntet eine Abschrift schicken.«

»Nein«, sagte der Erzbischof, »das Original muß hin. Ganz gleich, wie sorgsam es abgeschrieben wird, könnten doch kleine, typische Dinge vom Schreiber übersehen werden, die für die Feststellung der Echtheit wichtig sind. Wir haben zwei Kopien angefertigt, die in der Abtei hinter Schloß und Riegel bleiben werden.«

»Euer Exzellenz«, sagte Duncans Vater, »gibt es denn Theorien über das Öde Land, wie es entsteht und warum? Ist darunter vielleicht eine Theorie, die Euch besonders zutreffend erscheint?«

»Es gibt viele, und es ist schwer, sich für eine zu entscheiden«, teilte ihm der Erzbischof mit. »Die beste scheint mir die, die davon spricht, daß die bösen Gewalten das Öde Land brauchen, um sich zu erneuern, um wieder Kräfte zu sammeln. Sie verwüsten also eine Gegend, und diese Öde schützt sie vor Störungen, wenn sie die Dinge ausführen, die nötig sind, um die Kraft für weitere fünfhundert Jahre Bosheit zu sammeln.«

»Wenn das stimmen sollte«, meinte Duncan, »könnte unser kleiner Trupp gute Aussicht haben, unter Anwendung aller Vorsicht ungeschoren durchs Öde Land zu kommen.«

»Da könntest du recht haben«, sagte sein Vater.

Der Erzbischof blieb eine Weile still und sagte schließlich: »Mir scheint, daß diese gewaltige Ansammlung des Bösen, die seit ungezählten Jahrhunderten die Welt durchzieht, einer wirklich ernsthaften Untersuchung ausgesetzt werden sollte. Seit Urzeiten reagieren wir mit Schrecken darauf und versuchen, es mit gedankenlosem Aberglauben zu erklären. Das heißt natürlich nicht, daß die Geschichten, die erzählt werden, ganz aus der Luft gegriffen sind. Wir müssen das Böse jedoch verstehen, denn nur dann werden wir in der Lage sein, es zu bekämpfen.

Wir sollten es nicht nur bekämpfen, um inneren Frieden zu

finden, sondern auch, damit unsere Zivilisation weiter gedeihen kann. Bedenkt, daß unsere Gesellschaft seit vielen Jahrhunderten stillsteht und keinen Fortschritt mehr macht. Was hier jeden Tag auf diesem Gut getan wird, unterscheidet sich um kein Jota von dem, was vor tausend Jahren gemacht wurde. Ich meine, daß uns diese große Last des Bösen gehindert hat, uns weiterzuentwickeln. Es ist nicht immer so gewesen. In alten Zeiten erfanden die Menschen das Rad, die Töpferkunst. Man zähmte Tiere, veränderte Pflanzen, schmolz Erz. Doch seit jenem Anfang ist wenig getan worden. In Griechenland, in Rom schien ein Funken Hoffnung aufzuglimmen, aber schließlich lagen beide in Trümmern.

Wir wissen, daß im Westen, auf der anderen Seite des Ozeans, neue, große Länder liegen. Seefahrer haben uns davon berichtet. Es gibt kaum gute Schiffe, sie zu erkunden. Das Böse hält uns gefangen, und wenn wir nichts dagegen tun, wird es so weitergehen.

Die Frage ist, woher dieses Böse kam. Sie kann jetzt freilich nicht beantwortet werden. Eins scheint mir jedoch sicher. Das Böse hat uns in unserem Lauf aufgehalten. Was wir besitzen, haben wir von unseren uralten Vorfahren erhalten, wobei Griechen und Römer ihr bißchen dazugegeben haben.

Wenn ich die Geschichte richtig begreife, hat dieses Böse die Absicht, uns vom Fortschritt fernzuhalten.« Seine Exzellenz fuhr sich über das Gesicht. »Mir geht das nachts vor dem Einschlafen durch den Kopf. Mir ist, als gingen die Lichter aus, und zwar in ganz Europa. Ich habe das Gefühl, wir stürzen in die alte Finsternis zurück.« Er schwieg eine Weile.

Duncan fragte dann: »Wie groß soll der Trupp sein, Vater?«

»Soll das heißen, daß du dich auf den Weg machen willst?«

»Ich überlege es mir.«

»Das wäre ein Abenteuer«, sagte der Erzbischof, »das aufs schönste in die Tradition dieses Hauses passen würde.«

»Mit Tradition hat das alles nichts zu tun«, erklärte Duncans Vater scharf. Zu seinem Sohn sagte er: »Ich dachte an etwa ein Dutzend Männer.«

»Zu viele«, widersprach Duncan.

»Möglich. Was würdest du vorschlagen?«

»Zwei. Ich und Conrad.«

Der Erzbischof fuhr aus seinem Sessel hoch. »Zwei? Wer ist überhaupt dieser Conrad?«

»Conrad«, sagte Duncans Vater, »ist ein Knecht. Er kann gut mit den Schweinen umgehen.«

Der Erzbischof stotterte: »Ich verstehe nicht.«

»Conrad und mein Sohn sind von frühester Kindheit an Freunde. Wenn Duncan jagen oder fischen geht, nimmt er Conrad mit.«

»Er kennt die Wälder«, sagte Duncan. »In seiner Freizeit geht er immer in die Wälder.«

»Ich weiß nicht«, zweifelte der Erzbischof, »ob ein Herumtreiben in den Wäldern die richtige Voraussetzung —«

»Aber sicher«, unterbrach ihn Duncan. »Wir werden ja durch eine Wildnis reisen.«

»Dieser Conrad«, sagte Duncans Vater, »ist ein stämmiger Mann, fast zwei Meter groß und besteht nur aus Muskeln. Schnell wie eine Katze, selbst ein halbes Tier. Er ist Duncan treu ergeben. Ich bin sicher, er würde sein Leben für ihn geben. Er ist mit einer riesigen Eichenkeule bewaffnet . . .«

»Einer Keule!« stöhnte der Erzbischof.

»Er kann gut mit ihr umgehen«, sagte Duncan. »Wenn er einem Dutzend Schwertkämpfer gegenüberstünde, würde ich auf ihn setzen.«

»Schlecht wäre die Wahl nicht«, meinte Duncans Vater. »Die beiden könnten unbemerkt und rasch vorankommen. Sie wären auch in der Lage, sich zu verteidigen.«

»Wir nehmen Daniel und Tiny mit«, sagte Duncan.

Duncans Vater bemerkte, daß der Erzbischof die Augenbrauen hob. »Daniel ist ein Schlachtroß«, erklärte er, »für den Kampf abgerichtet. Er ersetzt drei Männer. Tiny ist eine große Bulldogge, die ebenfalls zum Kampf erzogen ist.«

3

Cedric verließ sie einige Zeit vor dem Anbruch der Morgendämmerung. Er hatte sie in ein dichtes Waldstück geführt, wo sie den Rest der Nacht verbrachten. Als es hell wurde, weckte Conrad seinen Gefährten auf, und sie verzehrten Käse und Brot, wollten kein Feuer anmachen. Dann brachen sie auf.

Das Wetter war besser geworden. Der Wind hatte sich gelegt. Die Wolken hatten sich gänzlich verzogen, und die Sonne war warm.

Sie kamen durch eine einsame Gegend, die sehr waldreich und von Schluchten und Tälern durchzogen war. Manchmal stießen sie auf kleine Gehöfte, die niedergebrannt worden waren. Auf den Feldern stand ungeerntetes Getreide. Von stummen Krähen und einigen überraschten Hasen abgesehen, rührte sich kein Leben. Die ganze Gegend wirkte friedlich und freundlich, und das war seltsam, befanden sie sich doch im Öden Land.

Einige Stunden später bewegten sie sich einen steilen Waldhang hinauf. Die Bäume standen nicht mehr so dicht, und der Wald hörte auf. Vor ihnen lag ein nackter, felsiger Kamm.

»Du bleibst hier«, sagte Conrad. »Ich gehe kundschaften.«

Duncan blieb neben Daniel stehen und sah zu, wie der große Mann rasch den Berg hinauflief, sich duckte und zu den Felsen hinstrebte, die den Kamm bildeten. Daniel rieb seinen Kopf an Duncans Schulter und wieherte leise.

»Still, Daniel«, sagte Duncan.

Tiny saß einige Schritte vor ihnen und spitzte die Ohren. Beauty trabte auf die andere Seite Duncans, der eine Hand ausstreckte und ihr den Hals kraulte.

Nichts war zu hören, nichts rührte sich. Kein Blatt raschelte. Conrad war zwischen den Felsen verschwunden. Der Nachmittag zog sich hin. Daniel zuckte mit den Ohren, rieb sich wieder an Duncans Schulter.

Conrad kam endlich wieder in Sicht, war ganz aufgerichtet und glitt schlangengleich über die Felsen. Dann kam er rasch den Hang herab.

»Ich sah zwei Dinge«, sagte er.

Duncan wartete stumm. Conrad ließ sich manchmal Zeit.

»Da vorne unter uns liegt ein Dorf«, sagte Conrad endlich. »Schwarz und niedergebrannt, bis auf die Kirche. Sie ist aus Stein und konnte nicht brennen. Nichts rührt sich dort.«

Er schwieg und fuhr dann fort: »Mir gefällt es nicht. Ich glaube, wir umgehen es.«

»Du sagtest, du hast zwei Dinge gesehen.«

»Unten im Tal. Weit hinter dem Dorf Männer zu Pferden, die das Tal entlangritten.«

»Wer?«

»Ich glaube, ich habe den Räuber an ihrer Spitze erkannt. Weit weg, aber ich glaube, er war es. Es waren ungefähr dreißig Männer bei ihm.«

»Glaubst du, sie sind hinter uns her?« fragte Duncan.

»Weshalb sollten sie sonst hier sein?«

»Wenigstens wissen wir, so sie sind. Sie befinden sich vor uns. Das überrascht mich. Ich hätte nicht gedacht, daß sie uns verfolgen würden. Für Vergeltung muß man hier vielleicht einen hohen Preis zahlen.«

»Sie wollen keine Vergeltung«, sagte Conrad, »nur Daniel und Tiny.«

»Du meinst, deshalb?«

»Ein Schlachtroß und einen Hund, die zum Kampf abgerichtet sind, kann man immer brauchen. Was machen wir jetzt?«

»Wenn ich das nur wüßte«, sagte Duncan. »Sie zogen in Richtung Süden?«

»Nach Südwesten, so, wie das Tal verläuft.«

»Wir wenden uns lieber ostwärts, umgehen das Dorf und halten größeren Abstand zu ihnen.«

Tiny erhob sich, schwang mit einem tiefen Knurren in der Kehle nach links.

»Der Hund hat etwas«, sagte Duncan.

»Ein Mensch«, sagte Conrad. »So knurrt er, wenn da ein Mann ist.«

»Woher weißt du das?«

»Ich verstehe alles, was er sagt«, meinte Conrad.

Duncan wandte sich um und blickte in die Richtung, in die Tiny schaute. Er konnte nichts entdecken. »Mein Freund«, sagte er trotzdem im Plauderton, »ich würde herauskommen, wenn ich du wäre. Ich möchte nicht gern den Hund auf dich loslassen.«

Einen Augenblick lang geschah nichts. Dann bewegten sich einige Büsche, und ein Mann trat heraus. Tiny sprang auf.

»Schon gut«, sagte Conrad zum Hund.

Der Mann war groß und leichenblaß. Er trug ein ärmliches braunes Gewand, das ihm bis zu den Knöcheln reichte. Die Kapuze war auf die Schultern zurückgeschlagen. In der rechten Hand hielt er einen langen, knotigen Stock und in der linken ein Bündel Kräuter. Die Haut lag dem Schädel so dicht an, daß man meinte, die Knochen sehen zu können. Er hatte einen schütteren Bart.

Er sagte zu ihnen: »Ich bin Andrew, der Eremit. Ich wollte Euch nicht belästigen. Als ich Euch sah, versteckte ich mich. Ich war auf Kräutersuche, um mir später ein Essen bereiten zu können. Ihr habt nicht zufällig ein Stück Käse bei Euch?«

»Wir haben Käse«, brummte Conrad.

»Ich träume von Käse«, sagte Andrew, der Eremit. »Ich wache nachts auf und stelle fest, daß ich an ein Stückchen Käse denke. Es ist lange her, seit ich Käse gekostet habe. Ihr seid sicher Reisende?«

»Das ist leicht zu sehen«, sagte Conrad nicht eben freundlich.

»Warum«, fragte Andrew, »verbringt Ihr nicht die Nacht bei mir? Mich dürstet nach menschlichen Gesichtern, nach dem Klang von Stimmen. Es gibt natürlich das Gespenst, aber mit ihm kann man kaum so wie mit einem Lebenden reden.«

»Das Gespenst?« fragte Duncan.

»Ja, ein Gespenst, und zwar ein sehr anständiges. Klirrt nachts nicht mit Ketten und wimmert auch nicht. Seit es gehängt wurde, teilt es die Zelle mit mir. Die Verheerer haben es auf dem Gewissen.«

»Natürlich die Verheerer«, sagte Duncan. »Möchtest du uns erzählen, wie du ihnen entkommen bist?«

»Ich versteckte mich in meiner Zelle«, sagte Andrew. »Eigentlich ist sie eine Höhle und nicht so eng und ungemütlich, wie eine richtige Zelle es sein sollte. Ich fürchte, ich bin kein richtiger Eremit. Ich kasteie mich nicht so wie die erfolgreichen Eremiten. Es wird genug Platz für Euch sein. Sie ist recht gut versteckt, und man wird Euch nicht entdecken. Der Abend kommt, und Ihr werdet kaum einen besseren Platz als meine Klause finden.«

Duncan warf einen Blick auf Conrad. »Wie denkst du darüber?« fragte er.

»Du hast gestern wenig geschlafen«, sagte Conrad, »und ich noch weniger. Der Kerl scheint eine ehrliche Haut zu sein.«

»Und das Gespenst?« warnte Duncan.

Conrad zuckte die Achseln. »Gespenster machen mir nichts aus.«

»Na schön«, sagte Duncan. »Bruder Andrew, wenn du uns den Weg zeigen willst . . .«

Die Höhle lag etwa eine Meile außerhalb des Dorfes, und auf dem Weg kamen sie durch einen Friedhof, der den verschiedenartigen Steinen nach zu schließen jahrhundertelang benutzt worden war. Nahe der Mitte erhob sich ein kleines steinernes Grabmal. Irgendwann einmal mußte die große Eiche daneben von einem Sturm gefällt worden und auf das Grab gestürzt sein, wobei eine kleine Figur zu Bruch ging und die Grabplatte verschoben wurde.

Nicht weit vom Friedhof befand sich die Höhle des Eremiten, die in einen steilen Hang gegraben worden war und gut hinter Bäumen und Buschwerk versteckt lag. Vor ihr sprudelte ein Bach steil durch eine kleine Schlucht herab.

»Geh hinein«, sagte Conrad zu Duncan. »Ich nehme Daniel den Sattel und Beauty die Bündel ab.«

Die Höhle war dunkel, vermittelte aber dennoch ein Gefühl von Weite. In einem Winkel brannte ein kleines, offenes Feuer. Der Eremit tastete sich durchs Dunkel, fand eine große Kerze, entzündete sie am Feuer und stellte sie auf den Tisch. In ihrem Schein war die dicke Lage Binsen auf dem Boden zu erkennen, der grobe Tisch mit Bänken, ein schlecht gezimmerter Stuhl, die Behälter an den Erdwänden, das Strohlager in einer Ecke. Ein Schränkchen in einer anderen Ecke enthielt ein paar Rollen Pergament.

Der Eremit bemerkte, daß Duncan sie gesehen hatte, und sagte: »Ja, ich kann lesen, aber nicht gut. In Zeiten der Muße sitze ich hier beim Kerzenschein, buchstabiere die Worte und bemühe mich zu verstehen, was die alten Kirchenväter gemeint haben. Ich bezweifle, ob ich es je verstehen werde, da ich ein einfacher Mensch bin und obendrein noch dumm. Und diese alten Väter waren, wie mir scheint, oft mehr an Worten als an Bedeutung interessiert.«

»Du sagst, du hast dich hier versteckt, als die Verheerer kamen, und daß sie dich nicht entdeckt haben. Stimmt das auch? Wir haben auf der ganzen Reise nicht einen gesehen, der überlebt hätte, von einer Gruppe Gauner abgesehen, die sich einen Herrensitz angeeignet haben und sich mit Glück oder Geschick verteidigen konnten.«

»Ihr meint Harold den Räuber?«

»Ja. Woher kennst du ihn?«

»Im Öden Land erzählt man sich von ihm.«

»Ich verstehe nicht.«

»Das Zwergenvolk. Die Elfen, Trolle, Gnomen, die Feen und die Heinzelmännchen . . .«

»Aber sie . . .«

»Sie sind hier ansässig. Seit Urzeiten leben sie hier. Sie sind manchmal lästige Nachbarn und ganz sicher Wesen, denen man nicht trauen kann. Sie sind vielleicht boshaft, aber nur selten richtig bösartig. Sie haben sich nicht mit den Verheerern zusammengetan, sich sogar vor ihnen versteckt. Und sie haben viele Leute gewarnt.«

»Sie haben dich gewarnt, damit du dich verbergen konntest?«

»Ein Gnom kam und warnte mich. Ich hielt ihn nicht für einen Freund, da er viele Jahre lang seine schlimmen Scherze mit mir getrieben hatte. Ich mußte aber überrascht feststellen, daß er sich unerwartet freundschaftlich verhielt.«

Conrad kam in die Höhle gestolpert und legte Sattel und Bündel ab.

»Ich dachte, du hättest von einem Gespenst gesprochen«, polterte er. »Hier ist aber keines.«

»Das Gespenst gehört zur ängstlichen Sorte«, sagte Andrew. »Es versteckt sich, wenn Besuch kommt. Es glaubt, daß niemand es sehen will. Es möchte die Leute nicht erschrecken, obwohl es eigentlich nichts Schreckliches an sich hat. Wie ich schon sagte, ein anständiges Gespenst.«

Er sagte lauter: »Gespenst, komm raus und zeige dich. Wir haben Gäste.«

Hinter dem Schränkchen mit den Pergamentrollen kam zögernd ein Streifen einer weißen, dampfartigen Substanz zum Vorschein.

»Komm schon«, sagte der Eremit ungeduldig. »Du kannst dich zeigen. Die Herren haben keine Angst vor dir, und die Höflichkeit erfordert, daß du sie begrüßt.«

Der Eremit sagte leise zu Duncan: »Ich habe eine Menge Schwierigkeiten mit ihm. Er sieht es als eine Schmach an, ein Gespenst zu sein.«

Der Geist nahm langsam über dem Schränkchen Gestalt an, schwebte dann zum Boden hinab. Er war ein klassisches Gespenst im weißen Umhang. Das einzig Ungewöhnliche war eine kurze Schlinge, die um seinen Hals geknüpft war und an ihm herunterhing.

»Ich bin ein Gespenst«, sagte er mit hohler, lauter Stimme, »das keinen Ort zum Spuken hat. Gewöhnlich spuken die Gespenster am Ort ihres Todes, aber wie kann man an einer Eiche spuken? Die Verheerer zogen meinen armen Leib aus dem Dikkicht, in dem ich mich verborgen hatte, und knüpften mich sofort auf. Sie hätten mich wenigstens an einer mächtigen Eiche aufhängen können. Statt dessen hingen sie mich an eine dürre, verkrüppelte. Selbst im Tod verspottete man mich noch. Im Leben saß ich als Bettler vor der Kirchentür und kam kaum zu etwas, weil das Gerücht ausgestreut wurde, daß ich keinen Grund zur Bettelei habe, daß ich eigentlich arbeiten könnte. Es hieß, ich täte nur so, als sei ich verkrüppelt.«

»Er war ein Schwindler«, sagte der Eremit. »Er hätte wie jeder andere arbeiten können.«

»Hört Ihr?« fragte der Geist. »Selbst im Tode noch werde ich als Betrüger und Schwindler gebrandmarkt.«

»Wenigstens kommt man jetzt gut mit ihm aus«, sagte der Eremit. »Er spielt einem nicht die Streiche, mit denen sich die anderen Gespenster unbeliebt machen.«

»Ich versuche«, sagte das Gespenst, »so wenig Ärger wie möglich zu machen. Ich bin ein Außenseiter, sonst wäre ich nicht hier. Ich habe keinen Ort, an dem ich spuken kann.«

»Nun, du hast die Herren jetzt kennengelernt und in angemessener Art mit ihnen gesprochen«, sagte der Eremit. »Wir können uns nun anderen Dingen zuwenden.« Er sah Conrad an. »Ihr sagtet, Ihr hättet Käse.«

»Auch Speck und Schinken, Brot und Honig«, sagte Duncan.

»Und Ihr wollt mir davon abgeben?«

»Wie könnten wir essen und dir nichts abgeben?«

»Dann mache ich das Feuer größer«, erklärte Andrew, »und wir werden uns einen Festschmaus leisten. Sollen wir meine Kräuter auch verwenden?«

»Ich mag kein Grünzeug«, teilte ihm Conrad mit.

4

Duncan wachte nachts auf und fragte sich im ersten Schreck, wo er sei. Er war von tiefer Dunkelheit umgeben, in der ein schwaches Flackern auszumachen war. Ihm war, als befände er sich in einer Art Vorhölle, in der man auf den Tod wartet.

Dann sah er den Eingang oder die Öffnung, und vor ihr das sanfte Mondlicht, und im flackernden Schein des Feuers Tiny, die sich vor den Eingang gelegt hatte, den Kopf auf die Pfoten gelegt.

Duncan drehte den Kopf und sah, daß das Flackern von dem

niedergebrannten Feuer stammte. In seiner Nähe lag Conrad flach auf dem Rücken. Die Arme waren seitwärts ausgestreckt, und die mächtige Brust hob und senkte sich.

Vom Eremiten war nichts zu sehen. Er lag wahrscheinlich auf seinem Stroh in der Ecke. Die Luft roch leicht nach Rauch, und Duncan konnte über sich die Kräuter erkennen, die der Eremit zum Trocknen aufgehängt hatte. Draußen hörte man ein leises Stampfen. Das war Daniel, der in der Nähe sein mußte.

Duncan zog sich die Decke bis zum Kinn hinauf und schloß die Augen. Es waren sicher noch einige Stunden bis zum Anbruch der Dämmerung, und er konnte noch weiterschlafen.

Der Schlaf wollte sich nur zögernd wieder einstellen. Die Ereignisse der letzten Tage gingen ihm durch den Kopf, so sehr er sie auch fernhalten wollte. Und dabei fielen ihm die Gefahren des Abenteuers ein, auf das er sich eingelassen hatte. In der Höhle des Eremiten war es recht gemütlich, aber draußen lag das Öde Land, ein niedergebranntes Dorf war kaum eine Meile entfernt. Nicht nur das Böse wartete auf ihn, sondern auch noch die Räuberbande Harolds, die seinen kleinen Trupp ausfindig machen wollte. Für den Augenblick konnte er den Räuber jedoch vergessen, da dieser zu weit vorausgeeilt war.

Dann kehrten seine Gedanken an seinen letzten Tag auf Standish House zurück, als er mit seinem Vater in der Bibliothek gesessen hatte, in demselben Raum, in dem der Erzbischof von dem aramäischen Manuskript berichtet hatte.

Er hatte seinem Vater die Frage vorgelegt, die ihm ständig durch den Kopf gegangen war, seit er die Geschichte gehört hatte. »Warum wir? Wieso fand sich die Handschrift in Standish House?«

»Das ist nicht mehr zu klären«, sagte sein Vater. »Die Familiengeschichte reicht weit zurück und ist nicht sehr gut durch Dokumente belegt. Große Abschnitte sind ganz verlorengegangen. Es gibt natürlich einige Urkunden, einige Schriftstücke, aber das meiste ist Legende, sind Geschichten, so alt und so oft erzählt, daß man nicht mehr sagen kann, was wahr ist und was nicht. Wir sind jetzt fest auf dem Land verwurzelt, doch es gab Zeiten, in denen wir das nicht waren. In den Familienurkunden und den Sagen finden sich viele, die sich umhertreiben ließen, viele Abenteurer. Einer von ihnen hat vielleicht die Handschrift aus der Ferne nach Hause mitgebracht, vermutlich aus dem Osten. Vielleicht gehörte sie zur Beute aus einer eroberten Stadt, vielleicht hat man sie einem Kloster entwendet. Ich fand sie in einer alten Holzkiste, die schon halb vermodert war. Die verschimmelte Handschrift fand sich in einem Haufen Pergamente, die alle so gut wie wertlos waren.«

»Ihr habt jedoch erkannt, daß sie irgendeine Bedeutung besitzt, genug, um sie in die Abtei zu bringen.«

»Bedeutung nicht«, sagte sein Vater. »Ich hatte nicht damit gerechnet, daß sie wichtig sein könne. Ich war einfach neugierig. Wie du weißt, kann ich ein wenig Griechisch und kenne mich auch in ein paar anderen Sprachen aus, wenn auch nicht gut, und so etwas wie diese Handschrift hatte ich noch nie gesehen. Ich wollte nur wissen, worum es sich handelte, und dachte mir, daß sich ein paar der dicken, faulen Brüder ruhig an die Arbeit machen konnten. Schließlich sind wir es, die sie erhalten.«

»Sie haben gute Arbeit geleistet«, erwiderte Duncan. »Das müßt Ihr zugeben.«

»Das wäre ja noch schöner, wenn sie keine nützliche Arbeit mehr leisten könnten«, sagte sein Vater. »Schließlich ist die Schreibstube mit genug Narren angefüllt, die eine zu hohe Meinung von sich haben. Wir Standish sitzen seit über tausend Jahre auf diesem Land, von Anfang an haben wir die Abtei unterstützt, und im Lauf der Jahre verlangte die Abtei immer noch mehr von uns.«

Sie saßen eine Weile schweigend, und schließlich ergriff sein Vater wieder das Wort: »Als Standish House noch gar nicht seinen Namen hatte, haben wir uns hier schon in sehr unsicheren Zeiten abgemüht, Getreide und Vieh zu produzieren. Es begann mit einer Fluchtburg aus Holz, die sich auf einem Hügel erhob, von einer Palisade umgeben war und durch einen Wassergraben geschützt wurde, wie man es heute noch bei einigen Herrensitzen finden kann.

Den Graben gibt es natürlich noch, aber jetzt ist er zu einer hübschen Zierde mit Iris und anderen schönen Pflanzen geworden, und die Erdwälle sind mit Blumen bepflanzt. Fische tummeln sich im Wasser, die sich jeder fangen kann, der Lust dazu verspürt. Die Zugbrücke liegt als Übergang fest über dem Graben, obwohl wir sie einmal im Jahr aufziehen, um uns zu vergewissern, daß sie noch intakt ist. Das Land ist im Lauf der Jahre natürlich ein wenig sicherer geworden, aber es gibt noch immer Räuberbanden, die ab und zu in der Gegend auftauchen. Unser Haus ist stärker geworden, und davon wird überall gesprochen.

Seit über dreihundert Jahren hat es kein Bandit oder Räuber mehr gewagt, gegen unsere Mauern anzurennen. Jetzt wird nur gelegentlich noch eine Kuh gestohlen oder werden ein paar Schafe weggeführt. Es ist nicht nur die Stärke unserer Mauern, die uns diese Sicherheit gebracht hat. Man weiß auch, daß unsere Leute Krieger sind, trotz ihrer Tätigkeit als Bauern. Wir halten uns keine untätige Truppe Bewaffneter mehr. Das ist nicht mehr nötig. Sollte Gefahr drohen, wird jeder Mann auf unserem Boden zu den Waffen greifen, da alle unser Land auch als das ihre ansehen. In einer Gesellschaft, die noch immer unruhig ist, haben wir hier einen Ort der Sicherheit und des Friedens geschaffen.«

»Ich habe dieses Haus geliebt«, sagte Duncan. »Es fällt mir nicht leicht, es zu verlassen.«

»Mir fällt es nicht leicht, dich fortzulassen, mein Sohn. Du wirst Gefahren begegnen, und dennoch spüre ich keine große Unruhe, da ich weiß, daß du mit dir selbst zurechtkommst. Und Conrad ist ein wackerer Gefährte.«

»Tiny und Daniel ebenfalls«, betonte Duncan.

»Seine Exzellenz sprachen gestern abend ausführlich davon«, sagte sein Vater, »daß sich kein Fortschritt bemerkbar macht. Wir sind eine Gesellschaft, die stillsteht, sagte er. Das mag wohl richtig sein, aber ich sehe doch etwas Gutes darin. Gäbe es nämlich einen Fortschritt in vielen Dingen, so gäbe es auch einen Fortschritt in den Waffen. Und jeder Fortschritt in den Waffen würde endlose Kriege nach sich ziehen, denn wenn irgendein Häuptling oder kleiner König über verbesserte Waffen verfügte, würde er sie sofort an seinen Nachbarn ausprobieren wollen, weil er glauben würde, einen momentanen Vorteil zu haben.«

»Alle unsere Waffen«, sagte Duncan, »sind Handwaffen. Bei ihrer Benützung muß man dem Gegner auf Armeslänge nahe sein. Nur wenige Waffen reichen weiter; natürlich die Lanzen und die Speere, aber sie sind nicht leicht zu führen, und wenn sie geworfen sind, kann man sie nicht zurückholen, um sie noch einmal zu werfen. Sie und die Schleudern sind die einzigen Waffen, die in eine gewisse Ferne wirken. Und mit den Schleudern ist schwer umzugehen, sie sind sehr ungenau und auch nicht sehr gefährlich.«

»Du hast recht«, sagte sein Vater. »Es gibt Leute wie Seine Exzellenz, die unsere Lage beklagen, aber ich finde, wir sind glücklich dran. Wir haben eine Gesellschaftsform, die unseren Bedürfnissen entspricht, und jeder Versuch, sie zu ändern, könnte uns aus dem Gleichgewicht bringen und zu Schwierigkeiten führen, die wir gar nicht abzusehen vermögen.«

Eine plötzliche Kälte, ein frostiger Luftzug rissen Duncan aus seinen Erinnerungen an jenen Tag. Er schlug die Augen auf und sah das Gesicht des Gespenstes über sich gebeugt, wenn man überhaupt von einem Gesicht reden konnte. Es war eher wie ein verschwommenes Oval kreisenden Rauches, umrahmt von der weißen Kapuze. Gesichtszüge waren nicht zu erkennen, nur dieses an wirbelnden Rauch erinnernde Oval, und doch war ihm, als schaue er direkt in ein Antlitz.

»Mein Herr«, fragte er scharf, »weshalb werde ich so plötzlich und so grob geweckt?«

Er sah, daß das Gespenst neben ihm kauerte, und das war seltsam, daß ein Geist kauerte.

»Ich habe Fragen, die ich Euch, Herr, vorlegen möchte«, erwiderte der Geist. »Ich habe sie schon dem Eremiten gestellt, aber er wird ungeduldig, wenn ich Fragen stelle, die er nicht beantworten kann, obwohl man meinen sollte, daß er als heiliger Mann genug wissen müßte. Ich stellte sie auch Eurem riesigen Begleiter, aber der brummt mich nur an.«

Duncan schlug die Decke zurück und setzte sich auf.

»Der langen Einleitung nach zu schließen«, sagte er, »dürfte es sich wohl um eher ungewöhnliche Fragen handeln.«

»Mir sind sie wichtig«, entgegnete der Geist.

»Ich werde sie vielleicht nicht beantworten können.«

»Ihr werdet dann nicht schlechter dastehen als die anderen.«

»Dann frisch drauflos«, sagte Duncan.

»Herr, wie, meint Ihr, kommt es, daß ich in einem solchen Aufzug erscheine? Ich weiß natürlich, daß das ein angemessenes Gewand für Gespenster ist. Es wird von allen richtigen Geistern getragen, obwohl in manchen Burgen das Gewand schwarz sein kann, wie ich höre. Auf jeden Fall trug ich keinen so fleckenlosen Umhang, als ich an der Eiche aufgeknüpft wurde. Man zog mich in recht schmutzigen Lumpen hoch.«

»Diese Frage kann ich nicht beantworten«, sagte Duncan.

»Auf jeden Fall gebt Ihr mir ehrlich Antwort«, erklärte das Gespenst, »und knurrt und brummt mich nicht an.«

»Vielleicht gibt es jemanden, der sich mit solchen Dingen beschäftigt hat und dir antworten könnte. Einen Mann der Kirche vielleicht.«

»Nun, da ich so schnell keinen Kirchenmann treffen werde, kann ich wohl in dieser Sache nichts machen. Es ist nicht sehr wichtig, hat mir aber doch Sorgen gemacht.«

»Tut mir leid«, sagte Duncan.

»Ich habe noch eine Frage.«

»Frag nur, wenn du meinst, es geht nicht anders. Eine Antwort kann ich dir aber wieder nicht versprechen.«

»Ich frage, warum gerade ich?« sagte der Geist. »Nicht alle, die sterben, nicht einmal alle diejenigen, welche ein Ende mit Schrecken nehmen, erscheinen als Geister. Wenn das so wäre, würden sich die Geister auf der Welt gegenseitig auf die Leintücher treten.«

»Das kann ich auch nicht beantworten.«

»Ich war«, sagte das Gespenst, »eigentlich kein großer Sünder. Ich war eher erbärmlich, und mir hat niemand gesagt, daß Erbärmlichkeit eine Sünde ist. Ich hatte natürlich wie jeder meine Sünden, aber wenn ich mich nicht täusche, waren sie doch kleine.«

»Du hast ja wirklich Sorgen. Als wir uns zum ersten Mal sahen, hast du dich beklagt, daß du keinen Ort hast, wo du spuken kannst.«

»Ich denke, ich wäre glücklicher, wenn ich einen hätte«, sagte der Geist. »Aber vielleicht soll ein Geist gar nicht glücklich sein. Vielleicht nur zufrieden. Zufriedenheit kann sicher nicht verboten sein. Wenn ich einen Ort zum Spuken hätte, hätte ich etwas zu tun. Obwohl ich das Gerassel mit Ketten und das Geseufze nicht sehr gern habe. Es wäre nicht übel, nur ein wenig herumzuschleichen und mich den Leuten gelegentlich kurz zu zeigen. Glaubt Ihr, daß die Tatsache, daß ich keinen Ort, keine Aufgabe habe, die Strafe für mein Leben ist? Ich hätte nämlich nicht unbedingt vor der Kirche betteln müssen. Ich hätte schon arbeiten können, wenn ich gewollt hätte. Natürlich nur leichte Arbeit. Sehr stark war ich nie, und meine Eltern waren erstaunt, daß sie mich als Kind überhaupt durchgebracht haben.«

»Du stellst zu viele Fragen, die ins Philosophische gehen«, erklärte Duncan. »Ich kann sie nicht beantworten.«

»Ihr sagt, Ihr geht nach Oxenford«, meinte das Gespenst. »Um dort vielleicht bei einem großen Gelehrten Rat zu suchen? Warum sonst nach Oxenford gehen? Ich habe gehört, daß sich dort viele große Doktoren der Kirche versammelt haben und gelehrte Vorträge halten.«

»Wir werden bestimmt einige der gelehrten Doktoren aufsuchen«, sagte Duncan.

»Glaubt Ihr, daß der eine oder andere auch Antworten auf meine Fragen hätte?«

»Das kann ich nicht sagen.«

»Wäre es zu aufdringlich, wenn ich Euch bitten würde, mit Euch reisen zu dürfen?«

»Hör mal«, sagte Duncan ungeduldig, »wenn du nach Oxenford willst, kannst du leicht und sicher selbst dorthin reisen. Du bist ein freier Geist. Du bist an keinen Ort gebunden, wo du spuken müßtest. Und niemand kann Hand an dich legen.«

Das Gespenst bebte. »Allein würde ich mich zu Tode fürchten.«

»Du bist schon tot. Niemand kann ein zweites Mal sterben.«

»Das ist wahr«, sagte das Gespenst. »Das hatte ich vergessen. Ich würde jedoch einsam sein.«

»Wenn du mit uns kommen willst, sehe ich keine Möglichkeit, dich davon abzuhalten. Eine Einladung werden wir jedoch nicht aussprechen.«

»Wenn das so ist«, sagte der Geist, »werde ich mit Euch ziehen.«

5

Sie aßen Schinken und Haferkuchen und Honig zum Frühstück. Conrad kam von draußen herein und berichtete, daß Daniel und Beauty eine schöne Wiese entdeckt hatten, auf der sie grasten, und daß sich Tiny ein Kaninchen gefangen hatte.

»Dann können wir uns mit gutem Gewissen auf den Weg machen«, meinte Duncan. »Alle haben volle Bäuche.«

»Wenn Ihr nicht zu sehr in Eile seid«, sagte der Eremit Andrew, »könntet Ihr mir einen Dienst erweisen, für den ich Euch sehr dankbar wäre.«

»Wenn er uns nicht zuviel Zeit kostet«, meinte Duncan.

»Lange wird es nicht dauern«, erklärte Andrew. »Die vielen Hände und der starke Rücken des Esels werden die Arbeit leicht finden. Es geht um die Ernte von Kohlköpfen.«

»Was soll das Gerede von Kohlköpfen?« fragte Conrad.

»Jemand hat einen Garten angelegt«, sagte Andrew, »bevor

die Verheerer hier waren. Den Sommer über war er unbeaufsichtigt, bis ich ihn entdeckte. Er liegt in der Nähe der Kirche. Das Seltsame ist nur, daß sich ein Dieb an den anderen Gemüsen, den Karotten und Kohlrüben vergreift. Aber von den schönen Kohlköpfen sind genug da, und es wäre schade, wenn sie verkommen würden. Ich könnte sie auch allein ernten, aber da müßte ich oft hin und her laufen.«

»Die Zeit haben wir noch«, sagte Duncan.

»Herr«, warnte ihn Conrad, »es liegen viele Meilen vor uns.«

»Nenn mich nicht immer ›Herr‹«, sagte Duncan. »Nach dieser guten Tat werden wir mit leichten Herzen weiterreisen.«

»Wenn du darauf bestehst, hole ich Beauty«, nickte Conrad.

Der Garten befand sich einen Steinwurf von der Kirche entfernt und wartete mit herrlichem Gemüse auf, das von dichtem Unkraut umgeben war.

»Viel Mühe hast du dir mit dem Garten nicht gegeben«, sagte Duncan zu Andrew.

»Ich stieß zu spät auf ihn«, entschuldigte sich Andrew. »Das Unkraut war schon zu sehr in die Höhe geschossen.«

Der Kohl stand in drei langen Reihen, und die Köpfe waren groß und fest. Conrad breitete ein Tuch aus, und alle machten sich eifrig daran, den Kohl herauszuziehen und die Erde von den Wurzeln zu schütteln, bevor sie die Köpfe auf das Tuch warfen.

Eine Stimme hinter ihnen sagte: »Meine Herren!« Sie klang ein wenig mißbilligend.

Die drei drehten sich rasch um. Tiny wirbelte herum und stieß ein drohendes Knurren aus.

Als erstes erblickte Duncan den Greifen und dann die Frau, die ihn ritt, und er blieb geraume Zeit wie angewurzelt stehen.

Die Frau trug Lederhosen und ein Lederwams und eine weiße Halsbinde. In der Hand hatte sie eine Kriegsaxt, deren Metall in der Sonne blinkte.

»Seit Wochen«, sagte sie mit ruhiger Stimme, »sehe ich zu, wie dieser armselige Eremit den Garten bestiehlt und habe es ihm nicht übelgenommen, da er nur aus Haut und Knochen besteht und es wohl nötig hat. Ich hatte mir jedoch nicht gedacht, daß ein Herr ihm bei seinen Diebeszügen helfen würde.«

Duncan verneigte sich. »Herrin, wir helfen unserem Freund nur bei der Ernte der Kohlköpfe. Wir hatten keine Ahnung, daß Ihr oder sonstwer ein größeres Recht auf diesen Garten zu haben scheint.«

»Ich habe mich nach Kräften bemüht«, sagte die Frau, »niemand meine Anwesenheit merken zu lassen. An diesem Ort zeigt man sich nicht gern.«

»Aber jetzt zeigt Ihr Euch, Herrin.«

»Weil ich die wenigen Nahrungsmittel, die ich besitze, schützen will. Euer Freund kann sich ab und zu schon etwas Gemüse holen, aber ich habe etwas dagegen, daß der ganze Garten geplündert wird.«

Der Greif streckte den großen Adlerkopf vor und sah Duncan aus einem goldglänzenden Auge an. Seine Vorderbeine endeten in Adlerklauen. Der restliche Körper war der eines Löwen, wobei der Schwanz länger als gewöhnlich war und in einen gefährlich aussehenden Stachel auslief. Die riesigen Schwingen waren so zurückgelegt, daß auf dem Rücken Platz für die Reiterin blieb. Der Greif klappte seinen Schnabel auf und zu und zuckte nervös mit dem Schwanz.

»Ihr braucht vor ihm keine Angst zu haben«, sagte die Frau. »Er ist eine Art Schoßtier, ist sanft, weil er schon sehr alt ist. Er sieht natürlich gewaltig und wild aus, tut aber niemandem etwas, es sei denn, ich befehle es ihm.«

»Herrin«, sagte Duncan, »Ihr bringt mich in Verlegenheit. Ich heiße Duncan Standish. Mein Begleiter da drüben und ich, wir befinden uns auf einer Reise ins südliche Britannien. Wir sind erst gestern abend mit dem Eremiten Andrew zusammengetroffen.«

»Duncan Standish von Standish House?«

»Genau, aber wie wißt Ihr —«

»Euer Haus ist in ganz Britannien bekannt. Ihr habt Euch aber eine merkwürdige Zeit ausgesucht, Euch hier in diese Gegend zu begeben.«

»Nicht merkwürdiger«, sagte Duncan, »als hier eine Dame anzutreffen.«

»Mein Name ist Diane«, sagte sie, »und eine Dame bin ich nicht. Mit mir hat es eine andere Bewandtnis.«

Andrew drängte sich vor. »Herr, entschuldigt, aber ich bezweifle, ob die Herrin Diane überhaupt ein Recht auf diesen Garten hat. Er ist im Frühling von einem der Dörfler angelegt worden, bevor die Verheerer mit Feuer und Schwert kamen, und er gehört ihr so wenig wie mir. Wenn Ihr zurückdenkt, wißt Ihr, daß ich ihn nicht für mich beansprucht habe.«

»Er hat ganz recht«, sagte Diane. »Wir haben uns beide aus ihm bedient, und das hat mich nicht gestört. Ich wurde jedoch zornig, als ich sah, daß sich noch andere Eindringlinge über ihn hermachten.«

»Ich bin gewillt«, sagte Andrew, »mich mit ihr in ihn zu teilen. Ihr gehört die eine Hälfte des Kohls, mir die andere.«

»Ein faires Angebot«, sagte Duncan, »wenn auch nicht gerade ein ritterliches.«

»Ich bin kein Edelmann«, erklärte Andrew spitz.

»Wenn mir dieser Eremit etwas Bestimmtes mitteilen könnte«, sagte Diane, »wäre es möglich, daß er alle Kohlköpfe haben kann, da ich sie dann nicht mehr brauchen würde.«

Sie stieg vom Greifen und kam auf sie zu.

»Wieso glaubt Ihr«, fragte Andrew, »daß ich das weiß, was Ihr wissen wollt?«

»Bist du in diesem Dorf geboren?«

»Ja, und alle meine Ahnen auch.«

»Dann weißt du es möglicherweise. Es gab einmal einen Mann namens Wulfert. Es heißt, er soll hier gelebt haben. Als die Verheerer abgezogen waren, kam ich her und richtete mich in der Kirche ein. Sie war das einzige Gebäude, das noch ein Dach hatte. Ich durchsuchte die Kirche nach Urkunden. Ein paar fanden sich, doch nichts, das für mich von Wert gewesen wäre. Eure Dorfpfarrer haben die Bücher sehr nachlässig geführt.«

»Wulfert, sagt Ihr?« erwiderte der Eremit. »Wie lange ist das her?«

»Hundert Jahre oder auch länger. Hast du je von ihm gehört?«

»Ein Weiser, der wie ein Heiliger lebte?«

»Er hat sich vielleicht als solcher ausgegeben. Er war aber ein Zauberer, ein Hexenmeister.«

Der Eremit atmete heftig und hielt sich mit den Händen die Ohren zu.

»Ein Zauberer!« stöhnte er. »Seid Ihr sicher?«

»Ganz sicher. Ein äußerst erfahrener Zauberer.«

»Er gehörte nicht der Heiligen Kirche an?«

»Ganz bestimmt nicht.«

»Was fehlt dir?« fragte Duncan den Eremiten. »Was ist los?«

»In geweihter Erde«, flüsterte Andrew. »Welche Schande! Sie haben ihn in geweihter Erde begraben, ihn, den heidnischen Zauberer. Man hat ihm sogar ein Grabmal errichtet. Kein Wunder, daß die Eiche daraufgestürzt ist.«

»Einen Augenblick«, sagte Duncan. »Du meinst, eine Eiche ist auf das Grab gestürzt. Wir haben gestern einen Friedhof gesehen.«

»Bitte erzählt mir von dieser Eiche und dem Grab«, stieß Diane hervor.

»Der Friedhof ist eine Meile vor dem Dorf«, sagte Duncan. »In ihm befindet sich ein Grabmal, auf das ein Baum gestürzt ist, anscheinend schon vor längerer Zeit. Er liegt noch quer über dem Grab. Die Grabplatte ist zur Seite geschoben worden und geborsten. Ich wunderte mich, daß sie nie ersetzt worden ist.«

»Es ist ein alter Friedhof«, erklärte Andrew. »Er wurde seit Jahren nicht mehr benutzt. Die Leute wußten kaum noch, wer dort begraben lag.«

»Du meinst, es könnte das Grab Wulferts sein?« fragte Diane.

»Diese Schmach«, wimmerte der Eremit, »daß so einer in geweihter Erde beigesetzt wurde! Man hatte Wulfert für einen Heiligen gehalten, der sich in eine einsame Gegend zurückziehen wollte.«

Duncan wandte sich an Diane. »War es das, was Ihr wissen —«

Und dann unterbrach er sich, weil etwas nicht in Ordnung war. Plötzlich war es vollkommen still geworden. Das immerwährende Summen und Sirren der Insekten, an das man sich so gewöhnt hatte, daß man es nicht mehr hörte, hatte plötzlich aufgehört.

Die anderen hatten die Stille und das damit verbundene Gefühl gespannter Erwartung auch bemerkt. Sie lauschten angestrengt.

Duncan griff nach seinem Schwert und sah dabei, daß auch Diane ihre Streitaxt halb erhoben hatte. Der Greif bewegte den Kopf langsam von einer Seite zur anderen.

Am anderen Ende des Gartens bewegte sich das Buschwerk, und eine Gestalt kam halb in Sicht, ein runder, beinahe menschlicher Kopf auf einem kurzen Hals zwischen massigen Schultern. Der Kopf war kahl, die Schultern waren haarlos.

Ein Haarloser, wie er vom Räuber beschrieben worden war. Große, weiße menschliche Maden, denen etwas entscheidend Menschliches fehlte.

Duncan riß das Schwert heraus. Er ließ es durch die Luft sausen, und die Klinge blitzte in der Sonne.

Der Haarlose richtete sich zu voller Größe auf und kam ganz aus dem Gebüsch. Er war ein wenig größer als ein gewöhnlicher Mann, doch nicht so groß, wie ihn der Räuber geschildert hatte. Er besaß krumme Beine, deren Knie gebeugt waren, und bewegte sich watschelnd vorwärts. Er hatte nichts auf dem Leib, und die geschwellte, bleiche Brust glänzte im Sonnenschein. In einer Hand trug er lässig eine mächtige, knorrige Keule.

Hinter ihm traten andere aus dem Gebüsch hervor und stellten sich neben ihm auf. Die winzigen Augen blickten interessiert und gleichzeitig verächtlich auf die, die im Garten standen.

Sie watschelten vorwärts, bewegten sich langsam und unbeholfen und sprangen plötzlich ohne Vorwarnung in Riesensätzen durch das hohe Unkraut. Die Keulen waren hoch erhoben, und das Gräßlichste war, daß der Angriff stumm erfolgte. Kein Kreischen, kein Brüllen. Duncan kam die Stille allein schon beinahe tödlich vor.

Ohne einen Gedanken an das, was er tun sollte, trat er instinktiv auf sie zu. Die Keule des vordersten Haarlosen sauste nieder, und Duncan tauchte mit einem raschen Sprung unter ihr hindurch. Er stieß sein Schwert mit aller Kraft nach vorn. Die Klingenspitze traf den Angreifer am Hals, und er stürzte wie ein gefällter Baum auf Duncan zu, der sich zur Seite warf und die Waffe aus dem Hals riß.

Der kahle Körper streifte ihn im Fallen, brachte ihn leicht aus dem Gleichgewicht, so daß er etwas ins Schwanken kam. In seiner Nähe war ein zweiter Haarloser. Aus dem Schwanken heraus schlug Duncan nach dem näherspringenden Wesen. Die pfeifende Klinge erwischte es am Halsansatz und trennte Kopf und eine Schulter ab. Der Kopf fiel, und eine Blutfontäne spritzte auf.

Duncan sah aus dem Augenwinkel Diane, die am Boden lag und sich von dem massigen Körper eines Haarlosen freimachen wollte. Die Streitaxt war blutverschmiert, und es bestand kein Zweifel, daß der Haarlose über ihr tot war. Hinter ihr war der Greif. In einer der Adlerklauen hing ein sich windender Haarloser.

Von irgendwoher schrie Conrad: »Aufgepaßt, Herr!«

Duncan war gewarnt, duckte sich zur Seite, drehte sich weg. Eine Keule streifte trotzdem noch seine Schulter und warf ihn zu Boden. Er rollte sich ab, sprang rasch wieder auf die Beine.

Ein paar Schritte vor ihm setzte ein Haarloser zu einem neuen Angriff an. Duncan riß das Schwert hoch, doch bevor er es niedersausen lassen konnte, hatte sich Tiny in den Arm des haarlosen Geschöpfes verbissen. Der Haarlose ging zu Boden, und Tiny ließ den Arm los und schnappte ihn am Hals.

Duncan fuhr herum. Diane hatte sich vom Körper des Haarlosen befreit und rannte zum Greifen, der sich drei Angreifern gegenübersah. Er wehrte sich mit seinen Klauen und seinem Schnabel. Unter ihm lag die Leiche des ersten, der ihm zu nahe gekommen war, und die drei anderen begannen zurückzuweichen.

Dicht hinter dem Greifen war Conrad in einen Keulenkampf mit zwei Haarlosen verwickelt. Holz krachte auf Holz, und die Splitter flogen durch die Luft. Ein Stückchen weiter hatte ein Haarloser seine Keule fortgeworfen und verzweifelt die Flucht vor Daniel ergriffen, der ihn jedoch bald erreichte, ihm die Zähne in die Schulter schlug und ihn hoch in die Luft wirbelte.

Vom Eremiten war nichts zu sehen.

Duncan feuerte Conrad mit einem Schrei an und rannte auf ihn zu, um ihm zu helfen. Er stolperte, fiel nach vorn, und sein Kopf erhielt einen Schlag. Heißer, roter Schmerz wallte in ihm auf. Später — er konnte nicht sagen, ob kurz oder lange danach — spritzte ihm jemand Wasser ins Gesicht und meinte: »Ist schon gut, Herr.« Dann wurde er hochgehoben und über eine Schulter gelegt, und er wollte widersprechen, konnte jedoch keinen Muskel bewegen und keinen Ton herausbringen.

6

Langsam kehrte das Bewußtsein zurück. Er nahm ein feines Zirpen wahr, das lauter wurde, aus verschiedenen Quellen zu kommen schien. Das Bewußtsein schwebte über einer Leere und lauschte angespannt auf das Zirpen. Dann bildete sich ein Wort: Vögel. Das Bewußtsein begriff das Wort plötzlich und wurde dadurch weitergeführt.

Ich bin Duncan Standish, sagte die Leere, und ich liege irgendwo und höre den Vögeln zu.

Er begriff langsam, daß er einen Kopf hatte, der von einem dumpfen Schmerz durchpulst wurde. Er lag irgendwo eingezwängt.

Er öffnete die Augen und starrte in einen hohen Mittagshimmel hinauf, der von Blättern halb verdeckt war. Er hob eine Hand. Sie stieß gegen rauhen Stein. Er senkte die Augen und sah den Stein, die Steinplatte, die ihn fast bis zu den Schultern hinauf bedeckte. Auf der Platte lag der Stamm einer riesigen Eiche, deren Rinde zum Teil abgefallen war.

Verwirrt fiel ihm das Grab ein. Das Grab Wulferts, des Zauberers, das vor vielen Jahren von einem Baum in Mitleidenschaft gezogen worden war. Und jetzt steckte er darin.

Conrad muß mich hier hereingesteckt haben, dachte er sich. Das ist typisch für den blöden Conrad, der immer meint, daß alles, was er tut, recht ist.

Es kann nur Conrad gewesen sein, sagte er sich. Jemand hat mit mir gesprochen, mich ›Herr‹ genannt, und das tut nur Conrad.

Er wollte sofort aus dem Grab kriechen, sich aus der Umarmung der Steinplatte befreien, aber die Vorsicht hielt ihn zurück. Er war in Gefahr gewesen, und die mochte noch nicht gebannt sein. Er war wahrscheinlich von einer Keule, die auf ihn geschleudert worden war, am Kopf getroffen worden, doch schien es ihm gutzugehen, wenn auch der Kopf noch pochte und er sich ein wenig schwach vorkam.

Bis auf das Zwitschern der Vögel war nichts zu hören, kein Blätterrascheln, kein Brechen eines Zweiges, das auf das Näherkommen irgendeines Geschöpfes hingewiesen hätte.

Er bewegte sich ein wenig, spürte unter sich ein trockenes Rascheln. Blätter, dachte er, trockene Herbstblätter, die seit Jahren in das Grab gefallen sind. Trockene Blätter und noch etwas anderes. Vielleicht die Knochen Wulferts, des Zauberers. Mit einer Hand faßte er in den Staub des Grabes. Er konnte nicht sehen, was seine Hand ergriffen hatte, da ihm die Platte die Sicht verwehrte, doch seine Finger teilten ihm mit, daß es sich um Blätter und zerfallende Stücke — vermoderte Knochen — handeln mochte. Irgend etwas drückte links unter seinem Schulterblatt gegen seine Rippen. War es vielleicht der Schädel? Ob er wohl länger als das andere Gebein die Form behielt?

Er rutschte ein wenig hin und her, um sich von diesem Druck gegen die Rippen zu befreien. Das Ding ließ sich aber nicht verschieben und war härter, als ein Schädel sein konnte. Ein Stein vielleicht?

Duncan hob vorsichtig den Kopf, um nach draußen zu sehen. Dann faßte er nach seinem Schwert und fand es in der Scheide. Conrad mußte es hineingeschoben haben.

Draußen dösten die Grabsteine in der Sonne. Er zog sich behutsam hoch und hinaus, glitt zu Boden und duckte sich neben das Grab. Er bemerkte die Flechten auf den Steinen, aus denen es errichtet war.

Auf der anderen Seite des Grabes, weit unten am Hügel, brach ein Zweig mit lautem Knacken. Füße raschelten durch das Laub.

Duncan zog leise das Schwert aus der Scheide und kroch geduckt am Grab entlang, um Ausschau zu halten.

Das Rascheln kam den Hügel herauf. Duncan verlagerte sein Gewicht, um rasch aufspringen zu können, wenn es nötig werden sollte.

Er erkannte sofort, wer da kam, und senkte das Schwert. Erleichtert atmete er auf. Er war überrascht. Er hatte gar nicht bemerkt, daß er die Luft angehalten hatte.

Er stand auf und winkte Conrad mit dem Schwert zu. Conrad rannte auf ihn zu und blieb vor ihm stehen.

»Gott sei Dank«, sagte er. »Ist dir nichts geschehen?«

»Nein. Und dir? Wie geht es dir?«

»Gut«, erwiderte Conrad. »Bin ein bißchen durchgeschüttelt worden, aber es geht mir gut. Die Haarlosen sind fort. Keiner mehr in der Nähe. Davon mußte ich mich erst überzeugen, bevor ich zu dir zurück konnte.«

Er legte Duncan eine Hand auf die Schulter und schüttelte ihn freundschaftlich. »Bist du sicher, daß es dir gutgeht? Ich dachte schon, du wärst tot. Mußte einen sicheren Platz ausfindig machen, wo ich dich verstecken konnte. Schließlich hat mir der alte Herr gesagt, ich soll auf dich achten.«

»Das kann ich mir denken«, grinste Duncan. »Was machen die anderen?«

»Daniel und Tiny sind in Ordnung. Sie stehen hinter mir Wache. Beauty rannte weg, aber Daniel hat sie gefunden. Daniel hat hoch an der Schulter einen Schlag abbekommen. Aber wir haben sie besiegt.«

»Was ist mit Diane?«

»Sie ist mit dem Drachen weggeflogen.«

»Das war ein Greif, kein Drachen, Conrad.«

»Sie ist also mit dem Greifen weggeflogen.«

»War sie verletzt?«

»Sie war ganz blutig, aber ich denke, das Blut stammte von dem Haarlosen, den sie erschlagen hat. Der Eremit ist weggerannt. Von ihm ist nichts zu sehen.«

»Er wird schon wieder zurückkommen und sich seine Kohlköpfe holen«, lachte Duncan.

»Was machen wir jetzt?«

»Wir sammeln uns wieder. Wir sprechen alles durch und entscheiden uns dann.«

»Die Verheerer wissen jetzt, daß wir hier sind. Sie werden uns im Auge behalten.«

»Es war dumm von uns, anzunehmen, wir könnten ungesehen durchschlüpfen«, sagte Duncan.

»Gehen wir zur Höhle des Eremiten zurück, um dort zu reden?« fragte Conrad. »Werden wir die Nacht dort verbringen?«

»Ja, ich meine schon. Ich nehme an, der Eremit wird sich wieder blicken lassen. Ich möchte etwas mit ihm besprechen.«

Conrad wandte sich zum Gehen.

»Warte«, sagte Duncan, »laß mich noch etwas nachsehen.«

Er ging um das Grab herum und beugte sich darüber, blickte hinein.

»Ich glaube, jemand hat einen Stein hineingeworfen«, sagte er. »Vielleicht auch nicht.«

Es war etwas anderes. Es glänzte, wie kein Stein glänzen konnte. Er faßte hinein und zog es heraus.

»Ein Schmuckstück«, sagte Conrad.

»Ja«, sagte Conrad, »ein Schmuckstück. Wie kommt es hierher?«

Es war groß wie eine Männerfaust und birnenförmig. Es war aus feinem, goldenem Rankenwerk gebildet, und an den Schnittpunkten der Ranken saßen kleine, blitzende Edelsteine. In dem Rankenwerk befand sich ein eiförmiger, silbriger Gegenstand, der fast wie ein Gewicht aussah. Oben an dem äußeren Rankenwerk war eine schwere Kette befestigt, die ebenfalls aus Gold sein mochte, aber nicht so hell wie die Ranken glänzte.

Duncan gab Conrad das Schmuckstück und beugte sich noch einmal über das Grab, um hineinzusehen. Aus einer Ecke grinste ihm der Schädel entgegen.

»Gott gebe dir Frieden«, sagte Duncan.

Die beiden Männer gingen den Hügel hinunter zur Höhle.

7

»Ich nehme an«, begann der Eremit Andrew, »ich kam nicht dazu, Euch zu sagen, daß ich nicht nur ein frommer Mann, sondern auch ein großer Feigling bin. In meinem Herzen lechzte ich danach, Euch zu helfen, aber meine Beine waren fürs Davonrennen. Schließlich überstimmten sie mein Herz und trugen mich so rasch wie möglich fort.«

»Wir haben es auch ohne dich geschafft«, sagte Conrad.

»Aber ich habe Euch im Stich gelassen. Ich hatte nur meinen Stab, doch ich hätte schon einen oder zwei Schläge mit ihm austeilen können.«

»Du bist kein Krieger«, sagte Duncan. »Wir nehmen es dir nicht übel, daß du weggerannt bist. Du kannst uns auf andere Art helfen.«

Der Eremit tat sich an Schinken und Käse gütlich.

»Wir haben in Wulferts Grab ein Schmuckstück gefunden«, fuhr Duncan fort. »Kannst du uns sagen, worum es sich handelt? Hat die Frau auf dem Greifen vielleicht danach Ausschau gehalten?«

»Ach, diese Frau!« rief Andrew. »Ihr müßt mir glauben, daß ich nichts von dieser Frau wußte. Sie hat sich vor mir versteckt und beobachtet, wie ich mir meine armseligen Mahlzeiten aus dem Garten holte. Sie muß Gründe gehabt haben, sich zu verstecken.«

»Sicherlich«, sagte Duncan. »Wir müssen versuchen, diese Gründe herauszubekommen.«

»Sie versteckte sich in der Kirche, die dadurch entweiht wurde. In einer Kirche kann man nicht wohnen.«

»Es ist das einzige Gebäude im Dorf«, sagte Duncan, »das noch ein Dach hat.«

»Aber wieso wollte sie dort bleiben?«

»Du hast sie gehört. Sie suchte Informationen über Wulfert. Sie blätterte in den Urkunden der Kirche. Sie wußte, daß er einmal hier lebte. Vielleicht nahm sie an, er sei von hier anderswohin gegangen, und suchte nach einem Hinweis darauf. Sie konnte nicht wissen, daß er hier begraben ist.«

»Das weiß ich alles«, erklärte der Eremit. »Aber warum ist sie auf der Suche nach ihm?«

Duncan ließ das Schmuckstück vor seiner Nase baumeln, und Andrew fuhr entsetzt zurück.

»Ich glaube, sie suchte das hier«, sagte Duncan. »Weißt du zufällig, worum es sich handelt? Gab es im Dorf Geschichten darüber?«

»Die Dörfler hielten es für eine Reliquie«, erwiderte Andrew zitternd. »So heißt es wenigstens in den alten Geschichten. Aber man wußte nicht, wessen Reliquie oder von was. Das Dorf nahm an, Wulfert sei ein Mann, der ein gottgefälliges Leben führt. Er ließ die Leute in diesem Glauben. Er wäre vielleicht in Gefahr gewesen, wenn das Dorf gewußt hätte, daß er ein Zauberer ist. Ach, diese gräßliche Schande . . .«

»Ja, ich weiß schon«, sagte Duncan ungerührt. »Er wurde in geweihter Erde bestattet.«

»Nicht nur das!« rief Andrew. »Die Leute aus dem Dorf haben ihm ein Grabmal errichtet!«

»Nun ja, sie machten sich die Mühe, weil sie ihn für einen gottgefälligen Menschen hielten. Und sie begruben diese Reliquie mit ihm. Vielleicht hing sie ihm um den Hals.«

Andrew nickte niedergeschlagen. »Ich glaube, Ihr habt recht, Herr.«

»Nenn mich nicht ›Herr‹. Ich bin kein Herr. Mein Vater ist der Herr.«

»Herr, entschuldigt. Ich werde Euch nicht mehr so nennen.«

»Was meinst du, warum die Geschichten über Wulfert die Zeiten überdauert haben? Und zwar mindestens ein Jahrhundert lang, wenn nicht noch länger. Du weißt nicht, wann das alles geschehen ist?«

»Überhaupt nicht«, entgegnete Andrew. »An der kleinen Statue über dem Grab war ein Datum angegeben, aber das wurde durch den Sturz des Baumes zerstört. Andererseits ist es nicht verwunderlich, daß die Geschichten überlebten. In einem Dorf wie diesem vergingen Monate, in denen nichts geschah. Wenn also etwas geschah, machte es den größten Eindruck. Man erinnerte sich lange daran und sprach lange darüber. Außerdem war ein heiligmäßiger Mensch etwas Besonderes. Das Dorf unterschied sich von den anderen Dörfern in der Umgebung.«

»Ja, ich verstehe«, sagte Duncan. »Und diese Reliquie?«

Andrew wich weiter zur Höhlenwand zurück. »Das ist keine Reliquie«, sagte er, »sondern ein höllischer Apparat.«

»Er tut dir doch gar nichts«, spottete Conrad. »Er hängt doch nur da.«

»Wahrscheinlich muß er erst in Betrieb genommen werden«,

sagte Duncan. »Vielleicht muß ein bestimmtes Wort gesprochen werden, ein gewisser Mechanismus in Bewegung gesetzt werden.«

»Mein Rat wäre«, erklärte Andrew, »es zu vergraben oder in einen Bach zu werfen. Von ihm kann nichts Gutes kommen. Wir sind genug Gefahren ausgesetzt und brauchen uns keine neuen aufzuhalsen. Warum interessiert Ihr Euch so sehr dafür? Ihr sagt, Ihr seid auf dem Weg nach Oxenford. Ich verstehe Euch nicht. Ihr sagt, es sei wichtig, Oxenford zu erreichen, und doch laßt Ihr Euch so sehr von diesem schändlichen Ding bannen, das aus dem Grab eines Zauberers stammt.«

»Wir reisen im Auftrag des Herrn nach Oxenford«, sagte Conrad.

»Im Auftrag Eures Herrn?«

»Nein, in heiligem Auftrag.«

»Conrad!« rief Duncan streng.

Andrew wandte sich an Duncan. »Stimmt das, was er sagt? Seid Ihr im Auftrag des Herrn unterwegs? In heiligem Auftrag?«

»Ich glaube, man kann das so sagen. Wir reden nicht darüber.«

»Es muß etwas Wichtiges sein«, meinte Andrew. »Der Weg ist weit und beschwerlich. Und doch kann man Euch ansehen, daß die Reise getan werden muß.«

»Sie wird jetzt schwieriger werden«, sagte Duncan. »Wir hatten gehofft, als kleiner Trupp ungesehen durchschlüpfen zu können. Die Verheerer wissen aber nun Bescheid. Wir sind anscheinend auf ihre Wachtposten gestoßen, und von jetzt an wird man uns im Auge behalten. Die Haarlosen werden nicht die einzigen sein. Das Ganze macht mich nervös. Wenn man Wachtposten aufstellt, bedeutet das, daß die Horde versucht, etwas zu verbergen, das niemand zufällig entdecken darf.«

»Wie wollen wir weiterziehen?« fragte Conrad.

»Geradeaus«, meinte Duncan. »Uns bleibt nichts anderes übrig. Wir könnten versuchen, weiter nach Osten auszuweichen, aber ich fürchte, wir würden dort auch auf Verheerer stoßen. Wir würden einen großen Umweg machen und doch nichts dadurch gewinnen. Wir reisen so rasch wir können geradeaus weiter und halten die Augen offen.«

Das Gespenst hatte sich während ihrer Unterhaltung in einer Ecke verborgen und wallte jetzt herbei.

»Ich könnte den Späher für Euch machen«, sagte es. »Ich könnte vor Euch herziehen und alles auskundschaften. Ich werde mich schrecklich fürchten, aber Euch zuliebe und für die heilige Sache tue ich es gern.«

»Ich habe dich nicht gebeten, mit uns zu kommen«, sagte Duncan. »Ich sagte nur, ich hätte keine Möglichkeit, dich aufzuhalten.«

»Ihr seht mich nicht als etwas«, seufzte der Geist, »das einst ein Mensch gewesen ist. Ihr nehmt mich nicht . . .«

»Wir sehen dich als Gespenst, was das auch sein mag. Kannst du mir sagen, was ein Geist ist?«

»Ich weiß es nicht«, antwortete der Geist. »Ich bin zwar einer, kann es Euch aber nicht sagen. Ihr fragt mich nach einer Erklärung, und ich bitte Euch um eine andere. Könnt Ihr mir sagen, was wohl ein Mensch ist?«

»Nein, das kann ich nicht.«

»Ich kann Euch nur sagen«, meinte der Geist, »daß es eine bittere Sache ist, ein Gespenst zu sein. Ein Geist weiß nicht, was er ist und wie er sich verhalten soll.«

»Du könntest in der Kirche spuken«, schlug Andrew vor. »Zu Lebzeiten warst du eng mit der Kirche verbunden.«

»Ich war aber nie in ihrem Inneren«, erwiderte das Gespenst. »Ich saß bettelnd auf den Stufen. Und ich sage dir, daß das eigentlich gar kein angenehmes Leben war. Die Dörfler waren geizig.«

»Arm waren sie«, erklärte Andrew.

»Es gab Tage, an denen ich nicht eine einzige Kupfermünze erhielt.«

»Wir alle tragen ein hartes Los«, sagte Andrew kalt. »Du hast es jetzt besser. Du wirst mit diesen Leuten nach Oxenford ziehen. Vielleicht gefällt es dir dort.«

»Sie sagen, daß sie mich nicht zurückhalten können, was ich unfreundlich finde. Ich gehe aber auf jeden Fall mit.«

»Ich auch«, erklärte Andrew. »Wenn sie mich mitnehmen wollen. Mein ganzes Leben lang habe ich mich danach gesehnt, ein Streiter des Herrn zu sein. Ich hielt mich für einen, als ich anfing, Eremit zu sein. In meiner Brust brannte ein heiliger Eifer, wenn auch vielleicht nicht gerade sehr hell. Ich versuchte, mir meine Frömmigkeit zu beweisen. Jahrelang saß ich da und starrte in eine Kerzenflamme, tat sonst nichts, außer natürlich die Bedürfnisse meines Leibes zu erfüllen. Ich schlief nur, wenn ich die Augen nicht mehr offenhalten konnte. Manchmal nickte ich ein und versengte mir die Augenbrauen. Und teuer war es auch. Manchmal konnte ich mir kaum die Kerzen leisten. Und ich habe nichts damit erreicht. Das Kerzenschauen hat mir nicht weitergeholfen. Ich habe mich nicht einmal gut gefühlt dabei. Ich starre in die Flamme, sagte ich mir, um einer derjenigen zu werden, die eins sind mit dem Fall des Blattes, dem Lied des Vogels, den zarten Farben des Sonnenuntergangs. Ich wollte auf diese Weise eins mit dem Universum werden und nichts davon ist geschehen. Der Fall eines Blattes bedeutet mir nichts, die Lieder der Vögel interessieren mich nicht. Mir fehlte etwas, oder ich habe alles falsch verstanden, oder jene, die vom Erfolg sprachen, waren nichts als Lügner. Nach einiger Zeit wurde mir klar, daß ich ein Versager war.

Jetzt habe ich jedoch die Gelegenheit, ein wahrer Streiter des Herrn zu werden. Ich bin möglicherweise ein Feigling und schwach wie ein Schilfrohr, aber mit meinem Stab kann ich schon noch ein paar saftige Hiebe austeilen. Ich werde mein bestes versuchen und nicht wieder die Flucht ergreifen, so wie heute, als Gefahr drohte.«

»Du warst nicht der einzige, der davongelaufen ist«, sagte Duncan bitter. »Die Dame Diane ist trotz ihrer Streitaxt ebenfalls auf und davon.«

»Erst, als alles vorüber war«, erklärte Conrad.

»Ich dachte, du hättest gesagt —«

»Du hast mich mißverstanden«, unterbrach ihn Conrad. »Als der Kampf begann, saß sie nicht auf dem Tier, doch dann stieg sie auf, und die beiden kämpften gemeinsam. Sie mit der Axt, der Greif mit Klauen und Schnabel. Erst als die Haarlosen kehrtmachten und wegrannten, flogen sie fort.«

»Jetzt fühle ich mich besser«, sagte Duncan. »Sie sah nicht so aus, als würde sie die Flucht ergreifen. Dann war also eher ich ein Drückeberger.«

»Du bist unglücklich von einer Keule getroffen worden«, sagte Conrad. »Ich stand über dir, um sie abzuwehren, die auf dich eindrangen. Der größte Schaden wurde den Haarlosen von der Herrin und ihrem Drachen zugefügt.«

»Greif«, korrigierte Duncan wieder.

»Schon gut, Herr. Ein Greif. Ich verwechsle das.«

Duncan stand auf.

»Wir sollten zur Kirche gehen«, sagte er, »und schauen, ob wir die Dame finden können. Es ist noch hell genug.«

»Was macht dein Kopf?« fragte Conrad.

»Ich habe eine Riesenbeule, und er tut mir weh. Aber es geht schon.«

8

Die Kirche war nicht groß, aber doch ein eindrucksvolles Gebäude, das man in einem solchen Dorf kaum erwartet hätte. Die frommen Dörfler hatten sich durch die Jahrhunderte bemüht, Steine zu behauen und sie in die Höhe zu hieven, den Boden mit schweren Platten zu belegen, Bänke und Altäre zu schnitzen, Wandteppiche zu knüpfen.

Die Teppiche waren von den Wänden gerissen worden und lagen verschmutzt und zertrampelt am Boden. Bänke und andere Einrichtungen waren zertrümmert worden, der Altar lag umgestürzt.

Diane und der Greif waren nicht zu sehen. Es gab aber Anzeichen, daß sie hier gewesen waren. Auf dem Steinboden fand sich Greifenmist. Sie entdeckten die Kapelle, in der die Frau genächtigt hatte. Schafpelze bildeten am Boden ein Lager, eine Feuerstelle war rasch hergerichtet worden, und neben dieser lagen Küchengeräte.

In der zweiten Kapelle stand ein langer Tisch, der wunderbarerweise noch ganz war. Auf ihm stapelten sich Pergamentbogen. Dazwischen fanden sich ein Tintenfaß und eine Feder.

Duncan nahm einen der Bogen. Das Pergament knisterte unter seiner Berührung. Die Schrift war ungelenk, die Worte waren falsch geschrieben. Jemand war gestorben, jemand geboren, ein Paar hatte geheiratet, eine unbekannte Seuche hatte ein Dutzend Schafe getötet, die Wölfe waren in jenem Jahr schlimm gewesen, ein früher Frost hatte die Gärten heimgesucht, doch der Schnee war fast bis Weihnachten ausgeblieben.

Duncan nahm andere Pergamente auf. Sie glichen sich alle. Berichte über die nichtssagenden Ereignisse im Dorf. Geburten, Sterbefälle, Hochzeiten, lokale Unglücke.

»Sie hat diese Berichte durchgesehen«, sagte Duncan zu Andrew. »Sie suchte nach einer Erwähnung Wulferts, einem Hinweis, der zu ihm führen würde. Offensichtlich hat sie nichts gefunden.«

»Sie hat doch wissen müssen, daß er längst tot ist.«

»Sie hat nicht ihn selbst gesucht«, erklärte Duncan. »Sie ist hinter dieser Reliquie her. Ihr ist die Reliquie, oder wenn du willst, der höllische Apparat wichtig.«

»Ich verstehe nicht.«

»Deine Kerzen, deine Frömmigkeit haben dich blind gemacht«, sagte Duncan. »Wenn es überhaupt Frömmigkeit war.«

»Ich weiß nicht«, erwiderte Andrew. »Herr, ich habe immer versucht, ein ehrlicher Eremit zu sein.«

»Du hast einen engen Horizont«, sagte Duncan zu ihm. »Du kannst dir nicht denken, daß das, was du einen höllischen Apparat nennst, vielleicht wertvoll ist. Du läßt den Zauberern nicht Gerechtigkeit widerfahren. Es gibt viele Länder, die so christlich wie dieses hier sind, in denen man die Zauberer hochschätzt.«

»Sie stinken nach heidnischem Brauchtum.«

»Alte Wahrheiten«, meinte Duncan. »Alte Vorstellungen, alte Lösungen, alte Verfahren und Methoden. Du kannst sie nicht einfach abtun, nur weil sie schon vor dem Christentum da waren. Die Dame wollte das, was der Zauberer besaß.«

»Eins habt Ihr vielleicht noch nicht bedacht«, sagte Andrew leise. »Sie könnte selbst eine Zauberin sein.«

»Du meinst, eine Art sehr verfeinerter Hexe?«

»So etwa«, nickte Andrew. »Wie dem auch sei, daran habt Ihr noch nicht gedacht.«

»Ich hatte nicht daran gedacht«, bekannte Duncan. »Es kann sogar stimmen.«

Durch die hohen, schmalen Fenster fiel das Licht der Nachmittagssonne. Die Fenster hatten bunte Scheiben, zumindest diejenigen, welche noch ganz waren. Viele waren leider durch Steinwürfe zerstört worden. Duncan sah sich die Fenster an und wunderte sich, wie sich das fromme Dorf die vielen bunten Scheiben hatte leisten können. Vielleicht hatte es ein paar wohlhabende Bewohner gegeben, die sich zusammengetan hatten, um sie anfertigen zu lassen und dadurch irgend etwas abzubüßen oder sich den Weg in den Himmel zu bahnen.

In den hellen Lichtstrahlen tanzten winzige Staubkörnchen, die dem Licht Lebendigkeit gaben. Und hinter den Lichtbündeln bewegte sich etwas.

Duncan packte Andrews Arm. »Da ist etwas«, sagte er. »Da

drüben in der Ecke.«

Der Eremit kniff die Augen zusammen und und spähte in die angegebene Richtung. Dann lachte er leise und war sichtlich erleichtert.

»Es ist nur Snoopy«, sagte er.

»Snoopy? Wer, zum Teufel, ist Snoopy?«

»Ich nenne ihn so, weil er immer herumschnüffelt. Immer auf der Suche nach etwas, aus dem er einen Vorteil für sich ziehen kann. Ein kleiner Wichtigtuer. Er heißt natürlich anders. Der Name ist ein wahrer Zungenbrecher. Es scheint ihm nichts auszumachen, daß ich ihn Snoopy nenne.«

»Deine Weitschweifigkeit wird dich eines Tages noch das Leben kosten«, sagte Duncan. »Alles schön und gut, aber willst du mir nicht endlich sagen, wer —«

»Ach, ich dachte, Ihr wißt Bescheid«, erwiderte Andrew. »Ich dachte, ich hätte schon von ihm gesprochen. Snoopy ist ein Kobold. Einer der Hiesigen. Er belästigt mich oft, und ich mag ihn nicht besonders, aber er ist wirklich kein schlechter Kerl.«

Der Kobold hatte jetzt die Lichtstrahlen hinter sich gelassen und kam auf sie zu. Er war ein kleiner Bursche, reichte einem erwachsenen Menschen vielleicht bis zur Hüfte. Seine Kleidung war nußbraun. Er trug eine Zipfelmütze, ein Wams und enge Hosen, die an seinen dünnen Beinen fest anlagen, dazu Schuhe, deren Spitzen lächerlich aufgebogen waren. Er hatte übergroße, spitze Ohren, und das Gesicht wirkte verschmitzt.

Snoopy sprach Andrew unvermittelt an. »Jetzt kann man hier leben«, sagte er. »Dieser falsche Geruch nach Heiligkeit, den weder ich noch meine Brüder ertragen konnten, hat sich ein wenig verflüchtigt. Der Greifenmist hat viel damit zu tun. Nichts ist besser geeignet, den Geruch der Heiligkeit auszutreiben.«

Andrew gab sich einen Ruck. »Du bist wieder einmal unverschämt«, sagte er.

»Wenn das so ist«, grinste Snoopy, »werde ich wieder gehen. Ihr entschuldigt mich. Ich wollte nur meiner Pflicht als Nachbar nachkommen.«

»Einen Augenblick«, sagte Duncan. »Warte, bitte. Achte nicht auf die scharfe Zunge dieses guten Eremiten. Er hat seltsame Ansichten, weil er versucht hat, ein gottgefälliger Mensch zu werden, und weil er das vielleicht auf die falsche Art angefangen hat.«

Snoopy warf einen Blick auf Duncan. »Wirklich?« fragte er.

»Es ist jedenfalls möglich«, sagte Duncan. »Ich bin allerdings kein Fachmann auf diesem Gebiet.«

»Du kommst mir vernünftiger als dieser alte, eingetrocknete Eremit vor«, äußerte der Kobold. »Wenn du mir versprichst, daß du ihn mir vom Leib hältst und ihn dazu bringst, daß er schweigt, werde ich sagen, warum ich gekommen bin.«

»Ich werde mein Bestes tun und ihn zurückhalten«, entgegnete Duncan. »Sag mir also bitte, warum du gekommen bist.«

»Ich kam mit dem Gedanken, euch vielleicht ein bißchen helfen zu können.«

»Hör nicht auf ihn«, mischte sich Andrew prompt ein. »Jede Hilfe von Snoopy würde sich schließlich als Schlag auf die Nase erweisen.«

»Laß mich das bitte entscheiden«, sagte Duncan. »Wie könnte er mir schaden, wenn ich ihm einfach nur zuhöre?«

»Da siehst du es«, meinte Snoopy. »Der Mensch weiß nichts von Höflichkeit.«

»Halten wir uns nicht mit alten Meinungsverschiedenheiten zwischen euch auf«, sagte Duncan. »Wenn du mir etwas mitzuteilen hast, würde ich es gern hören. Mir scheint, wir können Hilfe gebrauchen. Ich habe jedoch Bedenken, und die mußt du mir erst zerstreuen.«

»Was für Bedenken?«

»Ich nehme an, du weißt, daß wir tiefer in das Öde Land eindringen wollen, das im Augenblick von den Verheerern besetzt ist.«

»Das weiß ich, und deshalb bin ich hier«, sagte Snoopy. »Ich kann euch mit dem besten Weg vertraut machen, auch damit, worauf ihr zu achten habt.«

»Da liegen genau meine Bedenken«, sagte Duncan. »Warum solltest du uns gegen die Verheerer helfen wollen? Mir scheint, du müßtest dich ihnen näher fühlen als uns.«

»In gewisser Hinsicht hast du mit deiner Annahme recht«, gab Snoopy zu, »aber dein Gedankengang ist nicht sehr scharfsinnig, was vielleicht daran liegt, daß du mit der Lage der Dinge nicht sehr gut vertraut bist. Wir haben keinen Grund, die Menschen zu lieben. Meine Leute, die ihr herablassend ›die Zwerge‹ nennt, lebten schon lange auf dieser Welt, ehe ihr auftauchtet und euch so gefühllos zwischen uns gedrängt habt. Ihr habt euch nicht mit uns beschäftigt, habt uns wie Gewürm beiseite geschoben. Ihr habt uns nicht als intelligente Lebensform gesehen, habt unsere

Rechte mißachtet, habt uns weder höflich noch verständnisvoll behandelt. Ihr habt unsere heiligen Wälder gefällt, habt unsere heiligen Plätze entweiht. Wir waren willens, unsere Lebensart der euren anzupassen und in Harmonie mit euch zu leben. Wir waren dazu sogar noch willens, als ihr schon wie hochnäsige Eroberer eingedrungen wart. Wir hatten Kräfte, die wir euch gern hätten zugute kommen lassen, und vielleicht hättet ihr uns dafür etwas Wertvolles zurückgeben können. Aber ihr habt uns beiseite gestoßen, uns gezwungen, uns in Verstecke zurückzuziehen. Schließlich wandten wir uns gegen euch, aber wegen eurer Wildheit und gefühllosen Gewalttätigkeit konnten wir kaum etwas gegen euch ausrichten. Wir sind euch nie ebenbürtig gewesen. Und deshalb können wir euch nicht lieben.«

»Da ist Wahrheit in deinen Worten«, sagte Duncan, »obwohl ich eigentlich nichts dazu sagen kann. Doch meine Bedenken sind damit genau getroffen. Da ihr uns hassen müßt, wieso bietest du uns dann deine Hilfe an? Wir wissen, wie du über uns denkst. Wie können wir dir also trauen?«

»Weil wir die Verheerer noch mehr als euch hassen«, sagte Snoopy. »In eurer menschlichen Torheit nehmt ihr vielleicht an, daß wir mit den Verheerern unter einer Decke stecken. Dem ist aber nicht so. Wir haben nichts miteinander zu tun. Dafür gibt es mehrere Gründe. Sie sind ganz und gar böse, und wir sind das nicht. Sie leben nur für das Böse, und wir nicht. Aber da ihr Menschen uns mit ihnen in einen Topf werft, haben wir seit Jahrhunderten unter ihrem schlechten Ruf zu leiden. Vieles, was sie tun, schiebt man uns in die Schuhe. Es gibt gewisse Gebiete, auf denen wir uns mit den Menschen verständigen könnten, aber die Verheerer haben diese Möglichkeiten verbaut, da wir in euren Augen so schlimm wie sie dastehen. Wenn ihr sie verdammt, sprecht ihr auch gleichzeitig euren Bannfluch über uns aus. Es gibt ein paar vernünftigere und mitfühlendere Menschen, die sich die Mühe gemacht haben, uns besser kennenzulernen, aber ihre Stimmen gehen in der Menge unter.

Bei dieser Invasion der Verheerer haben wir mit den Menschen gelitten, wenn auch nicht so stark, da wir unsere kleinen Zauber haben, die uns schützen. Wir hassen die Verheerer also mehr als die Menschen, und deshalb wollen wir euch helfen.«

»Unter diesen Umständen wäre es der reine Wahnsinn«, sagte Andrew, »wenn Ihr ihm völlig trauen würdet. Er würde Euch vielleicht direkt in einen Hinterhalt führen. Ich halte nicht viel von diesem Haß auf die Verheerer, den er uns gestanden hat, obwohl er mich einmal vor ihnen gewarnt hat. Ich sage Euch, bei ihm und seinesgleichen weiß man nie, woran man ist.«

Duncan hörte nicht auf Andrew. Er sagte zu Snoopy: »Du sagst, die Verheerer haben nichts mit euch zu tun, sind nicht verwandt mit euch. Wo kamen sie dann her? Wo ist ihr Ursprung?«

»Sie tauchten zum ersten Mal vor etwa zwanzigtausend Jahren auf«, sagte Snoopy. »Vielleicht noch früher. So heißt es in unseren Legenden, und mein Volk achtet sehr darauf, daß die Legenden unverändert von Generation zu Generation weitergegeben werden. Zunächst gab es nur wenige, aber im Lauf der Jahrhunderte wurden es mehr. Als es nur wenige waren, hatten wir Gelegenheit zu erkennen, um welche Wesen es sich handelte. Nachdem wir das Böse, das in ihnen ist, ganz genau erkannt hatten, waren wir in gewissem Umfange in der Lage, uns zu schützen. Ich nehme an, daß es den Urmenschen ähnlich erging, wobei die Menschen damals keinen Zauber hatten, der sie schützen konnte. Viele unterschieden nicht zwischen uns und jenen, die jetzt Verheerer heißen, die aber früher auch ganz andere Namen hatten.«

»Sie tauchten, wie du sagst, zum ersten Mal vor zwanzigtausend Jahren auf. Wie sind sie in Erscheinung getreten?«

»Sie waren einfach da.«

»Wo kamen sie aber her?«

»Manche sagen, sie kamen vom Himmel. Andere meinen, sie stammen aus der Tiefe der Erde, wo sie eingesperrt waren. Sie hatten sich entweder befreit oder die Kraft überwunden, die sie dort eingesperrt hielt, oder die Zeit ihrer Verwahrung war abgelaufen.«

»Aber sie sind doch sicher keine eigene Gattung. Ich habe gehört, daß sie in allen möglichen Formen und Gestalten auftreten.«

»Das stimmt«, sagte Snoopy. »Sie sind keine eigene Gattung. Sie sind ein Schwarm.«

»Ich verstehe nicht.«

»Ein Schwarm«, sagte Snoopy ungeduldig. »Du weißt nicht, was ein Schwarm ist?«

»Er redet in seiner eigenen Sprache«, sagte Andrew. »Er hat viele Worte und Gedanken, die von Menschen nicht verstanden werden.«

»Nun, lassen wir das«, meinte Duncan. »Wichtig ist nur, was er uns mitteilen möchte.«

»Ihr meint doch nicht, daß Ihr ihm trauen wollt?«

»Ich habe gute Lust dazu.«

»Ich kann euch den sichersten Weg zeigen«, sagte Snoopy. »Ich kann eine Karte für euch zeichnen. In einer der Kapellen ist Pergament und Tinte.«

Snoopy führte sie zur Kapelle, und Conrad beeilte sich, mit Duncan Schritt zu halten.

In der Kapelle kletterte Snoopy auf den Tisch und suchte raschelnd in den Pergamenthaufen, bis er einen Bogen mit einer leeren Stelle gefunden hatte. Er breitete ihn sorgfältig auf dem Tisch aus. Er nahm die Feder, tauchte sie in die Tinte und malte ein Kreuz auf das Blatt.

»Wir sind hier«, sagte er und deutete auf das Kreuz. »Hier ist Norden.« Er zog einen Strich, um die Richtung anzuzeigen. »Ihr geht von hier direkt nach Süden, das Tal entlang und dann ein wenig nach Westen. Ihr werdet gut gedeckt sein. Vielleicht sind auf den Gipfeln der Hügel Wachtposten. Schaut nach ihnen aus. Sie werden euch vermutlich keine Schwierigkeiten machen. Sie werden euch wahrscheinlich nicht angreifen und nur melden, wo ihr euch befindet. Vierzig Meilen von hier fließt der Bach in einen Sumpf; morastigen Boden, Wassertümpel und wuchernde Pflanzen gibt es dort.«

»Mir gefällt das nicht«, sagte Conrad.

»Ihr ändert die Richtung«, fuhr Snoopy fort, »haltet euch am linken Rand des Sumpfes. Dort gibt es steile Wände, die zwischen Sumpf und Hügeln einen schmalen Streifen flachen Landes lassen.«

»Die könnten uns in den Sumpf treiben«, sagte Conrad. »Wir könnten uns nicht halten.«

»Durch den Sumpf können sie nicht kommen«, erklärte Snoopy. »Die Hänge der Hügel sind steil und unbesteigbar. Ihr könnt dort nicht hinauf, aber genausowenig kann jemand herunter.«

»Es gibt vielleicht Drachen oder Harpyen oder anderes geflügeltes Viehzeug.«

Snoopy zuckte mit den Schultern. »Nicht viele. Ihr könnt sie abwehren. Wenn sie euch vom Boden her angreifen, müssen sie das von vorn oder von hinten tun, denn der Streifen festen Landes ist schmal. Von der Seite können sie nicht an euch herankommen.«

»Mir gefällt das auch nicht«, sagte Duncan. »Meister Kobold, gibt es keinen anderen Weg?«

»Ihr müßtet viel mehr Meilen zurücklegen«, teilte ihm Snoopy mit. »Und würdet doch nicht vorankommen. Schweres Gelände, hinauf und hinunter, und verlaufen kann man sich auch leicht.«

»Aber der Weg hier entlang ist gefährlich.«

»Vielleicht gefährlich, aber auf jeden Fall kühn. Die erwarten nicht, daß ihr diese Richtung einschlagt. Wenn ihr nachts reist, in Deckung bleibt —«

Duncan schüttelte den Kopf.

»Im Öden Land«, sagte der Kobold, »gibt es keinen Platz, der sicher wäre.«

»Wenn du reisen müßtest«, fragte ihn Conrad, »würdest du den Weg einschlagen, den du uns empfiehlst?«

»Ich stelle mich der Gefahr«, sagte Snoopy. »Ich werde mit euch reisen. Dann geht es auch mir an den Kragen.«

»Gott beschütze uns«, seufzte Duncan. »Ein Eremit, ein Geist, ein Kobold. Wir werden zu einer Armee.«

»Ich gehe nur mit«, sagte Snoopy, »weil ich dadurch meine Redlichkeit beweisen kann.«

»Na schön«, sagte Duncan. »Ich glaube dir.«

»Weiter unten am Uferstreifen zwischen Hügeln und Sumpf stoßt ihr auf eine Klamm, die die Hügel durchschneidet. Sie ist nur kurz, etwa fünf Meilen lang.«

»Das riecht nach Falle«, sagte Conrad.

»Aber wenn ihr die Klamm hinter euch habt, befindet ihr euch in offenem Land. In seiner Mitte liegt jedoch eine Burg.«

»Ich werde mich dicht neben dir halten«, sagte Conrad. »Wenn sich das als eine Falle erweist, werde ich dir einfach die Kehle durchschneiden.«

Der Kobold zuckte mit den Achseln.

»Du zuckst die Achseln«, sagte Conrad. »Vielleicht möchtest du, daß ich sie dir durchschneide.«

Snoopy warf ärgerlich die Feder hin. Tinte spritzte über das Pergament.

»Eins verstehe ich nicht«, sagte Duncan. »Zuerst sagst du, du willst eine Karte für uns zeichnen, und dann möchtest du mit uns ziehen. Warum dann die Karte zeichnen? Warum sagtest du uns nicht einfach von Anfang an, daß du mitkommen und uns den Weg zeigen willst?«

»Zunächst hatte ich nicht vorgehabt, mit euch zu kommen«, erwiderte der Kobold. »Ich hatte nur an die Karte gedacht. Aber als ihr meine Glaubwürdigkeit anzweifeltet, wurde mir klar, daß ich mitkommen muß, da ihr mir sonst keinen Glauben schenken würdet.«

»Uns geht es nicht um Glauben«, sagte Conrad, »sondern um Wahrheit.«

»Das eine gibt es ohne das andere nicht«, meinte Snoopy.

»Gut«, nickte Duncan, »erzähl weiter. Du hast eine Burg erwähnt.«

»Eine alte Burg, die verfällt. Ich warne euch vor ihr. Macht einen weiten Bogen um sie herum. Kommt ihr nicht zu nahe. Betretet sie auf gar keinen Fall. Sie ist gefährlich. Sie ist nicht so schlecht wie die Verheerer, aber in ihr ist doch Schlechtigkeit.«

»Vergeßt das alles«, sagte der Eremit. »Er wird uns in den Tod oder Schlimmeres führen. Man kann ihm nicht einen Augenblick trauen.«

»Entscheidet euch«, erklärte Snoopy. »Ich habe euch alles gesagt.«

Er sprang vom Tisch und stapfte aus der Kapelle.

Tiny schlich mit wachsamem Blick in die Kapelle. Er lehnte sich freundschaftlich an Conrads Bein. Draußen in der Kirche schnob Daniel leise.

»Nun?« fragte Andrew.

»Ich weiß nicht«, antwortete Duncan. »Wir müssen darüber nachdenken. Wir müssen etwas tun. Wir können nicht hier bleiben.«

Zu Conrad sagte er: »Du überraschst mich. Ich dachte, daß du derjenige von uns wärst, welcher ihm vertrauen würde. Zu Hause gibst du dich viel mit den Zwergen ab. Du hattest auf dem Weg sogar befürchtet, die Verheerer könnten sie ausgerottet haben.«

»Du hast recht«, erwiderte Conrad. »Ich habe sie gern. Ich habe viele Freunde unter ihnen. Aber bei dem hier müssen wir ganz sichergehen.«

»Deshalb hast du ihm gedroht, daß wir ihm die Kehle durchschneiden würden, wenn er uns in die Irre führt?«

»Es geht nur so. Er muß uns verstehen.«

»Was denkst du wirklich?«

»Herr, ich denke, wir können ihm vertrauen. Ich wollte nur ganz sicher sein. Ich wollte ihm begreiflich machen, daß die Lage ernst ist und kein Platz für Scherze bleibt. Ganz gleich, wie nett die Zwerge sind, sie sind immer zu Scherzen aufgelegt, selbst ihren Freunden gegenüber. Ich wollte nur sichergehen, daß uns der hier nicht übel mitspielt.«

»In einer Lage wie dieser wird er sich doch nicht auf törichte Scherze einlassen.«

»Da habt Ihr unrecht«, sagte Andrew. »Sie neigen immer zu Streichen, und manche sind beinahe schon bösartig. Ich werde ihn jedenfalls im Auge behalten. Wenn ihm Conrad im Notfall nicht die Kehle durchschneidet, werde ich ihm mit dem Stab eins überziehen.«

9

Duncan sagte sich, daß er in der Kirche recht gehabt hatte. Sie konnten nicht länger hier bleiben. Sie hatten Zeit vergeudet, und er spürte, daß die Zeit wichtig sein konnte.

Er saß gegen die Höhlenwand gelehnt und hatte sich halb mit der schweren Decke zugedeckt. Tiny lag im Höhleneingang, und draußen stampfte Daniel, und auch Beauty war zu hören. In einer Ecke schnarchte Conrad gewaltig. Der Eremit lag unter einer Decke auf seinem Strohlager ausgestreckt und murmelte im Schlaf. Der Geist war verschwunden.

Duncan überlegte, daß er und Conrad natürlich umkehren konnten. Zurück nach Standish House. Und niemand würde ihnen Vorwürfe machen. Dem ersten Plan nach hätten sie als eine kleine Gruppe rasch und ungesehen durch das Öde Land schlüpfen sollen. Das schien jetzt unmöglich. Die Umstände hatten sich so entwickelt, daß das undurchführbar geworden war. Es war eigentlich von Anfang an unmöglich gewesen. Ihr Zusammenstoß mit den Haarlosen hatte diesen ihre Anwesenheit verraten. Der Suchtrupp des Räubers, der hinter ihnen her gewesen war, hatte die Verheerer wahrscheinlich gewarnt. Duncan fragte sich, was wohl aus dem Räuber und seinen Männern geworden war. Es wäre nicht verwunderlich gewesen, wenn sie ein Ende mit Schrecken gefunden hätten, da sie ein widerlicher und täppischer Haufen waren.

Ich mag die Lage der Dinge nicht, sagte er sich. Das ganze Abenteuer war schiefgegangen. Er stellte fest, daß ihm vor allem die Freiwilligen nicht gefielen, die sich ihnen angeschlossen hatten. Das Gespenst war schlimm genug, aber gegen einen Geist war wenig auszurichten. Am schlimmsten war der Eremit. Er war ein alter Wirrkopf mit den Zügen eines Wichtigtuers, und außerdem ein Feigling. Er sagte, er wolle ein Streiter des Herrn sein, und dagegen war nichts zu sagen, außer, daß er sich nicht in die Angelegenheiten anderer einmischen sollte. Natürlich hatte er sich bis jetzt in alles und jedes eingemischt. Wenn er bei ihnen bliebe, würde er ihnen immer wieder Knüppel zwischen die Beine werfen. Was war zu tun? Ihm sagen, er könne nicht mitkommen? Daß kein Platz für ihn sei? Nachdem sie seine Gastfreundschaft genossen hatten?

Vielleicht mache ich mir unnötig Sorgen, sagte sich Duncan. Der Eremit würde höchstwahrscheinlich einen Rückzieher machen und im letzten Augenblick verkünden, daß es gewichtige Gründe gäbe, warum er seine Klause nicht verlassen könne.

Und was war mit dem Kobold Snoopy? Zu trauen war ihm sicher nicht, obwohl er seinen Fall sehr eindrucksvoll vorgetragen hatte. Sie mußten ihn im Auge behalten. Das konnte Conrad überlassen bleiben. Snoopy hatte wahrscheinlich mit gutem Grund ein wenig Angst vor Conrad. Conrad hatte nicht gescherzt, als er ihm gesagt hatte, er würde ihm die Kehle durchschneiden. Conrad scherzte nie.

Was war zu tun? Weiterziehen oder umkehren? Der Abbruch der Reise ließ sich vertreten. Sie waren nicht verpflichtet, sich großer Gefahr auszusetzen, den Hals in die Schlinge zu legen, weiterzumachen, ganz gleich, wie groß das Risiko war.

Und es war groß. Und doch stand viel auf dem Spiel. Es war wichtig, dem Weisen in Oxenford das Manuskript zu bringen, und wenn sie jetzt umkehrten, war anzunehmen, daß er es nie zu Gesicht bekommen würde. Der Mann war alt. Seine Exzellenz hatte gemeint, daß sein Leben zur Neige ginge.

Und jetzt fiel ihm etwas ein, das Seine Exzellenz an jenem Abend in der Bibliothek von Standish House auch noch gesagt hatte. »Die Lichter gehen aus«, hatte er gesagt. »Sie gehen in ganz Europa aus. Ich habe das Gefühl, daß wir in die alte Finsternis zurückfallen.« Seine Exzellenz war eigentlich vor allem ein frömmelnder Schwätzer, aber ein Narr war er trotzdem nicht.

Der Kirchenmann hatte nicht gesagt, daß der Echtheitsbeweis des Manuskripts eine Rolle dabei spielen könne, die Finsternis zurückzuhalten, aber Duncan erinnerte sich, daß doch darauf angespielt worden war. Die Kirche würde nämlich an Macht zunehmen, wenn zweifelsfrei geklärt und bewiesen wäre, daß ein Mensch namens Jesus wirklich gelebt und die Worte gesprochen habe, die von ihm berichtet wurden; daß er in dem Geist gestorben sei, von dem die Evangelien berichteten. Und eine gestärkte Kirche hätte die Kraft, die Finsternis zurückzuhalten, von der Seine Exzellenz gesprochen hatte.

Und was, fragte er sich, wenn der Mann in Oxenford das Manuskript ansah und erklärte, es sei eine Fälschung? Duncan schloß die Augen und schüttelte den Kopf. Daran durfte er nicht denken. Irgendwie mußte er sich den Glauben bewahren. Das war ein Risiko, das einfach gewagt werden mußte.

Er lehnte den Kopf an die Höhlenwand, und ihn ergriff Angst. Er war kein frommes Mitglied der Kirche, war aber doch Teil von ihr. Ein Erbe, dem er sich nicht entziehen konnte. Vierzig Generationen seiner Ahnen waren auf ihre Art Christen gewesen. Es war keine Frage, daß er weiterziehen mußte. War sein Glaube auch schwach, so war er doch ein Teil seiner selbst. Er hatte ihn im Blut, daran war nicht zu zweifeln.

10

Snoopy hatte nicht an der Kirche auf sie gewartet. Sie suchten nach ihm, riefen ihn, warteten auf ihn, aber er war nicht aufgetaucht. Schließlich waren sie ohne ihn aufgebrochen, mit Tiny an der Spitze, die weit vorauslief und auch die Seiten absicherte. Der Eremit lief neben Beauty her, die Conrad folgte, während Duncan und Daniel den Schluß bildeten.

Andrew brummte noch immer wegen des Kobolds vor sich hin. »Ihr solltet Euch freuen, daß er nicht aufgetaucht ist«, sagte er zu Duncan. »Ich bin sicher, er hält es nicht mit der Wahrheit. Man kann keinem von ihnen trauen. Ein launenhaftes Völkchen.«

»Wenn er bei uns wäre«, erwiderte Duncan, »könnten wir ihn im Auge behalten.«

»Er ist aber ein aalglatter Schlingel. Er würde sich auf und davon machen, ohne daß Ihr etwas merken würdet. Und wie würdet Ihr mit den anderen verfahren?«

»Mit den anderen?«

»Ja, mit den anderen: Gnomen, Kobolden, Todesfeen, Trollen, Riesen und so weiter?«

»Du redest, als ob es hier viele von ihnen geben würde.«

»Es gibt sie haufenweise, und sie führen nichts Gutes im Schilde. Sie hassen uns alle.«

»Als aber Snoopy uns den raschesten und leichtesten Weg beschrieb, hast du ihm nicht widersprochen oder ihn korrigiert.«

»Der Kobold hatte recht«, sagte Andrew. »Es ist der einfachste Weg. Ob er auch der sicherste ist, wird sich erweisen.«

Sie folgten einem kleinen Tal, das dicht bewachsen war. Der Bach, der in der Nähe von Andrews Höhle entsprang, rauschte und sprang durch sein felsiges Bett.

Als das Tal sich weitete, stießen sie auf ein paar Hütten, die zum Teil niedergebrannt waren, während von anderen noch ein paar schwarze Balken und die Kamine übrig waren. Das reife Getreide war von Wind und Wetter zu Boden gedrückt, und die Obstbäume waren umgehauen worden.

Das Gespenst hatte sich nicht gezeigt, doch Duncan hatte gelegentlich den Eindruck gehabt, als gleite es durch die Bäume auf dem Kamm der Hügel über dem Tal.

»Hast du etwas vom Geist gesehen?« fragte er Andrew. »Ist er bei uns?«

»Wie soll ich das wissen«, brummte der Eremit. »Wer weiß schon, was ein Gespenst macht?«

Er stapfte ärgerlich weiter und stieß seinen Stab wütend in den Boden.

»Wenn du lieber nicht hier bist, warum gehst du dann nicht zurück?« fragte Duncan.

»Mir mag das alles vielleicht nicht passen«, entgegnete Andrew. »Aber es ist für mich die erste Gelegenheit, ein Streiter des Herrn zu sein. Wenn ich sie jetzt nicht ergreife, wird sie sich mir vielleicht nie mehr bieten.«

»Wie du willst«, sagte Duncan.

Mittags machten sie eine kurze Rast, um etwas zu sich zu nehmen.

»Warum reitet Ihr nicht auf dem Pferd?« fragte Andrew Duncan. »Wenn ich ein Pferd hätte, würde ich meine Füße schonen.«

»Ich werde ihn reiten, wenn es soweit ist.«

»Und wann wird es soweit sein?«

»Wenn wir beide eine Kampfeinheit bilden können. Er ist kein Reitpferd, sondern ein Schlachtroß, das zum Kampf abgerichtet ist. Er wird mit mir wie auch ohne mich kämpfen.«

Andrew brummte vor sich hin. Er hatte seit dem Aufbruch vor sich hin gemurmelt.

Conrad sagte: »Es gefällt mir nicht, daß es so still ist.«

»Freuen sollte dich das«, meinte Andrew.

»Tiny wird uns wissen lassen, ob jemand in der Gegend ist«, sagte Duncan.

Conrad wühlte mit seiner Keule den Boden auf. »Die wissen, daß wir hier sind«, sagte er. »Die warten irgendwo auf uns.«

Als sie sich wieder auf den Weg machten, stellte Duncan fest, daß er weniger Lust als am Morgen hatte, wachsam zu sein. Trotz der niedergebrannten Hütten und des Fehlens von Lebenszeichen hatte das Tal, das immer weiter wurde, Frieden und Schönheit.

Als er sich wieder mehr konzentrierte, stellte er fest, daß er in den Himmel starrte und nicht auf die umliegenden Hügel, und es dauerte seine Zeit, bis ihm bewußt wurde, daß er nach Diane und ihrem Greifen Ausschau hielt. Wo flog sie hin, fragte er sich, und was noch wichtiger war, warum flog sie fort? Wer war sie? Wenn er Zeit gehabt hätte, würde er versucht haben, das herauszubekommen, aber es war keine Zeit gewesen. Verwirrend an ihr war, daß sie sich für Wulfert interessierte, für einen Zauberer, der schon seit Jahrhunderten tot war, auf dessen Grab blaugraue Flechten wuchsen. Wahrscheinlich hatte sie nicht Wulfert selbst, sondern sein Schmuckstück gesucht, obwohl es dafür keinen Beweis gab. Duncan tastete nach ihm. Er hatte das Schmuckstück in seinen Beutel gesteckt, der vom Gürtel hing. Es schien logisch, daß sie das Schmuckstück gesucht hatte. Wulferts Knochen konnten niemandem mehr nützen. Wenn er, Duncan, sich das Schmuckstück wirklich genau ansehen würde, könnte er vielleicht darauf kommen, welchen Sinn es hatte. Obwohl er kaum der geeignete Mann dafür wäre.

Mit nachdenklich gesenktem Kopf rannte er gegen Beautys Hinterteil. Überrascht blieb er stehen, und der kleine Esel schlug spielerisch nach ihm aus.

Duncan sah, daß alle stehengeblieben waren und in das Tal hinabstarrten. Eine alte Frau kam humpelnd und schimpfend auf sie zu. Hinter ihr war Tiny, der sie vorwärtsstieß.

Conrad sagte stolz: »Tiny hat jemanden aufgestöbert.«

Die anderen schwiegen. Duncan ging zu Conrad.

Die alte Frau kam zu ihnen und ließ sich zu Boden sinken. Sie nahm eine sitzende Stellung ein und zog ihre Lumpen fester an sich. Sie war ein häßliches altes Weib. Sie hatte eine spitze Nase, aus der Haare wie Spinnenbeine herausragten. Auch auf ihrem Kinn wuchsen einige Haare. Sie hatte kaum ein halbes Dutzend Zähne im Mund, und das graue Haar hing ihr in die Augen.

»Ruft Euren Hund zurück«, kreischte sie. »Er hat mich wie ein Stück Vieh vorangetrieben, allerdings ganz sanft, muß ich sagen. Er hat mir keine Fleischbrocken aus dem armen, alten Leib gerissen. Aber er hat mich in meinem Schlupfwinkel aufgestöbert, in dem ich jetzt hause, und mich das Tal heraufgetrieben. Das paßt mir nicht. Wenn ich noch einen Teil der Kraft hätte, die ich einst mein eigen nannte, hätte ich ihn in Fetzen gerissen. Ich habe jedoch keine Kraft mehr. Man hat mir alles genommen, was ich gesammelt hatte, Eulenblut, Fledermaushirn, Molchaugen, Krötenhaut, Asche eines Feuers, in dem eine Hexe verbrannt wurde, den Zahn eines Hundes, der einen Priester gebissen hatte . . .«

»Einen Augenblick, Großmutter«, unterbrach Duncan sie. »Wer hat dir den großen Schatz entführt?«

»Die Verheerer natürlich«, erwiderte sie. »Sie haben ihn mir nicht nur genommen, sondern mich auch noch grausam ausgelacht. Dann trieben sie mich aus der Hütte und haben sie angesteckt.«

»Du hast Glück gehabt«, sagte Andrew, »daß sie dich nicht aufgehängt oder in die Flammen gestoßen haben.«

Sie spuckte verächtlich auf den Boden. »Die Scheusale!« rief sie. »Die brutalen Kerle! Dabei bin ich fast eine der ihren. Sie haben mich wirklich schändlich behandelt. Sie sagten, ich sei es nicht wert, aufgehängt oder ins Feuer gestoßen zu werden.«

»Besser schändlich behandelt als getötet«, sagte Andrew.

»Ich hatte mir solche Mühe gegeben«, jammerte sie, »durch so viele Jahre hindurch. Ich hatte versucht, mir als Hexe einen Namen zu machen, auf den sich meine Kunden verlassen konnten. Ich studierte die Kabbala und übte, übte, um meine Kunst zu vervollkommnen. Ich suchte ständig nach den Materialien, die ich für mein Handwerk brauchte. Ich denke nur mit Schauder an die vielen Mitternachtsstunden, die ich auf Friedhöfen verbracht habe, um den rechten Moder aus Gräbern zu erlangen.«

»Du hast dir große Mühe gegeben, eine Hexe zu sein«, sagte

Conrad.

»Gewiß, mein Jungchen. Ich war eine ehrliche Hexe. Ein wenig bösartig, aber ehrlich.«

Sie sah Duncan an. »Herr, wenn Ihr jetzt Euer Schwert in mich hineinstoßen wollt . . .«

»Der Gedanke liegt mir fern«, sagte Duncan. »Durch irgendeine Hexe schon, aber nicht durch eine ehrliche.«

»Was habt Ihr dann mit mir vor?«

»Dich füttern«, erklärte Duncan. »Das heißt, wenn du hungrig bist. Du siehst aus, als könntest du einen Happen vertragen. Warum soll man einer ehrlichen Hexe nicht höflich begegnen, vor allem, wenn sie harte Zeiten durchmacht?«

»Ihr werdet Eure Höflichkeit noch bedauern«, sagte Andrew. »Wenn man sich mit Hexen einläßt, färbt das ab.«

»Die hier ist doch kaum noch eine Hexe«, widersprach Duncan. »Du hast es selbst gehört. Sie hat ihren ganzen Hexenkram verloren. Sie hat nichts mehr, mit dem sie arbeiten könnte.«

Tiny hatte sich hingesetzt und sah sie komisch an. Sie tat so, als sei sie ihr Eigentum.

»Nehmt das schreckliche Vieh weg«, sagte die Hexe. »Es tut recht freundlich, hat aber einen bösartigen Blick.«

»Tiny ist kein bösartiger Hund«, erklärte Conrad. »Sonst hättest du auch schon einen Arm oder ein Bein eingebüßt.«

Die Frau stemmte eine Hand gegen den Boden und wollte sich erheben.

»Hier«, erbot sich Conrad und streckte eine Hand aus. Sie packte sie, und er zog sie hoch. Sie schüttelte ihre Lumpen zurecht.

»In Wahrheit«, sagte sie, »seid Ihr zwei wirkliche Herren. Der eine rammt mir nicht sein Schwert hinein, und der andere hilft mir auf die Beine. Die alte Meg dankt Euch.«

Sie warf einen Blick auf Andrew.

»Bei dem hier weiß ich nicht so recht«, sagte sie. »Bestenfalls ein verbitterter Mensch.«

»Beachte ihn nicht«, meinte Duncan. »Er ist ein sauertöpfischer alter Eremit, und er hat keinen guten Tag.«

»Hexen kann ich nicht leiden«, nörgelte Andrew. »Das sage ich euch gleich. Es gibt zu viele davon.«

»Ihr sagtet etwas von Essen«, erinnerte Meg, die Hexe, sie.

»Wir haben noch zwei Stunden zu gehen, bevor der Tag für uns um ist«, sagte Duncan. »Wenn du solange warten kannst.«

Andrew erklärte: »Ich habe in meiner Tasche ein kleines Stück Käse für den Fall, daß ich mich schwach fühlen sollte. Wenn sie es will, kann sie es haben.«

»Aber Andrew, ich dachte . . .«

»Sie ist auch eine Frau«, sagte Andrew, »nicht nur eine Hexe. Jeder, der Hunger hat . . .«

Er hielt ihr das Stück Käse hin, und sie nahm es demütig an, soweit ein Geschöpf wie sie überhaupt demütig sein konnte.

»Meinen Segen«, sagte sie.

»Deinen Segen brauche ich nicht«, antwortete Andrew steif.

11

Noch vor Sonnenuntergang schlugen sie ihr Lager auf. Sie sammelten Holz, machten Feuer und holten Wasser.

»Wir können ruhig Feuer machen«, sagte Duncan. »Sollten sich hier die Widersacher aufhalten, so wissen sie sowieso, wo wir sind.«

Conrad kauerte sich vor dem Feuer nieder, schob die Glut auf eine Seite und briet Haferkuchen und Speckstreifen.

Ihr Lager befand sich am Rand eines kleinen Hains, und vor ihnen strömte der Bach. Zwischen Wasser und Hain erstreckte sich ein schmaler sandiger Streifen Land.

Die Dunkelheit kroch über das Land, und sie aßen. Kurz darauf ließ sich das Gespenst blicken.

»Da bist du ja«, sagte Andrew. »Wir hatten uns schon gefragt, was aus dir geworden sei.«

»Ich habe große Angst«, sagte der Geist, »und trotzdem lege ich weite Strecken zurück. Bei Tageslicht, das mir unangenehm ist, erkundete ich das Land.«

»Wie weit bist du gekommen?« fragte Duncan.

»Bis dorthin, wo der Sumpf anfängt. Weiter nicht. Eine äußerst unheimliche Gegend.«

»Du hast natürlich nichts gesehen«, sagte Conrad. »Tiny ist auch den ganzen Tag aufmerksam gewesen.«

»Dort sind die, die ihr die Haarlosen nennt«, erklärte der Geist. »Nur ein paar, in östlicher Richtung von hier. Einige kleine Trupps. Sie halten mit euch Schritt, bewegen sich in der gleichen Richtung.«

»Wieso hat Tiny sie nicht gesehen?«

»Ich bin viel schneller als der Hund«, sagte das Gespenst. »Ich gleite über Hügel und Täler, habe jedoch Angst. Ein Geist sollte sich nicht im offenen Land aufhalten. Sein angemessener Ort ist ein Gebäude, wo er dem offenen Himmel nicht ausgesetzt ist.«

»Vielleicht wissen sie gar nicht, daß wir hier sind«, sagte Andrew.

Duncan schüttelte den Kopf. »Ich fürchte doch. Sie wollen nur verhindern, daß wir nach Osten ausweichen.«

Die Hexe Meg zupfte Duncan am Ärmel. »Herr«, sagte sie, »die anderen.«

»Was ist, Großmütterchen? Welche anderen?«

»Die anderen, die nicht zu den Haarlosen gehören. Sie sind in der Nähe. Sie kauern da draußen in der Dunkelheit. Sie sind diejenigen, welche grausam lachen, wenn sie einen in Stücke reißen.«

»Wenn jemand da wäre«, widersprach Conrad, »wenn jemand in der Nähe wäre, würde Tiny es merken und uns warnen.«

Tiny ruhte neben dem Feuer und hatte den Kopf auf die Pfoten gelegt. Ihr war nicht anzusehen, ob sie irgend etwas bemerkt hatte.

»Der Hund merkt vielleicht nichts«, sagte Meg. »Ihr habt es hier mit etwas zu tun, das viel weniger zu spüren ist und doch mehr Böses in sich hat als die, auf die man gewöhnlich stößt. Sie sind . . .«

»Der Räuber sprach aber von Dämonen und Teufeln«, sagte Conrad. »Er muß es wissen, weil er gegen sie gekämpft hat.«

»Er benutzte nur die Namen, die er kennt«, erklärte Meg. »Er hat keine Namen für diese anderen, die man nicht so oft wie die Dämonen zu Gesicht bekommt. Und vielleicht hatte er es sogar mit Dämonen und Teufeln zu tun, da die Horde eine Menge Begleiter anlockt, alles, was böse ist, anzieht, so wie große Haufen gemeinen Volkes einer menschlichen Armee nachlaufen.«

»Du hast dich ihnen aber nicht angeschlossen«, sagte Duncan. »Und du hast gesagt, daß du böse wärst. Ein klein wenig, hast du gesagt. Daß du ein bißchen böse sein müßtest, um überhaupt eine Hexe zu sein.«

»So kommt Ihr mir auf die Schliche«, antwortete Meg. »Ich versuche lediglich, böse zu sein. Wenn ich es sein könnte, würde ich größere Macht haben. Aber ich versuche es nur. Manchmal hielt ich mich für schlimmer, als ich war, und ich hatte keine

Angst, als die Horde über uns hereinbrach, denn ich sagte mir, sie wird mich sicher als ihresgleichen erkennen und mich in Ruhe lassen oder mir sogar noch schlimmere Dinge beibringen. Doch sie hat mich schlecht behandelt.«

»Und du schämst dich nicht, hinter dem Bösen her zu sein? Du findest es richtig, dich zu einem bösen Wesen umzufunktionieren?«

»Nur, um die Ausübung meiner Arbeit zu verbessern«, sagte Meg ohne jedes Anzeichen von Scham. »Wenn sich ein Mensch seine Lebensaufgabe vornimmt, dann muß er sein Bestes geben, ganz gleich, wohin ihn das führt.«

»Ich weiß nicht, ob ich dir ganz folgen kann«, meinte Duncan.

»Ich sehe, daß du kein böser Mensch bist«, sagte Conrad zur Hexe. »Ich habe das sofort gesehen. In deinen Augen ist nichts Böses, auf jeden Fall nicht mehr als in den Augen von Kobolden oder Zwergen.«

»Es gibt Leute«, äußerte sich Andrew spröde, »die glauben, daß Kobold und Zwerg einen Funken Böses in sich haben.«

»Aber nein«, beteuerte Conrad, »es ist ein Zwergenvolk, von uns verschieden, das über ein wenig Zauber verfügt, während wir überhaupt nichts von Magie wissen.«

Duncan sagte zu Meg: »Du sagst, daß Angehörige dieses großen Bösen jetzt hier in der Nähe unseres Lagers sind? Daß sie der Hund nicht spüren kann?«

»Mit dem Hund kenne ich mich nicht aus«, antwortete Meg. »Er spürt sie vielleicht und ist nur ein wenig verwirrt. Nicht genug, um ihnen Aufmerksamkeit zu schenken, da er nicht weiß, wer sie sind. Aber die alte Meg spürt sie, wenn auch ganz schwach, und sie weiß, wer das ist.«

»Du bist dir sicher?«

»Ich bin mir sicher.«

»Wenn das so ist«, meinte Duncan, »können wir uns nicht allein auf Tiny als Wachtposten verlassen. Wir werden Wachen für die Nacht aufstellen. Ich übernehme die erste Wache, Conrad die zweite.«

»Ihr habt mich übersehen«, sagte Andrew ein wenig ärgerlich. »Ich beanspruche das Recht, meinen Teil der Wache zu übernehmen. Ich bin schließlich ein Streiter des Herrn. Ich teile die Gefahren mit euch.«

»Du ruhst dich aus«, bestimmte Duncan. »Der morgige Tag

wird schwierig werden.«

»Er wird auch für Euch und Conrad schwer werden.«

»Du ruhst dich aus«, sagte Duncan noch einmal. »Wir können wegen dir nicht langsamer gehen. Und dein Kopf muß klar sein, wenn wir Zweifel über den Verlauf des Weges haben.«

»Das ist wahr«, nickte Andrew. »Ich kenne den Weg, weil ich ihn als junger Mann oft gegangen bin. Mit ihm werden wir keine Schwierigkeiten haben. Jeder Dummkopf kann ihn finden.«

»Trotzdem bestehe ich darauf, daß du dich ausruhst.«

Andrew sagte nichts mehr, murmelte aber noch einige Zeit neben dem Feuer vor sich hin.

Andrew war der letzte, der sich schlafen legte. Conrad streckte sich aus, wickelte sich in eine Decke und begann fast sofort zu schnarchen. Die alte Meg rollte sich neben dem Sattel und den Bündeln zusammen und schlief wie ein Kind. Daniel ließ sich seitlich nieder, und der Esel schlief mit gesenktem Kopf im Stehen. Tiny döste neben dem Feuer und erhob sich gelegentlich, um steifbeinig das Lager zu umschreiten, wobei sie leise knurrte, aber keinen Grund sah, Alarm zu schlagen.

Duncan saß in der Nähe Tinys dicht neben dem Feuer und hatte keine Mühe, wach zu bleiben. Er war nervös und gespannt. Kein Wunder, dachte er, hat doch die alte Meg von dem Bösen gesprochen, das sich in der Nähe aufhalten soll. Er konnte aber nichts davon spüren, hörte kein Rascheln im Buschwerk und auch sonst nichts.

Das Land lag schläfrig im Mondschein. Kein Lüftchen rührte sich, und die Blätter waren still.

Er legte die Finger an den Beutel an seinem Gürtel und hörte das Pergament schwach knistern. Wegen dieses vergänglichen Gegenstandes marschierten er und die anderen, die, von Conrad abgesehen, nichts von der Handschrift wußten, tief in das Öde Land hinein, wo Riesengefahren auf sie warteten. Ein vergängliches Ding, das dennoch Zauberkräfte in sich barg? Die Zauberkraft, die Kirche zu stärken, sollte es sich als echt erweisen. Die Horde der Bösen hatte ihren bösen Zauber, das Zwergenvolk seinen kleinen, doch diese Pergamentblätter mochten vielleicht letztlich den stärksten Zauber ihr eigen nennen. Er senkte den Kopf und betete, daß es so sein möge.

Und während er betete, hörte er endlich ein Geräusch, konnte aber nicht gleich sagen, worum es sich handelte. Es war so fern, so gedämpft, daß er sich zunächst gar nicht sicher war, ob er es überhaupt gehört hatte, aber als er die Ohren spitzte, wurde es deutlicher. Fernes Hufgetrappel, eindeutig von Pferden, und dann ein weiteres Geräusch: Hundegebell.

Die Geräusche waren nicht laut, aber klar und deutlich. Es konnte keinen Zweifel geben, wildes Hufgetrappel und Hundegebell, und gelegentlich Rufe eines Mannes oder mehrerer Männer.

Seltsam war nur, daß die Geräusche vom Himmel zu kommen schienen. Duncan blickte zum Sternenhimmel mit seinem Mondglanz hinauf, aber dort war nichts zu sehen. Und doch schienen die Geräusche, von dort oben zu kommen.

Sie waren noch einen Augenblick zu hören, entfernten sich dann, und die Stille der Nacht kehrte zurück.

Duncan, der aufgestanden war, um nach dem Himmel zu sehen, setzte sich wieder hin. Tiny neben ihm reckte die Schnauze in die Höhe und knurrte leise. Duncan tätschelte ihr den Kopf. »Du hast es auch gehört«, sagte er.

Tiny ließ das Knurren und legte sich hin.

Duncan ging zum Bach hinüber und wollte sich einen Becher Wasser schöpfen. Als er sich am Ufer niederkniete, sprang ein Fisch aus dem Wasser, und Duncan dachte, es müsse eine Forelle sein. Im Bach konnte es wohl welche geben. Wenn sie am Morgen Zeit hatten, könnten sie versuchen, sich ein paar für das Frühstück zu fangen.

Als der Mond ein gutes Stück gesunken war, weckte Duncan Conrad auf, der rasch den Schlaf abschüttelte und sich aufrichtete.

»Alles in Ordnung, Herr?«

»Ja«, sagte Duncan, »es hat sich nichts gerührt.«

Er erwähnte nichts vom Hufgetrappel und dem Gebell am Himmel. Als ihm der Gedanke daran durch den Kopf ging, kam er ihm zu albern vor, und er sprach ihn nicht aus.

»Weck mich ein bißchen früher«, sagte er. »Ich werde versuchen, Forellen zu fangen.«

Er rollte seinen Umhang zu einem Kopfkissen zusammen, streckte sich auf dem harten Boden aus und wickelte sich in seine Decke. Er lag auf dem Rücken und starrte in den Himmel über ihm. Er legte die Finger auf den weichen Lederbeutel und hörte das Manuskript leise knistern. Er machte die Augen fest zu und versuchte zu schlafen.

Dann schüttelte ihn jemand und zischte gleichzeitig, er solle ganz still sein. Er öffnete mühsam die Augen und setzte sich auf. Conrad kauerte vor ihm. Er zeigte über das niedergebrannte Feuer in die Dunkelheit dahinter. Am Rand des Feuerscheins, zwischen Licht und Finsternis stand Tiny mit gefletschten Zähnen. Aus seiner Kehle kam ein leises Knurren.

In der Dunkelheit glühten zwei grüne Feuerbälle, und unter ihnen war ein Froschmaul, in dem große Zähne glänzten. Um die Feuerkugeln und das Maul herum war schattenhaft ein so ungeheurer Kopf zu ahnen, daß sich der Verstand einfach weigerte, sich die Möglichkeit eines solchen Wesens einzugestehen. Der Mund war wie der eines Frosches, das Gesicht jedoch nicht. Es war eckig und flächig, und über ihm erhob sich etwas wie ein Kamm. Und in den Mundwinkeln sammelte sich Speichel, als hungere das Geschöpf danach, in den Lichtschein des Lagerfeuers einzudringen, werde aber von Tiny oder etwas anderem davon abgehalten.

Duncan sah es nur einen Augenblick, dann verschwand es. Die Feuerbälle und die spitzen, glänzenden Zähne waren unsichtbar geworden. Der Umriß des Gesichts blieb noch eine Weile und löste sich dann auch auf.

Tiny machte rasch einen Schritt nach vorn und knurrte lauter.

»Nein, Tiny«, sagte Conrad. »Nicht.«

Duncan sprang auf.

»Die sind seit etwa einer Stunde hier«, berichtete Conrad, »und schleichen durch die Finsternis. Das war jedoch der erste, den wir zu Gesicht bekamen.«

»Warum hast du mich nicht früher geweckt?«

»Nicht nötig. Tiny und ich waren auf der Hut. Die haben uns nur in Augenschein genommen.«

»Waren es viele? Mehr als nur dieser eine?«

»Ich glaube, mehr als einer, aber nicht sehr viele.«

Duncan legte Holz auf das Feuer. Tiny rannte um das Lager herum. Conrad sagte zum Hund: »Komm her. Beruhige dich. Heute nacht kommen keine mehr.«

»Woher weißt du, daß keine mehr kommen?« fragte Duncan.

»Die haben nur einen Blick auf uns geworfen. Sie haben sich jetzt entschieden, uns diese Nacht nicht anzugehen. Vielleicht später.«

»Woher weißt du das alles?«

»Keine Ahnung. Ich spüre das irgendwie in den Knochen.«

»Die haben mit uns etwas vorgehabt«, sagte Duncan.

»Kann sein«, antwortete Conrad.

»Conrad, möchtest du umkehren?«

Conrad grinste wild. »Jetzt, wo es anfängt, interessant zu werden?«

»Ich meine es ernst«, sagte Duncan. »Es ist gefährlich hier. Ich möchte uns nicht alle in den Tod führen.«

»Und du?«

»Ich ziehe natürlich weiter. Vielleicht allein. Dann schaffe ich es möglicherweise. Ich bestehe nicht darauf, daß ihr anderen ...«

»Der alte Herr hat mir aufgetragen, auf dich aufzupassen. Er würde mir die Haut bei lebendigem Leibe abziehen, wenn ich ohne dich zurückkäme.«

»Ja, ich weiß«, sagte Duncan. »So ist es seit unserer Kinderzeit.«

»Vielleicht möchte der Eremit umkehren«, meinte Conrad. »Er schimpft vor sich hin, seit wir uns auf den Weg gemacht haben.«

»Der Eremit«, sagte Duncan, »hat sich selbst zum Streiter des Herrn ernannt. Er muß seine Selbstachtung wieder stärken. Er glaubt, als Eremit war er ein Versager. Auch wenn er vor Angst den Verstand verliert, wird er nicht umkehren, es sei denn, wir alle machen uns auf den Rückweg.«

»Dann ziehen wir weiter«, beendete Conrad die Debatte. »Drei Kampfgefährten. Was ist mit der Hexe?«

»Sie kann tun, was sie will. Sie hat so oder so nichts zu verlieren. Sie hatte schon nichts mehr zu verlieren, als sie zu uns kam.«

Ganz gleich, was der Geist uns mitgeteilt hat, sagte sich Duncan, sind es nicht nur die Haarlosen, von denen wir im Auge behalten und verfolgt werden. Meg hat recht gehabt. Die anderen sind in der Nähe, haben uns vielleicht die ganze Nacht aus der Dunkelheit heraus beobachtet. Und Tiny hat nichts gemerkt. Nur die Hexe hat etwas gespürt. Seltsam ist, daß sie dadurch nicht beunruhigt war. Sie hat sich neben dem Sattel zusammengerollt und wie ein Kind geschlafen. Hat sie gespürt, daß es nicht zum Angriff kommen würde?

Doch wie können wir uns diese anderen in den kommenden Tagen vom Leibe halten? Wir werden natürlich die Augen offenhalten, aber darum geht es gar nicht. Wenn nämlich genügend Haarlose bereit sind, uns anzugreifen, können wir rasch aufgerieben werden.

Dennoch kann ich nicht umkehren, sagte er sich. Ich trage einen bestimmten Talisman bei mir, der das Licht vor dem Verlöschen bewahren kann.

Die Dämmerung drang durch die Bäume.

»Conrad«, fragte er, »siehst du etwas Ungewöhnliches?«

»Etwas Ungewöhnliches?«

»Ja, wie es hier aussieht. Mir kommt alles ganz verdreht vor. Nicht so, wie es gestern abend war.«

»Das Licht ist daran schuld«, erklärte Conrad. »In der Dämmerung sieht alles anders aus.«

Es liegt aber nicht nur an der Morgendämmerung, sagte sich Duncan. Er versuchte, sich über diese Verdrehtheit klarzuwerden, und es gelang ihm nicht. Irgend etwas war anders, und er konnte nicht sagen, was. Der Wald, der Bach sahen falsch aus. Als ob alles von irgend jemandem aus dem Lot gebracht worden wäre.

Andrew wachte auf und stützte sich auf die Ellbogen.

»Was stimmt denn nicht?« fragte er.

»Alles in Ordnung«, brummte Conrad.

»Irgend etwas ist doch in der Luft, das weiß ich.«

»Wir hatten nachts Besuch«, eröffnete ihm Duncan. »Er starrte uns aus dem Gebüsch heraus an.«

Andrew kam rasch auf die Füße, packte seinen Stab und sagte: »Dann hat die Hexe recht gehabt.«

»Natürlich«, ließ sich Meg von ihrem Schlafplatz her vernehmen. »Die alte Meg hat immer recht.«

Daniel sprang auf die Beine, machte ein paar rasche Schritte auf die Feuerstelle zu und blieb stehen. Er schnaubte heftig durch die Nüstern und scharrte mit einem Huf den Boden auf.

»Daniel spürt es auch«, sagte Conrad.

»Wir alle wissen es«, erklärte Andrew. »Was machen wir jetzt?«

»Wir ziehen weiter«, meinte Conrad.

Meg warf ihre Decke zurück, stand auf und schüttelte ihre Lumpen zurecht. »Sie sind jetzt fort«, sagte sie. »Ich kann sie nicht mehr spüren. Sie haben uns jedoch verzaubert. Wir sitzen in einer Falle. Man kann das riechen.«

»Ich sehe keine Falle«, widersprach Conrad.

»*Wir* sind nicht verzaubert«, sagte Andrew. »Die *Gegend* ist einem Zauber unterworfen worden.«

»Woher weißt du das?« fragte Duncan.

»Alles sieht so anders aus. Schaut dort hinüber, gleich über dem Bach. In der Luft schimmert es in Regenbogenfarben.«

Duncan sah hin. Er konnte keine Farben in der Luft sehen, aber irgendwie wirkte alles schief und verzerrt.

»Das Zwergenvolk versucht sich manchmal daran«, sagte Andrew, »aber sie können es nicht sehr gut. Das meiste können die kleinen Wesen nicht sehr gut. Sie sind Stümper.«

»Und die Haarlosen sind keine?«

»Die Haarlosen gewiß nicht«, erklärte Meg. »Sie haben Macht, und sie wissen damit umzugehen.«

»Vielleicht sollten wir uns auf den Weg machen«, sagte Duncan. »Wir können später frühstücken. Wenn wir sofort losziehen, können wir möglicherweise dieser Verdrehtheit entgehen, die ihr Zauber nennt. Er erstreckt sich bestimmt nicht sehr weit.«

»Er wird eher schlimmer werden«, widersprach Andrew. »Ich bin mir sicher, daß ein dicker Zauber vor uns liegt. Wenn wir umkehren, werden wir bald aus ihm heraus sein.«

»Die möchten doch, daß wir umkehren«, erklärte Conrad. »Deshalb haben sie den Zauber gelegt. Und wir kehren nicht um. Der Herr meint, wir sollen weiter.«

Er nahm den Sattel und legte ihn dem wartenden Daniel auf.

»Komm«, sagte er zu Beauty, »Zeit, dir das Gepäck aufzuladen.«

»Niemand muß mitkommen«, bemerkte Duncan. »Conrad und ich haben beschlossen weiterzuziehen. Ihr anderen müßt nicht mitkommen.«

»Ihr habt gehört, daß ich mit will«, sagte Andrew.

Duncan nickte. »Ich weiß.«

»Und ich ebenfalls«, erklärte Meg.

»Wir haben alle keine Ahnung, was uns bevorsteht«, warnte sie Duncan.

»Bei euch gibt es wenigstens etwas zu essen«, sagte Meg. »Und das sticht einer armen alten Seele gewaltig in die Augen, die sich in letzter Zeit gezwungen sah, sich von Wurzeln und Nüssen zu ernähren. Ich mußte wie ein Wildschwein im Wald nach Nahrung wühlen. Und jetzt bin ich unter Menschen, was ich lange entbehren mußte.«

»Wir haben keine Zeit zu verlieren«, bemerkte Conrad finster. Er nahm Meg um die Hüfte und hob sie in den Sattel.

»Halt dich fest«, sagte er.

Daniel tänzelte ein wenig, als wolle er die Reiterin begrüßen.

Conrad rief: »Tiny, bei Fuß!«

Der Hund trabte dicht vor Conrad den Pfad entlang. Dann folgte Beauty, neben der Andrew mit seinem Stab einherstapfte. Daniel und Duncan bildeten den Schluß.

Der Zauber wurde tiefer. Das Land wurde wilder. Gewaltige Eichen wuchsen in dichten Hainen, das Dickicht wurde struppiger, und über allem lag ein Gefühl von Unwirklichkeit, welche die Frage aufkommen ließ, ob es die Eichen, das Gestrüpp wahrhaftig gäbe, ob die Steine wirklich von so dicken Flechten überzogen waren. Und dann war es, als schwanke alles wie eine Spiegelung auf dem Wasser, als zittere alles, als sei nichts von Dauer. Und manchmal konnte man die Regenbogenfarben schillern sehen, von denen Andrew gesprochen hatte, und selbst Duncan entgingen sie jetzt nicht mehr.

Das Tal und die Hügel blieben. Doch der schmale Pfad, dem sie gefolgt waren, verschwand, und sie bahnten sich jetzt den Weg durch den Wald, so gut sie konnten. Conrad ließ Tiny dicht vor sich herlaufen und gestattete ihm keine weiten Ausflüge mehr. Daniel war unruhig, warf den Kopf hin und her und schnob öfter.

»Schon gut, mein Junge«, sagte Duncan, und Daniel antwortete mit einem Wiehern.

Vor Duncan stolperte Andrew neben Beauty einher, stieß seinen Stab ungewohnt heftig auf den Boden. Beauty blieb dicht neben ihm. Sie schien an ihrem Begleiter ganz unverhofften Gefallen zu finden. Vielleicht denkt sie, sagte sich Duncan mit leisem Lachen, daß sie sich jetzt einen eigenen Menschen angeschafft hat, so wie Tiny Conrad hatte und Duncan zu Daniel gehörte.

Conrad und Tiny waren stehengeblieben. Die anderen schlossen auf.

»Vor uns liegt ein Moor«, sagte Conrad. »Es versperrt uns den Weg. Ob das schon der Sumpf ist?«

»Der Sumpf nicht«, erklärte Andrew. »Der versperrt einem nicht den Weg, liegt seitlich und hat viel offenes Gewässer.«

Durch die Bäume konnte man das Moor sehen, ein feuchtes Gelände, das nicht frei dalag, sondern mit Bäumen und dichten

Sträuchern durchsetzt war.

»Vielleicht ist es nicht tief«, sagte Duncan. »Wenn wir uns dicht an den Hügeln halten, kommen wir möglicherweise durch.«

Er ging mit Conrad weiter, und die anderen folgten ihnen.

Duncan und Conrad blieben an einer Wasserfläche stehen.

»Kommt mir tief vor«, sagte Conrad. »Und da vorn sind noch weitere tiefe Teiche, wahrscheinlich verschlammte. Und wo sind die Hügel, von denen du gesprochen hast?«

Er hatte recht. Der Hügelzug, dem sie gefolgt waren, war zurückgewichen, und links wie rechts von ihnen erstreckte sich das wild überwucherte Moor.

»Bleibt hier«, sagte Duncan.

Er stieg ins Wasser. Mit jedem Schritt wurde es tiefer, und unter seinen Füßen spürte er Schlamm und schlüpfrigen Boden. Der Teich war schwarz wie Tinte, schien wie mit Öl gefüllt, das gefährlicher als Wasser wirkte.

Er wollte sich am Rand halten, und als er einen Schritt zurück tat, schäumte das Wasser plötzlich auf, als wolle sich etwas ungestüm an die Oberfläche kämpfen. Und in der Tat, ein runder Rücken wölbte sich auf und durchbrach das Wasser. Duncan faßte nach dem Schwert und zog es halb aus der Scheide. Der runde Rücken verschwand, und das Wasser wurde wieder ölglatt. Doch in einer anderen offenen Wasserstelle, die ein Stückchen weiter lag, spritzte die Oberfläche wild auf, und ein Schlangenleib mit einem bösartigen Kopf schoß heraus und blieb aufgerichtet stehen. Der Kopf war dreieckig und schien für den dicken Leib fast zu klein. Zwei Hörner schmückten ihn, und die Wangen liefen in eine Art Schnabel aus, der sich zu einem recht großen Maul öffnete, aus dem gebogene, große Giftzähne hervorsahen.

Duncan hatte jetzt das Schwert gezogen und stand zur Verteidigung bereit, doch der Angriff erfolgte nicht. Langsam, beinahe widerstrebend sank der Leib in den Teich zurück, und der Kopf verschwand im Wasser. Schwarz und bedrohlich lag das Moor da.

»Ich glaube, du kommst besser zurück«, sagte Conrad.

Duncan ging vorsichtig Schritt für Schritt zurück.

»Da kommen wir nicht durch«, meinte Conrad.

Andrew trat zu ihnen, und Beauty folgte ihm auf den Fersen. »Hier ist kein Moor«, sagte Andrew. »Hier ist nie eines gewesen.

Das ist alles der Zauber.«

»Ob Sumpf oder nicht«, erklärte Meg, die zusammengekauert auf Daniel saß, »ein Zauber wie dieser kann uns töten.«

»Was machen wir also?« fragte Duncan.

»Wir versuchen es in einer anderen Richtung«, sagte Andrew. »Wir gehen um den Sumpf herum. Ganz gleich, wie stark diejenigen sind, welche den Zauber gelegt haben, sie können ihn nicht überall wirken lassen. Sie wußten, in welche Richtung wir wollten, und dort haben sie den Zauber ausgelegt.«

»Du meinst«, fragte Duncan, »daß wir in die Hügel hinauf sollten? Kennst du dich dort aus?«

»Nicht so gut wie in diesem Tal, aber ein bißchen schon. Etwas östlich von hier verläuft ein weiterer Pfad. Er ist sehr gewunden, geht bergauf und -ab, bringt uns aber nach Süden.«

»Ich glaube«, sagte Meg, »wir sollten versuchen, diesen Pfad zu finden.«

12

Sie fanden Andrews Pfad, doch stellte er sich als der falsche heraus.

Den Zauber hatten sie weit hinter sich gelassen, waren ihm entkommen. Keine Regenbogenschimmer mehr, kein Gefühl, daß die Landschaft verzerrt war. Sie war so, wie es zu erwarten war. Die düstere, ängstliche Stimmung war gewichen.

Es war eine harte Strapaze gewesen. Sie hatten steile Hänge erklettern, steile Hänge vorsichtig hinabsteigen müssen, was manchmal anstrengender als das Hinaufsteigen war.

Der Pfad hatte sich schließlich in Nichts aufgelöst, und Duncan sah zum Himmel empor. Die Sonne hatte fast den Zenit erreicht.

»Machen wir Pause und essen wir etwas«, entschloß er sich. »Dann werden wir uns nach Osten wenden und versuchen, den richtigen Pfad zu finden.« Zu Andrew sagte er: »Du bist dir sicher, daß es einen gibt?«

Andrew nickte. »Ich bin auf ihm gewandert, jedoch nur ein paarmal, und das ist Jahre her. Gut kenne ich ihn nicht.«

Conrad sammelte Holz und entfachte ein Feuer. Daniel und Beauty ließen die Köpfe hängen und ruhten sich von der anstrengenden Reise aus. Tiny legte sich sofort hin.

»Wir könnten den Geist brauchen«, sagte Conrad, »aber er ist fort und späht vor uns das Land aus.«

»Eins muß ich sagen«, gestand Andrew. »Ich achte ihn jetzt viel mehr als früher. Ein Gespenst muß schon sehr mutig sein, um sich ins Tageslicht hinauszuwagen und das zu tun, was er jetzt macht.«

Ein grauer Schatten bewegte sich durch die Bäume unter ihnen.

»Dort ist ein Wolf«, sagte Duncan.

»Eine ganze Menge Wölfe ist in der Gegend«, eröffnete ihnen Andrew. »Mehr als früher, als die Verheerer noch nicht hier waren.«

Ein zweiter grauer Schatten folgte dem ersten, und weiter unten am Hang war noch einer.

»Mindestens drei«, sagte Duncan, »und vielleicht noch mehr. Glaubt ihr, daß sie uns verfolgen?«

»Wir haben nichts zu befürchten«, sagte Conrad. »Wölfe sind Feiglinge. Wenn man einem gegenübertritt, läuft er davon.«

Meg schlang ihre Arme fest um ihren Körper und zitterte ein wenig. »Sie riechen Blut«, sagte sie. »Sie können Blut riechen, noch bevor es geflossen ist.«

»Altweibergeschwätz«, sagte Conrad.

»Kein Geschwätz«, widersprach Meg. »Ich weiß das. Sie wissen, wenn der Tod kommt.«

»Nicht unser Blut«, sagte Conrad, »nicht unser Tod.«

Unten im Tal fiel ein Wind ein, und die Bäume raschelten herbstlich.

»Wenn nur Snoopy da wäre«, sagte Andrew. »Er könnte den Weg finden. Er hat einfach kein Ehrgefühl. Selbst als er uns sein Wort gab, uns zu helfen, dachte er nicht daran, es wirklich zu tun.«

»Wir schaffen es auch ohne ihn«, erklärte Duncan ein wenig scharf.

»Wir sind auf jeden Fall dem Zauber entronnen«, sagte Conrad, »der für uns ausgelegt war.«

»Dem Zauber schon«, meinte Andrew, »aber es werden noch andere Dinge auf uns zukommen.«

Sie aßen und zogen weiter, schlugen eine östliche Richtung ein und versuchten sie in der zerrissenen, bergigen Landschaft zu halten. Sie mußten Abweichungen in Kauf nehmen, einen besonders steilen Hang umgehen, einem Gewirr umgestürzter Bäume ausweichen.

Die Sonne sank tiefer, und noch immer war kein Pfad in Sicht. Sie kamen durch eine Gegend, in der anscheinend nie Menschen gesiedelt hatten. Keine Spur verbrannter Höfe, keine Anzeichen, daß je Bäume gefällt worden waren.

Ab und zu sahen sie in der Ferne Wölfe. Sie konnten nicht sagen, ob es die waren, die sie schon bei der Rast gesehen hatten.

Wir haben uns verlaufen, sagte sich Duncan, verriet den anderen aber seine Befürchtung nicht. Vielleicht gab es diesen Pfad gar nicht, ganz gleich, was Andrew gesagt hatte. Möglicherweise würden sie tagelang durch die Wildnis irren. Vielleicht war noch der Zauber am Werk, diesmal allerdings weniger offensichtlich.

Die Sonne war fast schon untergegangen, als sie in eine tiefe Schlucht hinabstiegen, die still und schattig zwischen den Hügeln lag. Hier trat man vorsichtig auf und mochte die Stimme nicht laut erheben. Das letzte Sonnenlicht lag auf den Gipfeln über ihnen und vergoldete ein paar herbstlich gefärbte Bäume, doch hier unten senkte sich die Nacht rasch hernieder.

Duncan lief schneller, um Conrad einzuholen.

»Hier herrscht eine üble Stimmung«, sagte Conrad.

»Übel oder nicht«, erwiderte Duncan, »wir können hier unser Lager aufschlagen. Wir sind vor dem Wind geschützt. Wahrscheinlich werden wir auf Wasser stoßen. Besser, als oben auf einem windumtosten Hügel zu nächtigen.«

»Ich glaube, ich habe da vorn etwas gesehen«, sagte Conrad. »Etwas Weißes. Sieht aus wie eine Kirche.«

»Ein merkwürdiger Platz für eine Kirche«, meinte Duncan. »Aber jetzt sehe ich sie auch.«

Als sie weiterliefen, erkannten sie, daß es sich um ein Gebäude handelte, das tatsächlich wie eine winzige Kirche aussah. Eine dünne Kirchturmspitze ragte in den Himmel, und die Pforte stand offen. Vor ihr war der Wald ein Stück gerodet worden, und sie gingen erstaunt über diese Lichtung. Eine Kapelle, dachte Duncan. Eine dieser versteckten Kapellen, die aus irgendwelchen Gründen weitab von allem Treiben lagen.

Duncan und Conrad blieben vor ihr stehen, und Andrew gesellte sich zu ihnen.

»Unser Herr in den Hügeln«, sagte er. »So heißt die Kapelle. Ich hatte von ihr gehört, sehe sie aber zum erstenmal. Ich wußte nie den Weg. Man sprach halb verwundert, halb ungläubig von ihr.«

»Und hier ist sie«, sagte Conrad.

Andrew war deutlich beeindruckt. Die Hand, in der er seinen Stab hielt, zitterte.

»Ein geweihter Platz«, erklärte Duncan. »Vielleicht ist man früher hierher gepilgert.«

»Ein geweihter Ort erst seit ein paar hundert Jahren«, sagte Andrew. »Die Kapelle steht an äußerst unheilvoller Stätte. Früher war hier ein heidnischer Altar.«

»Viele heilige Stätten wurden an Orten errichtet, die früher besondere Bedeutung für die Heiden hatten«, sagte Duncan.

»Ja, das weiß ich«, erwiderte Andrew. »Die Kirchenväter meinten, daß die Heiden so das Christentum leichter annehmen könnten. Doch hier war es etwas anderes.«

»Du sagst, ein heidnischer Altar. Wahrscheinlich ein Platz der Druiden?«

»Nicht der Druiden«, entgegnete Andrew. »Kein Altar für Menschen. Ein Versammlungsort der Bösen, und an bestimmten Tagen wurden große Feste gefeiert.«

»Aber warum hat man dann die Kapelle hierher gebaut? Warum hat die Kirche nicht einige Zeit einen Bogen um den Ort gemacht?« fragte Duncan und ging dann die drei flachen Stufen hinauf, die zur Tür führten. Er trat durch die Pforte.

Der Bau war winzig. Auf beiden Seiten waren kleine Fenster mit einfachen bunten Scheiben, die im schwindenden Tageslicht glommen. Auf dem Boden standen je drei Bänke. Und über dem Altar . . .

Duncan riß entsetzt die Augen auf. Beim Anblick des Kreuzes, das hinter dem Altar hing, krampfte sich sein Magen zusammen. Kreuz und Gestalt Jesu waren aus einem großen Eichenstamm geschnitzt worden.

Das Kreuz hing umgekehrt an der Wand. Die Figur stand auf dem Kopf, als sei sie mitten in einem Salto angehalten worden. Sie war mit Schmutz beschmiert, und auf das Kreuz waren in Latein anstößige Sätze gemalt worden.

Jetzt war verständlich, warum die Kapelle auf dem heidnischen Platz stehengelassen worden war. Das umgedrehte Kreuz und die Gewalt, die man ihm angetan hatte, waren der Grund.

Duncan hörte, wie Conrad und Andrew hinter ihm heftig atmeten.

Duncan flüsterte ihnen zu: »Dem Herrn macht dieser Spott

nichts aus. Er kann ihn ertragen.«

Er bemerkte, daß die Kapelle sauber und gut erhalten war. Kein Zeichen, daß die Zeit an ihr genagt hatte. Sie war erst kürzlich ausgekehrt worden.

Langsam ging er aus der Tür, und Conrad und Andrew folgten ihm. Draußen auf den Stufen kauerte Meg.

»Habt Ihr es gesehen?« fragte sie Duncan.

Benommen nickte er.

»Ich wußte nicht«, sagte sie, »daß wir hierher kommen würden. Wenn ich es geahnt hätte, würde ich Euch zurückgehalten haben.«

»Du hast gewußt, was hier zu finden ist?«

»Ich hatte nur davon gehört.«

»Und du bist mit dem hier nicht einverstanden?«

»Einverstanden? Warum sollte ich es mißbilligen? Ich habe damit nichts zu schaffen. Und doch hätte ich es Euch nicht sehen lassen. Ich habe Euer Essen angenommen, bin auf Eurem Pferd geritten, und selbst dieser verschrumpelte Apfel von Eremiten hat mir Käse gegeben. Warum sollte ich Euch etwas Böses wünschen?«

Duncan beugte sich nieder und berührte ihren Kopf. »Schon gut, Großmütterchen. Wir werden damit schon fertig.«

»Was machen wir jetzt?« fragte Andrew.

»Wir verbringen hier die Nacht«, bestimmte Duncan. »Der Marsch heute hat uns erschöpft. Wir können nicht weiter. Wir müssen etwas essen und uns ausruhen.«

»Ich werde an einem solchen Ort nicht einen Bissen herunterbekommen«, sagte Andrew.

»Was sollen wir dann tun?« fragte Duncan. »Uns im Dunkeln durch die Wälder plagen? Wir würden keine Meile weit kommen.«

»Ich hole Holz und mache ein Feuer«, sagte Conrad. »Da drüben fließt ein Bach. Ich höre Wasser rauschen.«

»Ich werde Wasser holen«, erbot sich Andrew.

Duncan sah ihm dann zu und wußte, wieviel Mut er aufbringen mußte, um sich allein in die Finsternis zu wagen.

Duncan rief Daniel und Beauty herbei, nahm dem Pferd den Sattel und der Eselin die Bündel ab. Beauty lehnte sich an Daniel, und der war offenbar recht froh, sie neben sich zu haben. Die zwei, dachte sich Duncan, wissen ebenfalls, daß etwas nicht in Ordnung ist. Tiny lief unruhig hin und her und hielt die Nase in die Luft, um sich auch kein Anzeichen für Gefahr entgehen zu lassen.

Meg und Conrad übernahmen die Zubereitung des Essens über dem Feuer, das Conrad dicht vor den Kapellenstufen entzündet hatte. Der Schein der Flammen tanzte über das kleine, weiße Gebäude.

Oben auf den Hügeln, die nach Westen gingen, heulte ein Wolf, und aus nördlicher Richtung antwortete ihm ein zweiter.

»Ein paar von denen, die wir heute früh gesehen haben«, sagte Conrad. »Sie treiben sich noch immer herum.«

»Dieses Jahr sind die Wölfe schlimm«, erklärte Andrew.

Es war jetzt ganz dunkel geworden, und die Schlucht weckte ein Gefühl kalter Angst in ihnen, als schleiche sich eine Gefahr auf leisen Pfoten immer näher an sie heran.

»Conrad und ich«, sagte Duncan, »werden heute nacht Doppelwache halten.«

»Ihr vergeßt mich schon wieder«, erklärte Andrew, aber Duncan war, als schwinge in den Worten Erleichterung mit.

»Wir möchten, daß du dich ausruhst«, sagte Duncan. »Und du auch, Meg, damit wir morgen den ganzen Tag nutzen können. Wir brechen auf, sobald unsere Augen etwas erkennen können, lange vor dem vollen Morgenlicht also.«

Er stand neben dem Feuer und starrte in die Dunkelheit. Es ist schwer, dachte er, nicht vor Gestalten oder Geräuschen in der Dunkelheit zu erschrecken, die man sich vielleicht nur eingebildet hat. Zweimal glaubte er, jenseits des Feuerscheins eine Bewegung zu sehen, und jedesmal meinte er, er habe sie sich nur eingebildet. Die Einbildungskraft war von der Angst geschärft, und letztere war vielleicht zu verbergen, aber nicht zu leugenen.

Gelegentlich heulten die Wölfe, und nicht nur im Westen und Norden, sondern auch im Osten und Süden. Das Geheul kam aus ziemlicher Ferne, die Wölfe rückten anscheinend nicht näher. Duncan sagte sich, daß sie möglicherweise später kommen würden, wenn ihr Mut gestiegen und die Runde um das Lagerfeuer ruhiger geworden war. Vor den Wölfen brauchten sie aber keine Angst zu haben. Wenn sie sich heranwagen sollten, würden Daniel und Tiny unter ihnen aufräumen.

Wenn etwas gefürchtet werden mußte, dann nicht die Wölfe.

Meg rief zum Essen, und sie kauerten sich um das Feuer. Andrew langte trotz seiner Versicherung, er werde nichts essen können, tüchtig zu.

Man redete kaum, ließ nur ab und zu einen unwichtigen Satz fallen. Niemand sprach von dem, was die Kapelle enthielt. Es war, als seien alle eifrig bestrebt, es zu vergessen.

Duncan fand aber, daß man es nicht vergessen konnte. Es war ihm nicht gelungen, es aus seinem Bewußtsein zu verbannen. Es war natürlich ein Spott, hatte er sich gesagt, aber es war noch mehr als das. Haß war ihm als nächstes eingefallen. Er hatte nachgedacht und wußte jetzt, daß es soviel mit Haß wie mit Spott zu tun hatte.

Seine Finger glitten zur ledernen Gürteltasche und brachten wieder einmal die Seiten, die er bei sich trug, zum Knistern. Hier lag sein Glaube, dachte er, und hier an diesem Ort, an dem sie saßen, zeigte sich ein anderer Glaube. Vielleicht ein falscher Glaube, den man nicht annehmen konnte, gegen den man angehen mußte, aber eben doch ein Glaube, auf den sich die Menschen in ihrer Unwissenheit, ihrem Mangel an anderem Glauben eingelassen hatten, und von dem sie trotz all seiner Grausamkeit hofften, er möge sie vor der Weite der Unendlichkeit, vor dem Schicksal schützen, weil sie vielleicht dachten, daß jeder Glaube, den anzunehmen sich lohne, schrecklich und grausam sein müsse, da in diesen beiden Eigenschaften Macht liege, und der Mensch Macht brauche, um sich vor der äußeren Welt zu schützen.

Hier waren sicherlich gewisse gräßliche und abstoßende Rituale abgehalten worden, von denen er nichts wußte. Er war auch froh, daß er von ihnen nichts wußte. Menschen mochten hier geopfert worden sein. Hier war Blut vergossen worden, hatte man unzüchtige Dinge getan, hier hatten sich Wesen in böser Absicht eingefunden, und das nicht nur erst seit kurzem, sondern seit Urzeiten.

Daniel kam heran, senkte den Kopf und stieß seinen Herrn an. Duncan streichelte den Kopf des großen Pferdes, und Daniel schnob leise.

In westlicher Richtung heulte ein Wolf, und diesmal schien er nicht mehr so weit weg zu sein.

Conrad trat neben Mann und Roß. »Wir werden das Feuer die ganze Nacht groß lassen müssen«, sagte er. »Wölfe haben vor dem Feuer Angst.«

»Wir brauchen die Wölfe nicht zu fürchten«, sagte Duncan. »Der Hunger treibt sie nicht her. In den Wäldern finden sie genug zu fressen.«

»Sie kommen näher«, meinte Conrad. »Ich sehe manchmal schon ihre Augen leuchten.«

»Sie sind neugierig, sonst nichts.«

Conrad kauerte sich neben Duncan nieder. Er fuhr mit seiner Keule über den Boden. »Was werden wir morgen machen?«

»Wir werden wohl weiter nach Andrews Pfad suchen.«

»Und wenn wir nicht auf ihn stoßen?«

»Wir finden ihn. Durch diese Hügel muß ein Pfad führen.«

»Wir haben uns verlaufen«, sagte Conrad. »Wir wissen nicht, wo wir sind. Ich glaube nicht, daß Andrew es weiß.«

Am Rand des Feuerscheins tauchten zwei Augen auf, glühten Duncan an und waren wieder verschwunden.

Die Wölfe näherten sich jetzt dem Feuerschein. An seinem Rand leuchtete eine Reihe Augen.

Tiny lief auf sie zu. Conrad rief den Hund zurück. »Noch nicht, Tiny! Warte noch!«

Duncan stand auf.

»Es ist soweit«, sagte Conrad. »Sie machen sich fertig zum Angriff.«

Daniel fuhr herum und riß mit wütendem Schnauben den Kopf hoch. Tiny war zurückgekommen und hielt sich dicht neben Conrad. Die Nackenhaare sträubten sich ihr, und sie knurrte gurgelnd.

Einer der Wölfe machte einen Schritt nach vorn. Sein graues Fell schien im Licht des Feuers fast weiß zu sein. Er war groß und grobknochig, ein Totenkopf von einem Wolf. Er schlich ein Stück weiter, stieß den Kopf vor und fletschte die Zähne. Ihm folgte ein zweiter Wolf, blieb dicht neben ihm stehen. Duncan zog sein Schwert heraus. Das rasselnde Geräusch unterbrach die Stille, und die Klinge blitzte im Schein des Feuers auf.

Duncan sagte zum Pferd: »Ruhig, alter Junge, ruhig.«

Hinter sich hörte er Schritte, blickte sich rasch um und sah, daß es Andrew war, der seinen Stab halb erhoben hatte. Die Kapuze war ihm auf die Schultern gefallen, und das graue Haar sah, vom Feuerschein angestrahlt, wie ein Heiligenschein aus.

In der Dunkelheit am Rand der Lichtung ertönte laut und deutlich eine Stimme. Sie sprach in Worten, die Duncan noch nie gehört hatte. Englisch war es nicht, Latein oder Griechisch auch nicht, und auch ans Keltische ließen sie nicht denken, Worte, die rauh und kehlig und fast knurrend klangen.

Auf die Worte hin griffen die Wölfe an. Der große Grobknochige und sein Nachbar rannten los, und die anderen folgten, duckten sich dann zu Boden, als wollten sie im nächsten Augenblick springen.

Daniel bäumte sich neben Duncan auf und ließ die Vorderhufe durch die Luft wirbeln. Tiny raste wie der Blitz auf die Angreifer los. Der große Wolf sprang wie mühelos hoch und wollte Duncan an die Kehle. Das Schwert schoß vor, traf ihn am Nakken und schleuderte ihn beiseite. Der zweite Wolf wurde von Conrads Keule niedergestreckt. Tiny packte einen dritten am Hals und schleuderte ihn mit einer kräftigen Kopfbewegung in die Luft.

Wieder sprang ein Wolf Duncan mit gefletschten Zähnen an, riß dann das Maul auf. Duncan hob noch das Schwert, als schon ein Stab schnell wie ein Speer an ihm vorübersauste und der Bestie durchs Maul bis tief in den Hals fuhr. Der Wolf stürzte nach vorn und riß den Stab mit sich. Duncan wurde von ihm getroffen und ging in die Knie. Ein Wolf stürmte auf ihn los, und Duncan riß die Klinge hoch, aber Daniel hatte das Tier schon mit dem Huf am Rücken dicht hinter den Schulterblättern getroffen. Der Wolf brach mit zertrümmertem Rückgrat zusammen.

Duncan sprang auf, sah Tiny in einen Wolf verbissen am Boden liegen, daneben Conrad mit erhobener Keule stehen und einen weiteren Wolf abwehren. Und gleich hinter dem kämpfenden Hund sah er Beauty, die sich verzweifelt abmühte, sich von einem Wolf zu befreien, der sie an einem Vorderbein erwischt hatte.

Duncan eilte Beauty zu Hilfe, aber er hatte kaum einen Schritt getan, als sich eine rasende Furie, die zwei Feuerbrände durch die Luft schwang, in den Kampf stürzte. Einer der Feuerbrände flog sich überschlagend durch die Luft, und zwei Wölfe ergriffen die Flucht.

»Meg!« schrie Duncan. »Meg, paß um Himmels willen auf!«

Sie hörte nicht auf ihn. Sie hob den anderen brennenden Ast und schlug mit ihm auf den Wolf ein, der Beauty gepackt hielt. Der Wolf jaulte auf und rannte winselnd in die Finsternis zurück.

Aus der Dunkelheit ertönte wieder die laute, deutliche Stimme, die in der unbekannten Sprache etwas befahl, und die Wölfe drehten sich um und verschwanden.

Duncan blieb stehen und sah langsam nach links. Daniel stand neben dem Feuer, und Andrew drückte mit einem Fuß den toten

Wolf zu Boden und versuchte verzweifelt, den Stab freizubekommen, der diesem tief im Schlund steckte.

Conrad und Meg kamen zum Feuer, gefolgt von Tiny, und hinter dem Hund hinkte die Eselin herbei. Hier und dort lagen tote Wölfe. Der, den Daniel getroffen hatte, versuchte sich mit heftig zuckenden Vorderbeinen zu retten, während die Hinterbeine gelähmt waren.

Während Duncan zum Feuer ging, stieß Andrew plötzlich einen Schrei aus, ließ den Stab fallen, an dem er gezerrt hatte, und wich vom toten Wolf zurück, wobei er sich die Hände vor das Gesicht hielt.

»Nein, nein!« schrie er. »Das nicht!«

Duncan rannte zu ihm hin, blieb wie angewurzelt stehen und starrte entsetzt und ungläubig auf den verendeten Wolf.

Der Körper des Wolfes veränderte sich langsam und wurde zu dem einer nackten Frau, welcher der Stab des Eremiten noch immer aus dem Mund ragte.

Meg sagte mit hoher Stimme neben Duncan: »Ich hätte es Euch gleich sagen können, aber es war keine Zeit mehr dazu. Es ging alles so schnell.«

Conrad trat an Duncan vorbei, packte den Stab des Eremiten mit einer großen Hand und riß ihn heraus.

Der Körper des Wolfes hinter der Frau hatte sich in einen Mann verwandelt, und der mit dem zertrümmerten Rücken, der versucht hatte, sich fortzuschleppen, fing plötzlich mit menschlicher Stimme vor Schmerz und Angst an zu heulen.

»Um den kümmere ich mich«, sagte Conrad grimmig.

»Nein«, erklärte Duncan. »Laß ihn erst einmal.«

»Werwölfe«, stieß Conrad hervor, »die kann man nur totschlagen.«

»Ich muß etwas herausbekommen«, sagte Duncan. »Es waren sehr viele, und nur ein paar haben angegriffen. Die anderen hielten sich zurück. Wenn sie alle zusammen auf uns losgestürzt wären —«

»Jemand hat sie zurückgerufen«, meinte Conrad.

»Nein, das war es nicht, nicht allein. Da war noch etwas anderes.«

»Hier«, sagte Conrad und hielt Andrew den Stab hin. Der Eremit wich zurück. »Nein, nein«, wimmerte er. »Ich will ihn nicht anfassen. Ich habe eine Frau damit getötet.«

»Keine Frau, einen Werwolf. Nimm ihn. Halt ihn fest; so einen Stab wirst du nie wieder bekommen.«

»Ich werde immer darin erinnert werden«, flehte der Eremit.

»Prima«, sagte Conrad. »Ein Streich, den du für unseren Herrn ausgeteilt hast.«

Duncan ging zum Rand des Feuerscheins und beugte sich über den Mann mit dem gebrochenen Rücken. Der Mann war alt. Arme und Beine waren dürr, die Gelenke hatten dicke Knoten. Die Rippen waren deutlich zu sehen. Das schneeweiße Haar hing ihm in den Nacken, und die Stirn war schweißbedeckt. Er sah voller Haß und Furcht zu Duncan auf.

»Wer«, fragte ihn Duncan, »hat aus der Dunkelheit gesprochen?«

Der Mann fletschte die gelben Zähne. Er knurrte und spuckte aus.

Eine Hand packte Duncans Schulter und zog ihn auf die Füße. »Hier, laß mich«, sagte Conrad.

Die Keule sauste nieder, und man hörte das ekelhafte Geräusch eines brechenden Schädels. Der Mann war tot.

Duncan sah Conrad wütend an. »Das hättest du nicht tun sollen. Das habe ich dir doch gesagt.«

»Schlangen tötet man einfach«, sagte Conrad. »Man ist nicht schonungsvoll zu ihnen.«

»Ich hatte aber eine Frage.«

»Du hast sie gestellt und keine Antwort bekommen. Er konnte nicht antworten. Er hatte zuviel Angst vor dir.«

Und das stimmt, dachte sich Duncan. Conrad berührte seinen Arm. »Gehen wir zurück zum Feuer. Ich muß nach Beauty sehen.«

»Was macht Tiny?«

»Ein zerfetztes Ohr. Hier und dort eine Bißwunde. Sie wird schon wieder werden.«

Als sie zum Feuer zurückgekehrt waren, hatte Andrew neues Holz aufgelegt, und die Flammen loderten hoch auf. Andrew und Meg standen dicht nebeneinander. Conrad kümmerte sich um Beauty.

»Das war mutig von dir«, sagte Duncan zu Meg, »daß du Beauty geholfen hast.«

»Ich hatte die Feuerbrände. Werwölfe haben Angst vor dem Feuer. Die Werwölfe sind böse, und ich kann sie nicht ausstehen. Niemand braucht so böse zu sein.«

»Es war ein ganzes Rudel«, sagte Duncan. »Ich habe nicht gewußt, daß Werwölfe in Rudeln auftreten. Du hast mir von den Wesen erzählt, die sich den Verheerern angeschlossen haben. Ist das der Grund, warum das Rudel so groß ist?«

»Ja. Sie müsssen aus ganz Britannien zusammengelaufen sein.«

»Und du hast die Stimme gehört?«

Sie preßte die Arme dicht an ihren Körper und zitterte.

»Hast du die Worte verstanden? Kennst du die Sprache?«

»Ich kenne die Sprache«, sagte sie, »aber die Worte habe ich nicht verstanden. Die Sprache ist sehr alt.«

Er hätte sie fast gefragt, woher sie die Sprache kenne, aber es war nicht nötig, sie noch tiefer zu verstören. Sie hatte ihm ehrlich geantwortet, und das genügte.

Conrad kehrte zurück. »Beauty ist in Ordnung«, sagte er. »Ihr Bein ist leicht verletzt. Wir haben Glück gehabt.«

Auf der Lichtung war es still. Die toten Werwölfe lagen am Rand der Dunkelheit. »Vielleicht sollten wir sie begraben«, sagte Andrew.

»Werwölfe begräbt man nicht«, sagte Conrad. »Man treibt ihnen höchstens einen Stab durchs Herz. Außerdem haben wir keine Schaufel.«

»Wir machen gar nichts«, sagte Duncan. »Wir lassen sie liegen, wo sie sich befinden.«

Die Kapelle stand weiß im flackernden Licht der Flammen. Duncan warf einen Blick auf die offene Tür. Der Feuerschein drang nicht bis zum Kreuz vor, das auf dem Kopf stand, und Duncan war froh darüber.

Ein lauter Schrei ertönte in der Nacht, schien, aus der Höhe über ihnen zu kommen, als schwebe das schreiende Wesen über ihnen.

»Mein Gott«, stöhnte Andrew, »nicht schon wieder!«

Wieder ertönte der wimmernde, klagende Schrei, bei dem einem das Herz stehenbleiben oder das Blut stocken konnte.

Eine ruhige Stimme sprach sie vom Rand des Feuerscheins her an. »Ihr braucht euch nicht zu fürchten«, sagte sie. »Das ist nur Nan, die Todesfee.«

Duncan fuhr herum, um zu sehen, wer gesprochen hatte. Im ersten Augenblick erkannte er ihn nicht. Ein kleiner Mann mit spitzer Mütze, dünnen Beinen und zu großen Ohren.

»Snoopy«, sagte er, »was machst du hier?«

»Ich bin euch gefolgt«, erwiderte Snoopy. »Wir sind euch seit

Stunden gefolgt, nachdem uns das Gespenst gesagt hatte, daß es eure Spur verloren hat.«

Der Geist flatterte herab, und neben ihm bewegte sich eine weitere Gestalt, deren düsteres Aussehen sich scharf von seiner weißen Farbe abhob.

»Es war reiner Zufall, daß ich auf sie gestoßen bin«, sagte der Geist.

»Es war mehr als Zufall«, erklärte Snoopy, »aber das würdest du nicht verstehen. Wir haben keine Zeit für Erklärungen.«

Das Gespenst schwebte zu Boden, und die Todesfee Nan kroch am Boden entlang auf das Feuer zu. Sie sah gräßlich aus. Unter struppigen Brauen blickten tiefliegende, glitzernde Augen hervor. Dichtes schwarzes Haar hing ihr über den ganzen Rükken. Sie hatte ein eingefallenes, hartes Gesicht.

»Ihr habt euch gut versteckt«, sagte sie. »Wir haben euch lange suchen müssen.«

»Ihr habt euch wirklich einen hübschen Ort ausgesucht«, bekräftigte Snoopy und kam näher. »Ihr wißt, daß ihr hier nicht bleiben könnt.«

»Wir wollen eigentlich bleiben«, sagte Conrad. »Wir haben ein Rudel Werwölfe abgewehrt. Wir werden mit allem fertig, was auf uns losgehen will.«

»Wir haben auf dich gewartet«, erklärte Andrew. »Wieso kamst du nicht zur Kirche, wie du gesagt hast?«

»Ich habe überall herumerzählt, daß ihr Hilfe braucht, und so wie ihr durch die Gegend getaumelt seid, könnt ihr Hilfe wirklich brauchen.«

»Viel Hilfe hast du nicht aufgetrieben«, sagte Andrew spitz. »Eine zerzauste alte Todesfee.«

»Dich Knilch mache ich immer noch fertig«, sagte Nan, die Todesfee.

»Es werden noch andere kommen«, erklärte Snoopy ruhig. »Sie werden da sein, wenn ihr sie wirklich braucht. Und ihr wißt, daß ihr hier nicht bleiben könnt. Ganz gleich, was ihr in eurer Unwissenheit und Überheblichkeit denkt, wir müssen euch woanders hinbringen.«

»Wir wissen«, sagte Duncan, »daß das hier ein heidnischer Tempel ist.«

»Noch viel mehr als das«, teilte ihm Snoopy mit. »Der Ort war dem Bösen schon heilig, als es noch gar keine Heiden gab, die es anbeten konnten. Hier haben sich in den Tagen des ersten Anfangs Wesenheiten versammelt, die dir den tiefsten Schrecken einjagen würden, wenn du auch nur ein winziges Stückchen von ihnen sehen könntest. Ihr entwürdigt den Ort. Sie werden nicht zulassen, daß ihr hier bleibt. Die Werwölfe waren nur der Anfang. Andere werden kommen, die sich nicht so leicht vertreiben lassen.«

»Aber wieso steht dann hier die Kapelle?«

»Sie ließen es geschehen, daß sie gebaut wurde. Diese törichten Männer der Kirche hätten es eigentlich besser wissen müssen. Die Wesen lauerten in den Schatten, sahen zu, wie sie gebaut wurde, und wußten, daß ihre Zeit kommen würde.«

»Wir können erst fort, wenn wir uns ein wenig ausgeruht haben«, sagte Duncan. »Conrad und ich könnten weiter, aber die Hexe ist schwach, und Andrew ist den ganzen Tag lang gelaufen. Er hält das nicht aus ohne Nachtruhe.«

»Ich hatte die Kraft, einen Werwolf zu töten«, entgegnete der Eremit würdevoll.

»Du willst uns hier wirklich weghaben?« fragte Conrad Snoopy.

»Allerdings«, erwiderte Snoopy.

»Wir könnten Andrew auf Daniel setzen«, sagte Conrad. »Beauty könnte Meg tragen. Sie ist leicht wie eine Feder. Die Bündel können wir schleppen. Beauty könnte Meg trotz der Verletzung tragen.«

»Dann nichts wie los!« sagte Snoopy.

13

Snoopy ging voran, und über ihm flog das Gespenst dahin, war eine Art Anhaltspunkt, dem sie folgen konnten. Dann kamen Daniel und Beauty, und Conrad und Duncan bildeten den Schluß. Nan flog auch irgendwo über ihnen, war aber in ihren düsteren Gewändern keine Hilfe, und außerdem hatte sie die ungute Eigenschaft, ab und zu schmerzliche Schreie auszustoßen.

Andrew hatte das Pferd nicht besteigen wollen, und Conrad mußte ihn packen und in den Sattel setzen. So ritt der Eremit jetzt mit gesenktem Kopf, und Duncan war sich sicher, daß er eingeschlafen war. Meg lag fast auf dem Esel und klammerte sich nach Kräften an das Tier.

Die Zeit verging nur langsam. Der Mond neigte sich dem Westen zu. Das Auf und Ab über die Hügel war anstrengend. Duncan hatte den Eindruck, als gingen sie wieder zurück in die Richtung, aus der sie gekommen waren, konnte es aber nicht genau sagen. Er war ganz durcheinander. Ihm war, als wären sie alle schon seit einiger Zeit durcheinander.

Wenn der Zauber nicht gewesen wäre, hätten sie den Sumpf erreichen und an seinem Ufer weiterziehen können. Sie wären dann sicher schon in der Nähe des offenen Landes, von dem ihnen Snoopy berichtet hatte, gewesen. Sie hätten dann wenigstens die Hügel hinter sich gehabt.

Seltsam, dachte er, daß die Verheerer dreimal versucht haben, sie aufzuhalten oder vom Weg abzubringen, und jeder Angriff ist schwächer gewesen, als ich erwartet habe.

Irgend etwas stimmt da nicht, sagte er sich. Die Verheerer sind durch diesen Landstrich gestürmt und haben alle Bewohner getötet, Dörfer und Höfe niedergebrannt und das Land veröden lassen. Ein kleiner Trupp wie unserer kann sich diesen Mächten doch nicht lange widersetzen.

Von dem Froschmaul mit den vielen Zähnen, das sie aus der Dunkelheit angestarrt hatte, abgesehen, hatten sie noch nichts von den Verheerern zu Gesicht bekommen. Er wußte noch nicht einmal, ob das Froschgesicht überhaupt ein Verheerer war.

Er fragte sich, ob er und seine Gruppe vielleicht unter besonderem Schutz standen? Lag es vielleicht an der Kette mit dem Anhänger, den er Wulferts Grab entnommen hatte? Vielleicht war er mehr als nur ein Schmuckstück. Vielleicht handelte es sich um einen magischen Gegenstand. Es war möglich, daß sie dieser Zauber vor dem ungezügelten Zorn der Verheerer geschützt hatte.

Dabei haben wir noch gar keine Verheerer gesehen, sagte er sich. Waren die Haarlosen nicht möglicherweise Verheerer, oder wenigstens ihr verlängerter Arm? Der Räuber Harold hatte davon gesprochen, daß sie unter den Angreifern waren, die gegen seinen Herrensitz angerannt waren. Unter Umständen waren sie die äußere Truppe, die den inneren Kern schützte.

Und über Wulfert wußte Duncan auch nichts. Ein Zauberer, der sich in ein Dorf zurückgezogen hatte? Warum sollte sich ein Zauberer verstecken? Und was war überhaupt mit Diane? Sie hatte gewußt, daß Wulfert ein Magier war, und hatte nach ihm geforscht. Als sie auf eine Spur gestoßen war, hatte sie sie nicht weiter verfolgt, sondern war fortgeflogen. Wo war sie jetzt? Eine Unterredung mit ihr würde ihm vielleicht Klarheit verschaffen.

Der Mond stand jetzt dicht über dem westlichen Horizont, aber von der Morgendämmerung war noch nichts zu sehen. Seit Stunden mühten sie sich in diesen Hügeln ab, und es gab kein Anzeichen dafür, daß das Auf und Ab ein Ende nehmen würde. Wie weit mußten sie von der Kapelle entfernt sein, um vor den schlimmen Kräften sicher zu sein, welche die Kapelle eifersüchtig bewachten?

Nan hatte jetzt schon seit einiger Zeit keine Schreie mehr ausgestoßen. Sie waren aus dem Wald auf eine der Lichtungen getreten, die sich auf den Gipfeln mancher der Hügel fanden. Vor ihnen ragten gezackte Felsen in die Höhe. Duncan blickte auf und sah Nan wie eine Fledermaus über sich fliegen.

Der schwache Wind hatte sich jetzt gelegt, ein Zeichen, daß die Zeit der Dämmerung kam. Ein tiefes Schweigen lag über allem.

Und aus dem Himmel drangen wieder die Geräusche, die Duncan in der vergangenen Nacht gehört hatte. Hufgetrappel, fernes Schreien, fernes Hundegebell.

Conrad blieb vor ihm stehen, und Duncan sah, daß die anderen ebenfalls anhielten. Snoopy stand auf einem niedrigen Felsen und blickte in die Höhe. Andrew schlief vornübergesunken im Sattel fest weiter.

Das Schreien wurde lauter, das Gebell schwoll an, und das Hufgetrappel klang wie schwacher Donner.

Schattenhaft kam etwas über die Baumwipfel im Norden herauf, und Duncan sah, daß nur ein Reiter über den Himmel zog. Er stand aufrecht in den Steigbügeln, stieß in ein Jagdhorn, stieß dann wieder Rufe aus, um die Hunde anzufeuern, die mit wildem Gekläff vor ihm herstoben, einer unsichtbaren Beute nachsetzten. Das große schwarze Pferd galoppierte ohne den Boden zu berühren durch die Luft.

Dann verschwand die ganze Meute hinter den Bäumen im Süden, und der Lärm verklang in der Ferne.

Nan kam aus der Höhe herabgewirbelt und landete neben Duncan. Sie rief aufgeregt: »Wißt Ihr, wer das war?«

»Nein«, erwiderte Duncan.

»Das war der wilde Jäger«, kreischte sie. »Ich habe ihn einmal vor Jahren in Deutschland gesehen, als ich noch jung war und mich noch nicht niedergelassen hatte. Der wilde Jäger mit seiner Meute.«

Meg war vom Esel gerutscht und stolperte auf sie zu. »Er war immer in Deutschland«, sagte sie. »Er war nie anderswo. Das zeigt wieder, daß sich alles Böse um die Verheerer versammelt.«

»Hatte er es auf uns abgesehen?« fragte Conrad.

»Das bezweifle ich«, entgegnete Meg. »Er jagt eigentlich niemanden. Er reitet nur über den Himmel.«

»Wer ist er?« fragte Duncan.

»Das weiß niemand«, sagte Nan. »Sein Name ist vergessen. Er reitet schon so lange über den Himmel, und niemand erinnert sich mehr.«

Snoopy stieg von seinem Felsen. »Weiter!« rief er. »Es ist nicht mehr weit. Bei Tagesanbruch sind wir am Ziel.«

»Wo führst du uns hin?« fragte Duncan. »Wir haben ein Recht, das zu wissen.«

»Ich bringe euch dorthin, wo ihr schon die ganze Zeit sein solltet, zurück zum Ufer des Sumpfes.«

»Wir werden dann aber rasten müssen«, sagte Duncan, »bevor wir das Ufer entlangziehen. Wir sind alle zum Umfallen müde, weil wir schon lange nicht mehr geschlafen haben.«

»Andrew schläft«, erklärte Conrad.

»Er ist der einzige«, nickte Duncan. »Er wird dort dann Wache stehen, während wir uns ausschlafen.«

14

Duncan hatte einen schweren Traum. Ihm war, als stiegen zischende Schlangen aus dem Moor und versuchten ihn niederzuringen. Sand war in Duncans Mund, kein Wasser, und Hände hielten Duncan nieder, nicht Schlangenleiber. Er kämpfte, versuchte, mit Armen und Beinen um sich zu schlagen, aber die Hände hielten ihn so fest, daß er nichts ausrichten konnte. Ein Knie bohrte sich in seinen Rücken, und ein zweites drückte seine Schultern zu Boden. Sein Gesicht wurde fest an die Erde gepreßt. Er öffnete die Augen und sah ein braunes Blatt, über das langsam ein Käfer kroch.

»Fesselt den Großen gut«, sagte polternd eine Stimme. Und

dann: »Paßt auf das Pferd auf. Es tritt euch sonst die Bäuche ein.«

Irgendwo knurrte Tiny wie wild, irgendwo setzte sich Daniel zur Wehr. Von überallher hörte man stampfende Laute und keuchenden Atem.

Duncan spürte, wie ihm dicke Seile ins Fleisch schnitten, und dann riß ihn jemand herum und legte ihn auf den Rücken. Er starrte in den Himmel hinauf. Widerliche Gesellen beugten sich über ihn. In der Ferne ertönte ein gräßlicher Klageschrei.

Duncan mühte sich ab, bis er aufrecht saß, und versuchte, sich auf die gefesselten Arme zu stützen. Die Beine mußte er ausgestreckt halten, da auch sie gebunden waren.

Ein paar Schritte neben ihm lag Conrad, verschnürt wie ein Paket und immer noch angestrengt bemüht, sich freizukämpfen.

»Wenn ich euch in die Finger bekomme«, brüllte Conrad die Männer an, die eben von ihm zurücktraten, »reiß ich euch die Därme aus dem Leib!«

»Freund Conrad«, sagte einer der Männer, »ich glaube kaum, daß du dazu Gelegenheit haben wirst.«

Irgend etwas an dem Mann kam Duncan bekannt vor, doch der Kopf war ihm nicht zugewendet, und er konnte sich deshalb nicht sicher sein. Dann veränderte der Mann seine Haltung, und Duncan sah, daß es Harold der Räuber war.

Duncan versuchte, sich ein Bild von der Lage zu verschaffen. Er sah sich um. Andrew war an einen kleinen Baum gefesselt, und Meg war nicht zu sehen, obwohl sie ja irgendwo sein mußte. Auch von Daniel war nichts zu sehen, doch die geduldige kleine Beauty war an einen anderen Baum gebunden. Nicht weit davon entdeckte er Tiny, deren vier Läufe zusammengebunden waren. Auch ihr Maul war durch Stricke unschädlich gemacht worden. Tiny warf sich hin und her, aber es war kaum anzunehmen, daß sie sich würde befreien können.

Sie befanden sich am Rand eines Wäldchens in der Nähe des Sumpfufers, dort, wo sie sich im frühen Morgenlicht hatten niederfallen lassen, um nur noch zu schlafen, während Andrew Wache halten sollte.

Snoopy, Nan und das Gespenst waren nicht zu sehen. Das war auch nicht anders zu erwarten, sagte sich Duncan.

Der Räuber kam jetzt zu ihm her, blieb vor ihm stehen, stemmte die Fäuste in die Hüften und sah auf ihn herab.

»Na, mein Herr, wie gefällt Euch das jetzt?« fragte er. »Nun haben wir den Spieß umgedreht. Vielleicht habt Ihr die Güte und sagt mir, was Ihr eigentlich wollt.«

»Ich habe es Euch schon in Eurer Behausung gesagt«, meinte Duncan. »Wir sind auf dem Weg nach Oxenford.«

»Ihr habt mir aber nicht gesagt, aus welchem Grund.«

»Ich habe es Euch gesagt. Wir überbringen eine Botschaft.«

»Und das ist alles?«

Duncan zuckte mit den Schultern. »Das ist alles.«

Der Räuber beugte sich vor, legte eine große Hand auf den Lederbeutel an Duncans Gürtel und riß ihn ab. »Jetzt werden wir sehen«, sagte er.

Er knüpfte langsam und sorgfältig die Lederschlaufen auf und öffnete den Beutel. Er fuhr mit einer Hand hinein und zog Wulferts Amulett heraus. Er ließ es an der Kette pendeln, und die hellen Edelsteine gleißten in der Abendsonne.

»Ein hübsches Ding«, sagte er, »und vielleicht sogar wertvoll. Sagt mir, was das ist.«

»Nichts als ein Schmuckstück«, sagte Duncan, »etwas, das nichts als schön sein will.« Tief im Inneren flehte er, daß der Handschrift nichts geschehen möge.

Der Räuber ließ den Anhänger mit der Kette in seine Tasche gleiten, griff wieder in den Beutel und brachte das Manuskript zum Vorschein.

»Und das hier?«

»Ein paar Pergamentblätter«, sagte Duncan so ruhig wie möglich. »Um etwas zu lesen zu haben auf der Reise.«

»Puh«, sagte der Räuber angewidert. Er zerknüllte das Manuskript in der Faust und warf es auf den Boden. Der Wind trieb es ein paar Schritte über den Sand. Dann verfing es sich in einem niedrigen Gestrüpp und blieb hängen, obwohl der Wind weiter an ihm zerrte.

Die Hand des Räubers fuhr noch einmal in den Beutel und zog einen Rosenkranz mit einem elfenbeinernen Kreuz und Bernsteinperlen hervor. Er sah ihn sich genau an. »Dafür werde ich schon etwas bekommen.«

Dann stieß er auf ein kleines Täschchen aus Rehleder, in dem Münzen klimperten. »Das«, sagte er grinsend, »ist schon eher nach meinem Geschmack.« Er schüttete die Münzen in die Hand und sagte: »Ein hübsches Sümmchen, das einem Mann zustatten kommt, der, wie ich, in Schwierigkeiten ist.«

Er ließ die Münzen in den Beutel zurückgleiten und steckte ihn in seine Tasche.

»Und jetzt das Schwert«, sagte er. »Die Klinge eines Herrn. Sicher viel besser als das schlechte Eisen, das wir tragen.«

Er zog die Waffe aus Duncans Scheide. Er kauerte sich vor Duncan nieder und prüfte sie mit Kennermiene. »Scharf und mit guter Spitze. Wirklich vortrefflich.«

Er hielt Duncan die Spitze gegen die Kehle. »Und jetzt sagt Ihr mir, was vor sich geht«, meinte er. »Wo liegt der Schatz, den Ihr sucht? Um was für einen Schatz handelt es sich?«

Duncan schwieg.

»Ich schneide Euch die Kehle durch«, drohte der Räuber.

»Wenn Ihr das tut, werdet Ihr es nie herausbekommen«, entgegnete Duncan.

»Sehr wahr«, sagte der Räuber. »Vielleicht wäre es besser, Euch bei lebendigem Leib die Haut abzuziehen. Sagt einmal, habt Ihr je gesehen, wie einem Menschen die Haut abgezogen wurde?«

»Nein, nie.«

»Kein hübscher Anblick«, sagte der Räuber. »Es wird sehr langsam gemacht, Stück für Stück.«

Duncan sagte nichts. Er konnte spüren, wie ihm Schweiß auf die Stirn trat, und hoffte nur, der Räuber würde es nicht merken. Er wußte, daß das kein leeres Gerede war. Der Leuteschinder hatte es wirklich vor.

Der Räuber war anscheinend in Gedanken versunken, ließ sich die Lage durch den Kopf gehen. »Vielleicht wäre es besser«, sagte er, »wenn wir es erst mit jemand anderem machten und Euch zusehen ließen. Vielleicht mit dem großen Klotz da drüben, der hat eine so prächtige Haut.«

Duncan sagte noch immer nichts.

Der Räuber machte eine wegwerfende Handbewegung. »Na schön«, sagte er, »es ist zu spät, noch länger darüber zu reden. Um eine hervorragende Häutung vornehmen zu können, muß man gutes Licht haben, und die Sonne wird bald untergehen. Wir werden es am Morgen als erstes tun. Dann haben wir den ganzen Tag Zeit dafür.«

Er stand auf, klemmte sich Duncans Schwert unter den Arm, klopfte sich auf seine volle Tasche und wollte gehen. Dann drehte er sich noch einmal um und grinste Duncan an.

»Ihr habt die ganze Nacht Zeit, darüber nachzudenken«,

sagte er. »Morgen können wir uns noch einmal unterhalten.«

Er rief zwei seiner Männer. »Einer und Robin, ihr übernehmt die erste Wache. Laßt unsere wertvolle Beute nicht aus den Augen. Und ich möchte nicht, daß ihr ihnen etwas antut. Ihre Häute sollen nicht beschädigt sein, wenn wir sie ihnen morgen abziehen.«

»Ihr seid nicht richtig informiert«, sagte Duncan, »wenn Ihr glaubt, daß es einen Schatz gibt. Wir sind nicht auf Schatzsuche.«

»Na schön«, sagte der Räuber. »Das wird sich noch herausstellen. Es wird aber schwierig sein, Euch die Haut wieder anzukleben, sollte ich mich getäuscht haben.«

Er ging zum Ufer hinunter und brüllte dort los: »Cedric, warum so weit weg? Ich sagte doch, das Lager soll in der Nähe aufgeschlagen werden!«

Nicht allzuweit entfernt antwortete die hohe Stimme des alten Cedric: »Hier ist Gras für die Pferde und auch viel Holz für das Feuer.«

Der Räuber brummte: »Na ja, wird wohl nichts ausmachen. Die hier sind gut gefesselt. Wir sind ja auch ganz in der Nähe.«

Einer sagte: »Wir könnten sie zum Lager schleppen. Würde mir nichts ausmachen.«

Der Räuber dachte einen Moment nach und meinte: »Nein. Sie werden ständig von zwei Männern bewacht werden. Warum sollen wir unsere Kraft vergeuden? Außerdem ist es hier still, und sie können in Ruhe nachdenken.« Er ging das Ufer entlang, und die anderen bis auf Einer und Robin folgten ihm.

Conrad fragte: »Alles in Ordnung, Herr?«

»Hier wird nichts geredet«, fuhr Robin dazwischen. »Ihr haltet den Mund.«

»Mir fehlt nichts«, sagte Duncan. »Andrew auch nicht. Meg sehe ich nicht.«

»Sie ist links, nicht weit von Daniel. Sie haben ihn an zwei Bäumen festgebunden.«

»Ich sagte, Maul halten!« schrie Robin, machte einen Schritt auf sie zu und schwang ein breites Schwert.

»Ruhig Blut«, warnte ihn Einer. »Der Räuber sagte, ihre Haut soll ganz bleiben.«

Robin wich zurück und ließ das Schwert fallen.

Duncan sah, daß die Handschrift immer noch dort hing, wo sie der Wind hingeweht hatte.

15

Hinter dem Gewirr von Weidenbüschen am Rand des Wäldchens bewegte sich etwas. Duncan starrte hinüber.

Hinter den Weiden befand sich das Lager des Räubers. Duncan sah durch das dichte Gewirr der Zweige hindurch ein Feuer aufflackern. Zunächst war die Nacht von Schreien, Lachen und Singen erfüllt gewesen, doch dann war es langsam stiller geworden. Der Mond war aufgegangen und stand jetzt in halber Höhe am östlichen Himmel.

Duncan hatte sich in der Hoffnung, freizukommen, mit den Fesseln abgemüht, bis ihm die Handgelenke weh taten. Er hatte begreifen müssen, daß seine Anstrengungen vergeblich waren.

Tiny neben ihm hatte schon vor einiger Zeit aufgehört, sich gegen die Stricke aufzubäumen, und lag jetzt still. Conrad rührte sich auch schon seit längerer Zeit nicht mehr. Duncan hielt es für möglich, daß er einfach eingeschlafen war. Andrew hing vornübergesunken am Baum. Vom Lager des Räubers drang noch gedämpfter Lärm herüber.

Die Handschrift hing nach wie vor im niedrigen Gebüsch, und der Wind spielte mit ihren Seiten. Duncan hätte brennend gern etwas unternommen, um sie den Blicken zu entziehen, fürchtete aber, daß er auf diese Weise nur die Aufmerksamkeit auf die Blätter lenken würde.

Die Wächter waren nicht abgelöst worden und wurden mit der Zeit unruhig. Sie fragten sich schon laut, ob der Räuber die Ablösung nicht vergessen habe.

Duncan konnte deutlich hören, wie Robin zu Einer sagte: »Die hätten schon lang jemanden schicken müssen. Wahrscheinlich sind sie schon von dem Wein besoffen, den man uns gegeben hat. Und wir haben noch kein Schlückchen abbekommen.«

»Ich habe gute Lust«, sagte Einer, »hinüberzugehen und uns einen Humpen zu holen. Ich bin gleich zurück.«

»Und die Gefangenen?«

»Die haben sich schon lange nicht mehr gerührt. Die machen uns keine Sorgen.«

»Mir gefällt das trotzdem nicht«, sagte Robin.

»Ich hole uns Wein«, blieb Einer hartnäckig. »Es ist nicht richtig, daß wir hier auf dem trockenen sitzen. Ich bin im Nu zurück. Die werden alle so voll sein, daß sie mich gar nicht bemerken.«

»Wenn es überhaupt noch Wein gibt.«

»Sicher. Wir hatten drei Fäßchen.«

»Na gut, wenn du unbedingt meinst. Aber beeil dich. Ich halte es immer noch für eine Dummheit.«

Einer verschwand rasch hinter den Weiden.

Wein, dachte sich Duncan. Wen hatten sie wohl getroffen, der ihnen Wein geben konnte?

In den Weiden raschelte es leise. Einer mußte es gehört haben, wollte sich umdrehen, doch die Gestalt, die aus dem Buschwerk auftauchte, bewegte sich zu schnell für ihn.

Ein Arm legte sich um seinen Hals, und Metall blitzte auf, bevor es in seine Brust drang. Der Wächter bäumte sich auf, gurgelte einen Laut, sank in sich zusammen und fiel zu Boden.

Der Mann aus dem Weidengebüsch rannte zu Duncan hin und kniete neben ihm nieder. Duncan sah im Mondlicht kurz sein Gesicht.

»Cedric«, flüsterte er.

»Wie ich Euch schon sagte«, flüsterte Cedric zurück, »ich zahle es ihm ab und zu zurück.«

Das Messer in seiner Hand durchschnitt Duncans Fesseln. Dann überließ Cedric ihm das Messer ganz. »Hier, nehmt. Ihr werdet es brauchen.« Der alte Imker wandte sich dem Buschwerk zu.

»Warte«, flüsterte Duncan. »Bleib und komm mit uns. Wenn der Räuber merkt, was du getan hast . . .«

»Nein. Meine Bienen. Sie brauchen mich noch. Niemand hat mich gesehen. Alle sind voll bis obenhin.«

Duncan rappelte sich auf. Die Beine gaben fast unter ihm nach, so abgestorben waren sie nach der langen Bewegungslosigkeit. Der alte Cedric war schon im Buschwerk verschwunden.

Duncan rannte zu Conrad, rollte ihn auf die Seite, um an seine Arme zu kommen. »Was ist geschehen?«

»Ruhig«, flüsterte Duncan. Er durchschnitt die Stricke Conrads und gab ihm das Messer.

»Schneide die anderen los«, sagte er. »Der zweite Wächter kommt zurück. Ich werde mich um ihn kümmern.«

Conrad packte das Messer. »Gott sei Dank«, sagte er.

Duncan rannte auf die Weiden zu und hörte schon Robin durch den Sand zurückschlurfen. Er bückte sich und hob das Breitschwert auf, das Einer hatte fallen lassen. Die Waffe war schwer, und Duncan hatte Schwierigkeiten, sie in der immer noch betäubten Hand zu halten.

Robin sprach schon mit Einer, bevor er noch hinter den Weiden hervorgekommen war: »Ich hab' ein ganzes Faß mitgebracht, das noch nicht angebrochen ist. Niemand hat was gemerkt. Die sind alle sternhagelvoll.«

Er brummte und nahm das Fäßchen auf die andere Schulter. »Wir haben genug für die Nacht«, sagte er. »Mehr als genug.«

Er kam aus dem Gebüsch, und Duncan tat einen raschen Schritt auf ihn zu. Sein Streich war weder elegant noch kunstvoll. Er ließ das Breitschwert auf Robins Kopf niedersausen. Robin brach stumm zusammen. Das Faß fiel zu Boden und rollte ein Stückchen davon.

Duncan beugte sich über den Toten und nahm ihm das Schwert ab. Dann klemmte er sich die beiden Waffen unter den Arm und rannte zu der Handschrift, nahm sie an sich, faltete sie zusammen und schob sie in sein Hemd.

Andrew war befreit, stolperte auf unsicheren Beinen umher, und Meg tat es ihm nach. Conrad beugte sich über Tiny und schnitt vorsichtig die Schnüre auf, die dem Hund um die Kiefer gewickelt worden waren. Duncan rannte zu Daniel, der zwischen zwei Bäumen festgebunden war. Als er sich ihm näherte, scheute das Pfred. Duncan sagte leise: »Schon gut, Daniel, immer mit der Ruhe.« Er durchtrennte die Seile, das Pferd machte einen Satz nach vorn und blieb zitternd stehen. Beauty war schon frei, kam herangetrabt und schleifte das Seil, mit dem sie gebunden worden war, hinter sich her.

Conrad kam auf Duncan zu, und dieser wollte ihm eines der beiden Breitschwerter reichen. Conrad schüttelte den Kopf und zeigte ihm die Keule in seiner Rechten. »Die haben sie neben mir liegen lassen.«

»Was ist mit Andrew los?« fragte er Duncan.

Der Eremit stolperte mit gesenktem Blick umher.

Duncan eilte zu ihm, packte ihn am Arm und sagte: »Komm, wir müssen fort von hier.«

»Mein Stab«, keuchte Andrew. »Ich muß meinen Stab finden.« Er bückte sich. »Ah, hier ist er.«

»Herr, wo sollen wir hin?« fragte Conrad.

»Zurück in die Hügel. Dort sind unsere Chancen größer.«

Conrad rannte los, packte Meg und setzte sie auf Daniels Rücken. »Halt dich gut fest«, sagte er. »Paß auf, daß dich die Äste nicht herunterfegen. Der Sattel ist nämlich nicht mehr da.«

16

Sie hielten auf der Lichtung auf der felsigen Anhöhe an, wo sie die Nacht zuvor gewesen waren und dem Wilden Jäger zugesehen hatten. Der Mond stand tief im Westen, und die ersten Vögel regten sich schon. Im Wald unter ihnen war das erste Zwitschern zu hören. Meg ließ sich von Daniels Rücken gleiten, und auch Andrew war dankbar für die Rast. Er setzte sich auf einen kleinen Felsbrocken.

»Beide sind am Ende«, sagte Duncan zu Conrad. »Vielleicht sollten wir uns hier verstecken und abwarten, was geschieht.«

Conrad sah sich um. »Ein guter Platz«, meinte er. »Besser, als draußen in den Wäldern überrascht zu werden.«

Er zeigte Duncan seine Handgelenke. Sie wiesen immer noch häßliche rote Einschnitte auf, und die Haut war aufgescheuert und blutig. »Deine sehen genauso aus«, sagte er.

»Die haben uns stramm gefesselt«, antwortete Duncan. »Wenn Cedric nicht gewesen wäre . . .«

»Er hätte mitkommen sollen. Wenn der Räuber etwas merkt —«

»Vielleicht merkt er nichts. Die waren alle völlig betrunken. Wer hat ihnen nur die drei Fässer Wein gegeben?«

»Möglich, daß sie sie gefunden haben, in einem der niedergebrannten Häuser.«

»Nein. Einer oder Robin hat gesagt, daß er ihnen gegeben worden ist. Auf jeden Fall müssen wir etwas unternehmen. Wir haben nichts zu essen, haben keine Decken, nichts. Und der Räuber hat den Anhänger des Zauberers an sich genommen.«

»Kein großer Verlust«, meinte Conrad. »Nur ein hübsches Schmuckstück.«

»Es könnte mehr als nur das sein«, sagte Duncan. »Vielleicht ist es ein wirksamer Talisman. Vielleicht hat es uns geschützt. Wir sind dem Zauber entkommen, wir haben die Haarlosen mühelos abgeschlagen, und die Werwölfe haben Reißaus genommen. Möglicherweise ist das alles auf den Anhänger zurückzuführen.«

»Vor dem Räuber hat er uns nicht geschützt.«

»Stimmt«, gab Duncan zu. »Aber ich bin mir sicher, daß er uns bei den anderen Gelegenheiten geholfen hat.«

Andrew stand von seinem Felsbrocken auf und trat zu ihnen. »Ich weiß, was Ihr von mir denken müßt«, sagte er. »Bis jetzt hatten wir noch keine Zeit, aber vielleicht möchtet Ihr mich jetzt für das bestrafen, was ich getan habe. Ich sollte Euch bewachen und bin dabei eingeschlafen. Und so haben sie uns überfallen und fesseln können.«

»So ist es also passiert«, sagte Conrad. »Ich konnte mir bis jetzt darüber noch nicht den Kopf zerbrechen. Du hast also gepennt. Wieso? Du hattest doch die ganze Nacht schon in Daniels Sattel geschlafen?«

»Das ist natürlich wahr«, sagte Andrew. »Aber ein erholsamer Schlaf war das nicht.«

»Vergiß es«, meinte Duncan gnädig. »Jeder von uns hat seine schwachen Punkte. Schließlich sind wir heil aus allem herausgekommen.«

»Ich werde versuchen, es wieder gut zu machen«, versprach der Eremit. »Von jetzt ab könnt Ihr Euch auf mich als einen Streiter des Herrn verlassen.«

Duncan hob die Hand. »Hört mal. Seid ganz still.«

Aus der Ferne waren schwache Rufe und Schreie zu vernehmen. Sie schwollen manchmal an und waren dann wieder nur ein Flüstern im Wind.

»Das kommt aus der Richtung des Ufers«, meinte Conrad.

Sie lauschten weiter. Das gedämpfte Schreien ging weiter. Einmal schien es aufgehört zu haben, setzte aber wieder ein und brach dann endgültig ab.

»Die Leute des Räubers«, erklärte Conrad. »Sie haben kämpfen müssen.«

»Vielleicht mit den Haarlosen«, sagte Andrew.

Sie spitzten noch eine Weile die Ohren, aber es war nichts mehr zu hören. Im Osten blitzte das erste Licht der Sonne auf, und in den Wäldern unter ihnen flöteten die Vögel.

»Wir müssen uns vergewissern«, meinte Conrad, »ob sie vom Ufer vertrieben worden sind. Dann könnten wir nämlich sicher an ihm entlangziehen und müßten uns nicht mehr mühselig über die Hügel plagen.«

»Laßt mich gehen«, sagte Andrew. »Ich werde sehr vorsichtig sein. Sie werden mich nicht zu Gesicht bekommen.«

»Nein«, bestimmte Duncan. »Wir bleiben hier. Wir haben keine Ahnung, was geschehen ist . Sollten sie wieder auf uns losgehen, haben wir hier die beste Chance, uns zu behaupten.«

Meg zupfte an Duncans Ellbogen. »Dann, lieber Herr, laßt mich hinunter«, schlug sie vor. »Wenn sie kommen, wird Euch mein schwacher Leib keine große Hilfe sein. Aber ich kann zumindest auskundschaften, was geschehen ist.«

»Du?« meinte Conrad skeptisch. »Du kannst ja kaum noch kriechen.«

»Ich werde es schon schaffen«, widersprach Meg. »Ich vermag wie eine Spinne durchs Dickicht zu schlüpfen. Ich kann das bißchen Magie, das ich noch in mir habe, einsetzen.«

Conrad sah Duncan fragend an.

»Möglich«, sagte Duncan, »daß sie es schafft. Möchtest du es denn tun, Meg?«

»Ich habe bis jetzt kaum etwas getan«, sagte sie. »Bis jetzt bin ich Euch nur zur Last gefallen.«

»Wir müssen Bescheid wissen«, sagte Duncan. »Sonst sitzen wir tagelang hier und haben keine Ahnung. Wir können uns aber auch nicht trennen.«

»Wenn nur das Gespenst da wäre«, seufzte Conrad.

»Es ist aber nicht hier«, sagte Duncan.

»Dann werde ich also gehen«, erklärte Meg.

Duncan nickte, und sie huschte geschwind den Hügel hinab. Sie blickten ihr eine Weile nach, sahen, wie sie im Wald verschwand.

Duncan ließ sich auf eine Felsplatte nieder, und Andrew und Conrad setzten sich zu ihm. Auch Tiny folgte ihrem Beispiel. Etwas tiefer am Hang standen Daniel und Beauty im Gras und fraßen.

Duncan knurrte der Magen vor Hunger. Er sagte jedoch nichts, weil die anderen sicher ebenso hungrig waren. Morgen mußten sie sich spätestens auf Nahrungssuche begeben. Wahrscheinlich waren in den Wäldern Wurzeln und Beeren zu finden, mit denen sie den Hunger stillen konnten, doch wußte Duncan nicht, wo sie zu finden waren und welche man essen konnte. Die anderen waren sicher ebenso unwissend. Vielleicht konnte Meg ihnen helfen. Als Hexe mußte sie eigentlich wissen, was es an eßbaren Pflanzen in den Wäldern gab.

Er überlegte sich, was als nächstes zu tun war. Sie waren bis jetzt gar nicht sehr weit gekommen und waren dabei schon auf beträchtliche Schwierigkeiten gestoßen. Jetzt mußten sie ohne Wulferts Amulett weiterziehen, und die Probleme würden vielleicht noch größer werden. Er war überzeugt, daß ihnen das Amulett gegen die Haarlosen, den Zauber und die Werwölfe geholfen hatte, doch dann fiel ihm ein, daß das gar nicht stimmen konnte. Das Amulett konnte ihnen nicht bei dem Überfall der Haarlosen geholfen haben, da er es erst nach diesem gefunden hatte. Aber irgendwie mußte es sie doch vor dem Zauber und den Werwölfen geschützt haben. Der Sieg über die Haarlosen konnte möglicherweise anders erklärt werden, vielleicht durch Diane und ihren Greifen.

Er wußte aber, daß er mit oder ohne Amulett weiterziehen würde, ganz gleich, unter welchen Umständen.

Die Sonne war höhergestiegen und die Luft von einer sanften, warmen Schläfrigkeit erfüllt. Er setzte sich auf, holte tief Luft, um wieder ganz wach zu sein, doch nach ein paar Minuten war er schon wieder eingenickt. Er durfte aber jetzt nicht schlafen. Später würde Zeit genug dazu sein.

Conrad neben ihm stand auf und spähte den Hang hinab. Er machte einen Schritt nach vorn, als sei er sich nicht sicher, und sagte dann: »Da ist sie.«

Duncan setzte sich mühsam auf und sah ebenfalls den Hang hinab. Andrew war über seinem Stab vornübergesunken und fest eingeschlafen.

Duncan bemerkte unten am Waldrand eine kleine Bewegung. Es war Meg, die sich gebückt und fast kriechend den Hang heraufmühte. Sie fiel hin, rappelte sich wieder hoch und bewegte sich langsam weiter.

Conrad rannte ihr entgegen, hob sie hoch und trug sie auf den Armen den Hügel herauf. Behutsam setzte er sie vor Duncan ab. Sie blickte aus kleinen, runden Augen zu ihnen auf. Sie bewegte die Lippen und sagte angestrengt: »Tot.«

»Tot?« fragte Duncan. »Die Leute des Räubers?«

»Alle tot«, wisperte sie. »Sie liegen am Ufer.«

»Alle?«

»Alle tot und blutverschmiert.«

17

Der Wind, der über den Sumpf wehte, zerrte an den Lumpen, die einige der verkrümmten Gestalten am Leib trugen, die da im Sand lagen. Nicht alle waren bekleidet, da einige der Toten offensichtlich Haarlose waren. Riesige schwarze Vögel hockten auf den Leichen oder hüpften aufgeregt zwischen ihnen herum.

Auch andere Vögel waren zu sehen, Waldvögel und Sumpfvögel, die man fast übersehen hätte, so flink hüpften sie umher, um sich auch an dem Mahl zu beteiligen. Die Leichen lagen ziemlich dicht beieinander, als hätten die Männer des Räubers versucht, sich gegenseitig Schutz zu geben und den massiven Angriff abzuwehren, der von drei Seiten erfolgt sein mußte und ihnen nur die Flucht in den Sumpf gelassen hatte. Überall lagen Gepäck und Satteltaschen, Töpfe und Pfannen, Decken, Kleidungsstücke, Trinkbecher und Waffen verstreut. Das Lagerfeuer schickte noch eine dünne Rauchsäule in die Luft. Von den Pferden war nichts zu sehen.

Duncan blieb stehen, als er um das Weidengebüsch gebogen war, und die anderen traten neben ihn, starrten auf die Hingemetzelten. Seltsam, dachte er, daß es mich so berührt. So hatte er sich nicht gefühlt, als er gegen Haarlose und Werwölfe gekämpft hatte. Nur ein paar Stunden war es her, daß er dem ahnungslosen Robin den Schädel gespalten hatte, aber das war ein notwendiger Schritt in dem Bemühen gewesen, zu überleben. Das hier war anders. Hier liegen die Männer, sagte er sich, die mich foltern wollten. Er strengte sich an, sich einzureden, daß er froh über ihr Ende sei, aber er stellte zu seinem Erstaunen fest, daß er die Toten nicht hassen konnte.

Sie gingen vorsichtig weiter, und die schwarzen Vögel breiteten ihre Flügel aus und erhoben sich schwerfällig von den Toten. Die kleinen Vögel warteten etwas länger, zwitscherten ihre Warnrufe, waren aber dann auch mit schwirrenden Flügelschlägen verschwunden.

»Wir müssen jetzt die Sachen finden«, sagte Conrad, »die sie uns abgenommen haben. Dein Schwert, das Amulett, auf das du so große Stücke hältst, Daniels Sattel, unsere Decken, einige Nahrungsmittel.«

Duncan blieb stehen, und Conrad schritt um die Toten herum. Meg huschte gebeugt umher und sah fast wie einer der aasfressenden Vögel aus, die fortgeflogen waren. Andrew war ein wenig zurückgeblieben, hatte sich auf seinen Stab gestützt und spähte unter seiner Kapuze hervor. Tiny folgte Conrad und knurrte die Toten leise an.

»Herr!« rief Conrad und winkte.

Duncan lief zu Conrad. Er blickte auf den Körper hinunter, auf den Conrads Zeigefinger wies. Die Augen des blutigen Kopfes öffneten sich und sahen zu ihm auf.

»Der Räuber«, sagte Conrad. »Der Dreckskerl lebt noch. Soll ich ihn fertigmachen?«

»Nicht nötig«, sagte Duncan. »Von hier kommt er nicht mehr fort. Er liegt in den letzten Zügen.«

Der Mund des Räubers bewegte sich. »Standish«, sagte er, »so treffen wir uns also wieder.«

»Das letzte Mal wolltet Ihr mich häuten lassen.«

»Man hat mich hereingelegt«, sagte der Räuber mühsam und schloß die Augen. Dann sprach er langsam weiter: »Die sagten mir, ich sollte Euch töten, aber ich habe es nicht getan.«

»Und ich soll Euch dafür dankbar sein?«

»Ich bin benützt worden, Standish. Ich sollte Euch töten. Sie selbst hatten keine Lust dazu.«

»Wen meint Ihr mit ›sie‹?«

Die Augen öffneten sich wieder und starrten Duncan an. »Wollt Ihr mir die Wahrheit sagen? Gibt es diesen Schatz?«

»Es gibt keinen Schatz«, sagte Duncan. »Ich war nie auf Schatzsuche.«

Der Räuber schloß die Augen. »Ich mußte das einfach wissen. Jetzt könnt Ihr mich totschlagen lassen.«

»Du wirst nicht mehr lange leben«, sagte Conrad. »Da muß gar nicht nachgeholfen werden.«

Andrew ließ plötzlich seinen Stab fallen, riß Conrad die Keule aus der Hand und schmetterte sie auf den Kopf des Räubers.

Andrew sah den erstaunten Duncan an und sagte: »Es war sein letzter Wunsch.«

18

Sie schlugen ihr Lager ein Stück vom Ufer entfernt auf, an einer Stelle, von der aus die Toten nicht zu sehen waren. Die Nacht war hereingebrochen, und über den Sumpf tönte ein ferner Klagelaut. Das Feuer flackerte im Wind, warf seinen Schein bis hinauf zu den steilen Abhängen der Hügel und bis zum Ufer des flachen Sumpfes.

Der Sumpf ist wirklich schrecklich, sagte sich Duncan. Er liegt so flach und endlos da, er ist kein See und auch kein Moor, ist voller kleiner Teiche und langsam fließender Bäche, von Sumpfgräsern überwuchert, von kleinen Weidengebüschen durchsetzt.

Würde man jemanden in seiner Mitte absetzen, er würde wohl schwerlich das Ufer finden.

Conrad saß Duncan am Feuer gegenüber und sagte: »Wir sind nicht nur mit heiler Haut davongekommen, sondern haben unsere Sachen sogar wiedergefunden, dein Schwert, das Amulett.«

»Ich bin nur traurig wegen des alten Cedric«, erklärte Duncan.

»Wir hätten bleiben und ihn begraben sollen«, sagte Andrew.

»Es wäre zu spät geworden«, meinte Duncan. »Uns blieben nur noch ein paar Stunden bis zum Einbruch der Nacht. Ich wollte ein ganzes Stück des Ufers hinter mich bringen bis zum Dunkelwerden.«

Das Gespenst kam herbeigeschwebt. Es blieb zwischen ihnen und dem Sumpf in der Luft stehen.

»Na endlich«, sagte Andrew ein wenig verärgert. »Wo bist du die ganze Zeit gewesen? Wir waren in Schwierigkeiten . . .«

»Ich wußte, daß ihr Schwierigkeiten hattet«, sagte der Geist. »Ich kam gestern nacht her und sah alles. Ich zeigte mich nicht, weil ich ja sowieso nicht hätte helfen können. Ich habe mich sofort auf die Suche nach Snoopy gemacht, konnte ihn aber nicht finden.«

»Dieser Snoopy!« sagte Andrew. »Der ist so wenig verläßlich wie du!«

»Er hat uns erst kürzlich an der Kapelle geholfen«, widersprach Duncan. »Er hat uns gewarnt und uns den Weg gezeigt.«

»Na ja«, räumte der Eremit ein, »manchmal ist er eine kleine Hilfe, aber auf ihn verlassen kann man sich nicht.«

»Ich freue mich, sagen zu können«, meinte das Gespenst, »daß augenblicklich keine Gefahr droht. Die Haarlosen haben sich hinter die Hügel zurückgezogen.«

»Die Haarlosen waren heute morgen hier«, erklärte Conrad. »Sie haben es dem Räuber und seiner Bande besorgt.«

»Weiß ich«, sagte das Gespenst. »Sie haben sich hier aber nicht aufgehalten. Sie sind jetzt weit fort.«

»Der Räuber hatte sich mit seinen Leuten vielleicht in der Klamm versteckt«, meinte Duncan. »Deshalb ist er auch von niemandem gesehen worden. Könnte es sein, daß sich die Haarlosen auch dort in der engen Schlucht verbergen?«

»Sicher nicht«, erwiderte der Geist. »Ich komme eben von

dort. Ich hatte denselben Gedanken gehabt. Ich bin die Klamm die ganze Länge hindurchgezogen. Ein schrecklicher Ort.«

»Auf ihrer anderen Seite soll sich eine Burg befinden«, meinte Duncan. »Das hat Snoopy wenigstens gesagt.«

»Von dieser Burg ist jetzt nur noch eine Ruine übrig. Die Mauern sind eingestürzt. Bäume und Moos wachsen auf den Trümmern.«

Meg murmelte etwas vor sich hin. Sie hatte einige Kiesel in den Händen und schien in eine Art Spiel vertieft.

»Du wirfst Runen«, sagte Andrew mit Abscheu in der Stimme. »Was sagen sie dir? Was siehst du für uns voraus?«

»Schwierigkeiten«, antwortete die Hexe, »große Schwierigkeiten.«

»Die haben wir schon genug gehabt«, erklärte Duncan. »Aber ich möchte dich etwas anderes fragen. Was sind das für Klagelaute, die über den Sumpf her zu uns dringen?«

»Da wird die Welt bejammert«, erwiderte Meg. »Das ganze Leid der Welt und aller, die in ihr waren und sind, wird dort bejammert.«

»Wo kommen denn diese Klagelaute her?«

»Das weiß ich nicht. Ich weiß nur, daß es viele Orte auf der Welt gibt, an denen diese Klagelaute zu hören sind. Einsame, abgelegene Orte.«

Duncan lauschte eine Weile auf das Jammern über die Welt. Es schien, von weit her zu kommen, vielleicht von einem geheimnisvollen Ort jenseits des Sumpfes, an dem sich das Leid der Welt wie in einem Brennpunkt sammelte.

»Lieber Herr«, sagte das Gespenst und kam näher, »ich glaube, ich habe es gar nicht schlecht gemacht. Ich bin treu meiner Pflicht als Späher nachgekommen. Ich habe Euch immer die Wahrheit gesagt.«

»Du bist treu gewesen«, antwortete Duncan, »obwohl ich diese Treue nicht begreife. Es gibt keinen Grund, warum du mir treu sein müßtest. Und trotzdem bin ich jetzt froh, daß du mitgekommen bist.«

»Das ist Euer Ernst?«

»Allerdings.«

»Dann werde ich jetzt mit leichterem Herzen mitziehen«, sagte das Gespenst. »Wann, meint Ihr, werden wir in Oxenford sein? Ich bin sehr begierig, einen gelehrten Doktor zu finden, dem ich meinen Fall darlegen kann.«

»Bei unserer Geschwindigkeit werden wir vielleicht nie ankommen.«

»Das meint Ihr doch nicht im Ernst?«

»Nein. Eines Tages werden wir in Oxenford sein.«

Duncan fragte sich jetzt, ob das auch wirklich stimmte. Bis jetzt hatten sie keine große Entfernung zurückgelegt, und wenn sie noch viel länger brauchten, war Bischof Wise vielleicht schon tot, bevor man ihm das Manuskript übergeben konnte.

Wenn sie nur wüßten, wo sich die Horde der Haarlosen befand. Sie sammelten sich vielleicht gerade irgendwo, um mit dem geheimnisvollen Verfahren zu beginnen, das sie verjüngen sollte. Es ist bestimmt schon Zeit, mit den Riten anzufangen, dachte er, denn die Vorbereitungen sind sicher abgeschlossen und ein genügend großer Teil des Landes ist leergefegt, damit nichts sie überraschen und stören kann. Vielleicht haben sich uns die Haarlosen nur in den Weg gestellt, weil wir uns unabsichtlich auf den Ort der großen Verjüngung zubewegten. Wenn ich nur wüßte, wo sie sich befinden, dann könnten wir ihnen ausweichen, und die Haarlosen ließen uns möglicherweise ungeschoren.

Er ließ in Gedanken noch einmal den Weg an sich vorbeiziehen, den sie genommen hatten, hoffte, dabei einen Hinweis zu entdecken, der die Planung der nächsten Schritte erleichtern konnte. Dabei mußte er wieder an Diane und ihren Greifen denken. Und obwohl er versuchte, in ihr nur einen unbedeutenden Zwischenfall auf der Reise zu sehen, konnten sich seine Gedanken doch nicht von ihr lösen. Er mühte sich, ihr Bild in sich wieder aufleben zu lassen, brachte es aber nicht zustande. Ihm war nur die Erinnerung an die Axt und an den Greifen geblieben. Welche Farbe hatte ihr Haar? Er bemerkte erstaunt, daß er es nicht sagen konnte. Welche Farbe hatten ihre Augen? Wieder wußte er es nicht.

Weshalb, dachte er, geht sie mir nicht aus dem Sinn? Warum denke ich jeden Tag an sie?

»Herr«, sagte Conrad, »Nebel steigt auf. Heute nacht müssen wir sehr gut aufpassen.«

Conrad hatte recht. In den letzten Minuten war Nebel aus dem Sumpf hoch aufgestiegen und kroch jetzt auf sie zu. Vom Sumpf her klangen noch immer die Klagelaute, wenn auch jetzt etwas gedämpft, durch den Nebel.

19

Das Ende des Ufers erreichten sie, als die Sonne schon tiefer am Nachmittagshimmel stand. Sie lenkten ihre Schritte in die enge Schlucht. Sie war eine schmale Klamm zwischen zwei steilen Felswänden. Es war, als hätte einst ein Riese den Berg mit einem einzigen Streich seines Schwertes geteilt. Der Boden der Klamm war felsig, manchmal eben und dann wieder rauh und mit Brokken übersät, die von den steilen Wänden gestürzt waren. Am Boden wuchs nichts, kein Gras, kein Gebüsch, keine kleinen Bäume. Ständig blies vom Sumpf her ein kräftiger Wind durch die Schlucht. Hoch oben in der Klamm fingen sich die Winde und heulten und tosten, wurden wieder leise, bis sie kaum noch wisperten, um dann von neuem loszubrüllen.

Wie von selbst zogen sie in der Reihenfolge in die Klamm hinein, die sie seit ihrem Aufbruch aus dem Dorf eingehalten hatten. Tiny an der Spitze, jetzt ziemlich dicht hinter ihr Conrad, dann Beauty und der Eremit. Ihnen folgte Duncan mit Daniel, in dessen Sattel Meg kauerte.

Die Klamm lag im Zwielicht. Das Sonnenlicht drang nur mittags kurz bis zum Boden vor. Duncan schien es, als gingen sie am Grunde eines Brunnens, als seien sie von der Welt abgeschnitten. Abgeschnitten schon, aber nicht geschützt, denn die tiefe Schlucht konnte wohl eine Falle sein. Aus diesem Grund war es nicht gut, daß Daniel, wie gewohnt, hinter Duncan war. Die Klamm war nämlich manchmal so eng, daß sich das Pferd kaum umdrehen konnte, um einen etwaigen Angreifer abzuwehren. Duncan ließ also das Tier an sich vorbei.

Er stapfte hinter Daniel einher und faßte nach der Tasche an seinem Gürtel, spürte das Manuskript. Unter diesem fühlte er die kleine Rundung von Wulferts Amulett, das er sich aus der Tasche des Räubers zurückgeholt hatte. Die Berührung machte ihn sicherer.

Die Zeit verstrich, und die Schatten krochen langsam an der linken Felswand höher. Noch war kein Anzeichen in Sicht, daß die Klamm ihr Ende finden würde. Vor ihnen zeigte sich noch kein Schimmer Tageslicht. Sie waren gezwungen, langsam zu gehen, aber das Ende mußte doch bald kommen, da Snoopy nur von etwa fünf Meilen gesprochen hatte. Andererseits konnte man ihm nach Andrews Überzeugung nur wenig trauen. Für einen Augenblick fürchtete Duncan, ein Zauber liege auf der

Klamm, und sie würden nie ihr Ende erreichen.

Einige Zeit war ihm gewesen, als hätten sich die Geräusche, die der Wind über ihnen verursachte, verändert, als wären sie zu Stimmen geworden, die kreischten und brüllten und sich unverständliche Worte zuwarfen.

Der Wind legte sich aber, und einen langen Augenblick war es totenstill. Duncan kam die Stille schrecklicher als das Tosen und Kreischen vor. Die Hufe Daniels und Beautys waren hell und deutlich zu hören und ließen ihn an Trommelschläge denken, zu deren Takt sie ihrem sicheren Ende zumarschierten.

Ein paar Augenblicke später rief Conrad: »Licht! Ich kann Licht sehen! Wir sind bald draußen!«

Duncan strengte die Augen an, vermochte aber noch keinen Lichtschimmer zu erkennen, was nicht verwunderlich war, da die Klamm hier äußerst eng war und ihm Daniel die Sicht versperrte. Dann aber konnte Duncan ein Stückchen der grünen und hübschen Gegend sehen, von der Snoopy gesprochen hatte.

Es war wirklich eine grüne, hübsche Gegend, ein weites Tal, daß auf einer Seite von den Hügeln eingerahmt wurde, die sie durchquert hatten. Vor ihnen lag die Ruine der Burg, vor der sie der Kobold gewarnt hatte.

Es war ein wenig mehr als der Erdhügel zu sehen, von dem das Gespenst gesprochen hatte. Zwei verfallene Türme standen rechts und links davon noch Wacht, und zwischen ihnen lag das eingestürzte Gemäuer, dessen Steine von Wind und Wetter abgeschliffen worden waren. Was Duncans Aufmerksamkeit sofort auf sich zog, waren die aufrecht stehenden Steine, die in gewissem Abstand die Burg umgaben. Zum Teil waren sie umgestürzt oder hatten sich geneigt, aber es war doch deutlich zu erkennen, daß die Burg einst von einem Ring massiver Steine umgeben war.

Die Sonne stand dicht über dem westlichen Horizont, und die Schatten im Tal wurden länger. Dicht hinter der Burg strömte ruhig ein Fluß, über den kleine Entenschwärme hinzogen.

Duncan trat zu Conrad. Tiny war weitergelaufen und suchte den Talhang unter ihnen mit der Nase nach Spuren ab.

»Ich würde sagen, wir gehen zum Fluß hinunter und schlagen dort unser Nachtlager auf«, sagte Duncan. »Und morgen brechen wir sehr früh auf.«

»Schnell werden wir nicht vorwärtskommen, weil uns der Eremit aufhält.«

»Wir könnten ihn zu Meg auf Daniel setzen. Das Pferd kann leicht beide tragen. Ich fürchte nur, Andrew wird sich sträuben, da er es uns gleichtun will.«

»Na schön, dann soll er auch mit uns Schritt halten«, sagte Conrad.

Sie begannen den Hang hinabzuschreiten, und die anderen folgten ihnen. Als sie unten angelangt waren und den Talboden betraten, stieß Meg einen Schrei aus.

Sie wirbelten herum.

Aus dem Waldrand östlich der Klamm kam eine lange Reihe Haarloser geschritten, und hinter ihnen ragte drohend eine Nebelwand auf, die auf und nieder wogte, als würden sich in ihrem Inneren die heftigsten Bewegungen vollziehen. Manchmal riß der Nebel auf, gab kurz den Blick auf widerwärtige Scheusale frei, die aus riesigen Zähnen, Hörnern, Schnäbeln und glitzernden Augen zu bestehen schienen.

Conrad holte tief Luft. »Zauberei«, sagte er.

Der Rest der Gruppe nahm neben Conrad und Duncan Aufstellung und blickte den näherrückenden Haarlosen entgegen.

»Stellen wir uns hier zum Kampf?« fragte Conrad Duncan.

»Das müssen wir wohl. Wir können uns nicht zurückziehen. Wenn wir wegrennen, überrollen sie uns.«

»Und die Burgruine?« fragte Conrad. »Sie könnte uns den Rücken freihalten. Hier werden sie uns umzingeln und sich wie die Wölfe auf uns stürzen.«

»Die Zeit reicht nicht aus, die Burg zu erreichen«, sagte Duncan. »Außerdem hat uns Snoopy vor ihr gewarnt.«

Daniel stand rechts von ihm, Andrew links, daneben Beauty und Meg, und Conrad und Tiny bildeten die linke Flanke.

»Meg, was machst du hier«, wollte Duncan wissen. »Lauf zu, renn um dein Leben.«

Sie schüttelte den Kopf. »Ich kann beißen und kratzen«, sagte sie, »und ein wenig zaubern kann ich auch.«

»Verfluchte Zauberei«, brummte Andrew. »Die da drüben, die kennen sich mit der Zauberei wirklich aus.«

Die Haarlosen zogen langsam den Hang hinab und hielten in ihren groben Händen die Keulen bereit. Ihnen nach wälzte sich die Nebelbank, in der jetzt Blitze aufzuckten. Die Bank verbarg gräßliche Gestalten, die bei jedem Blitz kurz zu sehen waren, dann wieder vom wirbelnden Nebel verschluckt wurden.

Die letzten Sonnenstrahlen lagen noch auf den Hügeln, doch im Tal schoben sich die Schatten über das Land.

Duncan zog sein Schwert und stellte erfreut fest, daß er sich nicht fürchtete. Er wußte,. es war sinnlos, sich einer solchen Schar von Angreifern zu stellen, aber Flucht war ebenso sinnlos. Konnte er resignieren und ohne Gegenwehr den Tod erwarten? Dann schon lieber kämpfen.

Er hob das Schwert, als ihm der erste Haarlose gegenübertrat. Noch ein Schritt, sagte er sich. Der Haarlose riß die Keule hoch, tat einen Schritt, und Duncan schlug zu. Er spürte, wie das Schwert in das Fleisch eindrang. Der Haarlose stürzte nieder, und ein anderer trat an seine Stelle. Das Schwert schlug wieder zu, wurde von der Keule abgelenkt und trennte den Arm des Angreifers oberhalb des Ellbogens ab. Daniel neben ihm stieß seine Kampfschreie aus, erhob sich auf die Hinterbeine und schlug mit den Vorderbeinen auf die Haarlosen ein, die mit geborstenen Schädeln zu Boden sanken. Links von Duncan versuchte Andrew mit aller Kraft, einem Haarlosen seinen Stab aus dem Bauch zu ziehen. Ein anderer Haarloser hob die Keule, um ihn zu zerschmettern, doch Duncan fällte ihn, bevor die Keule niedergesaust war.

Duncan verlor beim Kämpfen jedes Gefühl für die Zeit.

Ganz plötzlich stand vor ihm kein Haarloser mehr, sondern ein wildes, fauchendes Etwas, das nur aus Klauen und Reißzähnen zu bestehen schien und schwarz wie die tiefste Nacht war. Mit einem Haß im Herzen, den er gegen die Haarlosen nie gespürt hatte, schlug er es in Stücke.

Er wurde an der Seite von etwas getroffen, verlor das Gleichgewicht und stürzte nieder. Als er rasch wieder auf die Beine kam, sah er, was ihn umgeworfen hatte. Ein wütender Greif schwebte mit flatternden Flügeln über dem wallenden Nebel, den noch immer Blitze durchzuckten, packte mit den Klauen zu, schnappte mit dem Schnabel zu und zerriß die Wesen, die sich in der Nebelbank verbargen. Vom Greifen beugte sich eine Frau im Lederwams herab, und ihr rotgoldenes Haar flatterte im Wind, und ihre Streitaxt sauste nieder und kam blutverschmiert wieder in die Höhe.

Als Duncan auf die Füße sprang, hörte er über sich donnernde Hufe näherkommen, ein Jagdhorn ertönen und Hunde bellen.

Er tat einen Schritt nach vorn, stolperte über den hingestürzten Eremiten und sah, wie ein Haarloser mit der Keule auf Tiny einschlagen wollte, die eben eines der Scheusale zerriß. Duncan machte einen Satz, zerfetzte dem Angreifer die Kehle, und die Keule verfehlte den Hund nur knapp.

Dann schienen das Hufgetrappel und das Hundegebell das ganze Tal zu füllen, und aus dem Himmel kamen dunkle Schatten hernieder, Hunde und Pferde und Reiter, und mit ihnen kam ein Sturm, der Duncan fast fortgeweht hätte.

Der Wilde Jäger fuhr in die Nebelbank hinein, stieg wieder in den Himmel hinauf, kehrte um und griff von neuem an.

Diane schrie Duncan zu: »Die Burg! Rettet Euch in die Burg!«

Duncan drehte sich um, wollte Andrew helfen, doch der Eremit kam schon mit Hilfe seines Stabes in die Höhe. Die eine Seite seines Gesichts war aufgeschürft, und Blut tropfte auf seine Kutte.

»Zur Burg!« schrie ihm Duncan zu. »Lauf, so schnell du kannst!«

Diane rief immer noch: »Alle zur Burg, sonst seid ihr verloren!«

Duncan packte Daniel an der Mähne. »Komm, Daniel!« schrie er. Die Haarlosen hatten aufgehört, sie anzugreifen. Die Nebelbank war zerrissen, die Blitze waren verschwunden, und ein Haufen dunkler Gestalten rannte, kroch und wälzte sich den Hügel hinauf.

Duncan fuhr herum, suchte Conrad mit den Augen und sah ihn auf die verfallene Burg zuhumpeln, wobei er die wütende Tiny am Halsband hinter sich herzerrte. Meg und Beauty liefen um die Wette auf den Steinhügel zu, Andrew folgte ihnen.

»Komm, Daniel«, sagte Duncan und rannte schnell los, und das große Pferd folgte ihm. Duncan blickte über die Schulter zurück und sah den Jäger und seine Meute steil in den Himmel steigen. Er hörte Flügel schwirren und sah den Greifen mit Diane auch auf die Burg zufliegen.

Die schrägen und zum Teil umgestürzten Steinsäulen waren dicht vor ihm, und er fragte sich, welchen Schutz ihnen die Burg wohl bieten konnte. Wenn sich die Haarlosen und die finsteren Wesen wieder sammelten und noch einmal angriffen, würde sein Trupp wieder kämpfen müssen. Sie würden dann die verfallene Burg im Rücken haben, aber wie lange konnten sie sich halten? Sie hatten Glück gehabt, daß sie nicht jetzt schon überrannt worden waren. Wären nicht Diane und der Wilde Jäger gewesen, sie hätten alle schon ihr Leben lassen müssen.

Duncan lief zusammen mit Daniel zwischen zwei mächtigen Steinsäulen hindurch, und dabei verwandelte sich das verfilzte Gras der Wiese in einen gepflegten Rasen.

Verwundert blickte er auf und holte bei dem Anblick, der sich ihm bot, tief Luft. Der Schutthügel war verschwunden. An seiner Stelle erhob sich eine herrliche Burg, ein Märchenschloß, zu deren Eingang breite, glänzende Stufen aus Stein hinaufführten. Im Eingang schimmerte Kerzenlicht, und viele der Fenster waren festlich erleuchtet.

Der Greif stand müde auf dem Rasen, und Diane kam mit blutverschmierter Axt auf ihn zu. Ihr Goldhaar glänzte im letzten Abendschimmer. Sie blieb ein paar Schritte vor ihm stehen und machte einen leichten Knicks.

»Willkommen im Schloß der Zauberer«, sagte sie.

Die anderen blickten ebenso verwirrt wie Duncan auf die Burg. Duncan hielt noch sein Schwert in der Hand und wollte es jetzt gedankenlos in die Scheide stecken. Diane hielt ihn mit einem Wink davon ab.

»Reinigt es erst«, sagte sie und nahm sich die Halsbinde ab. »Hier, nehmt.«

»Ich kann es mit Gras abputzen«, sagte er.

Sie schüttelte den Kopf, und er nahm das Tuch, das sich seidig anfühlte.

»Mit Eurer Erlaubnis«, sagte er und säuberte sorgfältig die Klinge.

»Gebt mir das Tuch«, sagte sie. Zögernd reichte er ihr den schmutzigen Stoff, und sie reinigte jetzt ihre Streitaxt. »Ein guter Kampf«, lachte sie.

Er zuckte erstaunt die Achseln. »Ja, aber nur, weil Ihr und der Wilde Jäger eingegriffen habt. Verratet mir, was hat er mit alldem zu schaffen? Und was habt Ihr mit allem zu tun? Und diese Burg . . .«

»Ich habe es Euch schon gesagt«, antwortete sie. »Es ist die Burg der Zauberer. Wenn man den magischen Kreis betreten hat, befindet man sich auf verzaubertem Boden.«

Conrad hinkte näher, gefolgt von Tiny.

»Was ist mit dir?« fragte ihn Duncan.

Conrad zeigte ihm die blutige Wunde, die am Oberschenkel bis zum Knie herablief. »Irgend etwas hat mich gekratzt, vermutlich das Geschöpf, das dann von Tiny zerrissen wurde. Dir ist nichts passiert?«

»Mich hat nur ein Flügelschlag des Greifen umgeworfen.« Duncan faßte sich mit der Hand an die Stirn und sah, daß sie blutig war.

»Hubert ist manchmal ein wenig ungestüm«, sagte Diane. Sie wandte sich an Conrad und fuhr fort: »Ihr kommt mit Eurer Wunde lieber herein . . .«

»Sie wird schon heilen«, meinte Conrad wegwerfend.

»Es könnte Gift in ihr sein. Wir haben Salben, die ihr guttun werden.«

»Besten Dank«, sagte Conrad ein wenig unbeholfen.

Duncan warf einen Blick auf die Steinsäulen und sah, daß sie alle lotrecht an Ort und Stelle standen. Die Decksteine lagen fest auf den Pfeilern. Sie sahen neu aus und glänzten im letzten Licht, als seien sie gestern erst behauen worden.

»Ich begreife es nicht«, sagte er zu Diane. »Die Pfeiler stehen wieder aufrecht, die Burg sieht so neu aus, dann dieser Rasen, die Büsche, die kleinen Teiche.«

»Ein verzauberter Ort«, erwiderte Diane. »Ein besonderer Ort. Von außerhalb des magischen Kreises gesehen wirkt alles verfallen, wie es auch sein sollte, da die ganze Burg vor vielen Jahrhunderten errichtet wurde. Doch innerhalb des Kreises ist alles noch so, wie es seit seiner Erbauung immer war. Hier kann die Zeit nicht wirken. Einst lebten hier mächtige Zauberer, und sie kannten große Geheimnisse. Sie konnten die Welt und die Zeit von diesem Ort fernhalten. Sie konnten —«

»Ihr sagtet ›einst‹. Und jetzt?«

»Ein Zauberer lebt noch hier. Er ist der letzte von ihnen.«

Er wollte eine weitere Frage stellen, machte jedoch rasch den Mund wieder zu.

Sie lachte ihn fröhlich an. »Ihr wolltet etwas über mich wissen.«

»Ich habe kein Recht dazu.«

»Ich kann es Euch ruhig sagen. In meinen Adern fließt Zaubererblut.«

»Ihr seid eine Zauberin?«

Sie schüttelte den Kopf. »Nein. Ich versuchte, eine zu sein. Ich wünschte, eine zu sein. Ich habe aber gesehen, daß ich keine bin. Ihr erinnert Euch, daß ich nach Wulfert fragte? Er war mein Urgroßvater. Aber wir stehen hier und reden, und dabei sollten wir hineingehen. Euer großer Gefährte ist verwundet und muß versorgt werden. Ihr selbst habt auch eine Blessur am Kopf. Und der ganze Trupp scheint mir halb verhungert zu sein.«

Conrads Gesicht hellte sich sichtlich auf. »Ich könnte was zu essen brauchen«, sagte er. »Das Kämpfen macht einen auch durstig.«

»Ihr müßt entschuldigen«, erklärte Duncan, »aber er ist alles andere als schüchtern.«

»Auf dem Schloß ist jetzt keine Dienerschaft mehr«, sagte Diane. »Viel zu erledigen ist ja auch nicht mehr, nur die kleinen alltäglichen Arbeiten wie Kochen und so weiter. Den Rest besorgt der Zauber.«

»Ein bißchen können wir schon kochen, Milady«, sagte Conrad, »mein Herr und ich. Und die alte Meg sicher auch.«

»Nun, dann kommt«, forderte Diane sie auf. »Die Speisekammer ist wohlgefüllt.«

Sie führte sie die breiten Stufen zum Eingang hinauf.

»Wir werden auch etwas für den Hund finden«, sagte sie. »Und Pferd und Esel können auf dem Rasen grasen.«

»Wir danken Euch für Eure Gastfreundschaft«, erklärte Duncan. »Und wie Ihr uns heute geholfen habt . . .«

»Wir haben uns gegenseitig geholfen«, unterbrach sie ihn. »Ihr habt nicht weniger für uns getan, als ich und mein Greif Hubert für Euch getan haben. Ihr habt das Böse herausgelockt und ihm einen mächtigen Schlag versetzt. Cuthbert wird sich freuen. Er hätte es selbst getan, wenn er nicht so alt und schwach und allein wäre. Seht, er hat nur mich. Seine alten Gefährten sind alle fort.«

»Cuthbert?«

»Er ist der Zauberer, von dem ich sprach. Der letzte aus der Gruppe mächtiger Magier.«

»Ihr sagt, er sei alt und krank. Ich wußte nicht . . .«

»Die Zauberer sind keine übernatürlichen Wesen«, unterbrach Diane ihn wieder. »Sie sind Menschen, welche die Geheimwissenschaften beherrschen und deshalb viele erstaunliche Dinge zuwege bringen. Aber gegen die Leiden und Krankheiten der Menschheit sind sie nicht gefeit. Ich wollte zur Kirche und zum Dorf zurück, wo wir uns das erste Mal getroffen haben, doch als ich hierher kam, war Cuthbert sehr krank, und ich habe ihn seitdem gepflegt.«

»Und wie geht es ihm jetzt?«

»Viel besser.«

Sie hatten die Mitte der breiten Treppe zum Eingang erreicht. Duncan wandte sich um und sah, daß vor dem Ring der Steinpfeiler ein dichter Wald lag.

»Diese Bäume waren vorhin nicht da«, sagte er.

»Ihr müßt verstehen«, erwiderte Diane, »daß Ihr von hier aus alles so seht, wie es war, als die Burg erbaut wurde. Damals war das Land eine Wildnis, die nur von wenigen Pfaden durchzogen wurde.«

Sie stiegen weiter die Stufen hinauf und kamen an die große Pforte, die in eine Art Empfangshalle führte. Der Boden bestand aus schön gefügten, bunten Fliesen, und kurze Treppen führten weiter hinauf in andere Teile der Burg. Die Wandleuchter waren mit dicken Wachskerzen bestückt, die den Saal in weiches Licht tauchten.

In der Mitte des Saales stand eine mannshohe Steinsäule, und Duncan und die anderen blieben überrascht stehen, als sie sahen, was auf ihr hockte.

»Kommt«, sagte Diane ungeduldig, »das ist nur Teufelchen. Ihr braucht keine Angst vor ihm zu haben. Ich versichere Euch, es ist ganz zahm und harmlos.«

Sie gingen langsam weiter, und das Wesen auf der Säule starrte sie aufmerksam an. Dann öffnete es den Mund und sagte: »Nur Teufelchen, meint sie, und wie immer sagt sie die Wahrheit, da sie eine sehr ehrliche und auch freundliche Person ist. Vor Euch seht Ihr einen Dämonen, der aus der tiefsten Hölle stammt, und Ihr mögt ihn bemitleiden oder auch verachten.«

»Er übertreibt immer«, lachte Diane. »Er hält alle Besucher auf, um ihnen seine Geschichte zu erzählen. Wenn man ihn reden läßt, hört er nicht mehr auf. Und niemand kann mehr sagen, ob seine Geschichten stimmen oder nicht.«

»Aber was ist er denn?« fragte Duncan.

»Was er Euch gesagt hat, ein Dämon der Hölle. Seit die Burg steht, dient er hier als Torwächter.«

»So nennt man mich«, sagte das Teufelchen, »aber ich bewache kein Tor. Ich bin hier angekettet, damit die Menschen mich verspotten können. Seht mein krummes Horn, den Buckel auf meinem Rücken, den Klumpfuß, meine verkrümmten Hände, meinen dreifach gebrochenen Schwanz, der nie richtig eingerichtet wurde.«

Duncan sah, daß alles stimmte, was das Teufelchen gesagt hatte. Vom Klumpfuß hing eine lange Kette herab, die in einem mächtigen, an der Steinsäule befestigten Ring endete.

Conrad trat näher und berührte eine der verkrüppelten Hände. »Du armes Ding«, sagte er.

Diane erklärte kühl: »Gehen wir weiter. Verschwendet nicht Euer Mitleid an ihn.«

20

Als erstes kümmerte sich Diane um die Wunden, strich Salbe auf Conrads Verletzung, versorgte Andrews aufgeschürftes Gesicht und reinigte den Kratzer auf Duncans Stirn. Meg, die unverletzt geblieben war, saß auf einem großen Stuhl, sah zu und ließ die Beine baumeln.

»Ich verstehe gar nicht, wie Ihr mit der Horde fertigwerden konntet«, wunderte sich Diane nachträglich. »Ich eilte so rasch wie möglich hin, aber . . .«

»Unsere Arme waren stark«, sagte Conrad gestelzt, »weil wir für eine gerechte Sache kämpften.«

Als die Wunden versorgt waren, statteten sie der Speisekammer einen Besuch ab und fanden kalten Rinderbraten, einen großen Laib Brot, einen gewaltigen, runden Laib Käse, eine Schüssel gebackenes Geflügel vom Vortag, eine kleine Schweinspastete, einen Krug mit eingemachten Heringen und einen Korb saftiger Birnen.

»Cuthbert ißt gern gut«, sagte Diane, »und die Gicht ist ihm nichts Unbekanntes.«

Dann setzten sie sich an den Küchentisch, auf dem noch die Salben standen, mit denen die Wunden behandelt worden waren, schoben die Töpfchen und Tiegel beiseite und ließen es sich schmecken.

»Cuthbert?« fragte Duncan. »Ihr erwähnt ihn oft. Wann werden wir ihn sprechen können? Oder ist das unmöglich?«

»Nein«, erwiderte Diane. »Aber noch nicht heute abend. Er geht jetzt früh zu Bett, er ist alt und braucht seinen Schlaf. Und jetzt erzählt Ihr mir, wie es Euch ergangen ist, seit wir uns im Gemüsegarten trafen. Ich habe natürlich gerüchtweise von Euren Taten gehört, aber es waren eben nur Gerüchte.«

»Wir sind anscheinend nur von einer Katastrophe in die nächste gestolpert«, sagte Duncan, »doch jedesmal sind wir dem Tod entronnen.«

Als er ihr schließlich alles berichtet hatte, fragte sie nach Wulfert. »Ihr erinnert Euch, daß ich auf der Suche nach ihm war«, sagte sie. »Das heißt, ich wollte etwas über ihn erfahren, da er ja sicher schon lange tot war. Ihr, Eremit, habt erkennen lassen, daß Ihr etwas wißt. Aber bevor Ihr etwas sagen konntet, wurden wir von den Haarlosen überrascht. Und mir war, als wäret Ihr damals auch recht bestürzt gewesen.«

Andrew hob den Kopf und sah Duncans verschlossenes Gesicht.

»Milady«, antwortete er ausweichend, »ich hatte lediglich seinen Namen gehört, wußte, daß er auf dem Dorffriedhof begraben ist. Und bestürzt war ich, weil ich ihn für einen Heiligen gehalten hatte und nun erfuhr, daß er ein Zauberer gewesen ist.«

»Es gibt eine Legende«, sagte Diane, »daß er einen wunderbaren magischen Gegenstand mit sich führte. Habt Ihr je etwas darüber gehört?«

»Nein.«

»Das ist verständlich. Ich fürchte, er ist inzwischen verlorengegangen.«

»Wieso betrübt Euch das?« wollte Conrad wissen.

»Es hieß, er sei ein Gegenzauber, der die böse Horde, die hier ›die Verheerer‹ genannt wird, bannt.«

»Und Ihr hattet gehofft«, fragte Duncan, »ihn zu finden?«

»Ja«, entgegnete sie. »Jetzt könnte man ihn gut brauchen.«

Duncan spürte, wie ihn die anderen anblickten.

»Selbst wenn Ihr ihn gefunden hättet«, sagte er, »hätte er Euch vielleicht nur wenig nützen können. Man müßte erst wissen, wie er am besten einzusetzen ist.«

»Ach nein, das denke ich nicht. Ihn zu besitzen würde schon genügen. Die magische Kraft steckt im Talisman selbst, hat mit dem Träger nichts zu tun.«

»Vielleicht solltet Ihr das Grab durchsuchen«, sagte Conrad und begab sich damit auf dünnes Eis.

»Ich hatte schon daran gedacht«, meinte Diane. Ich wollte noch einmal zum Dorf. Aber ich mußte mich bis jetzt um Cuthbert kümmern.«

»Ich habe nie etwas von diesem Talisman gehört«, sagte Andrew.

Duncan bemerkte, daß ihn niemand mehr ansah. Die Lüge war ausgesprochen. Alle hatten ihn gedeckt. Nur Meg hatte nichts gesagt, aber er wußte, daß sie sich nicht gegen die anderen stellen würde. Es juckte ihn in den Fingern, das Amulett in dem Beutel zu berühren, um sich zu vergewissern, daß es noch an Ort und Stelle war, unterdrückte diesen Wunsch jedoch.

Duncan sah, daß Tiny verschwunden war. Der Hund hatte ein großes Bratenstück vertilgt und sich dann hingelegt, durchstreifte jetzt aber sicher die Burg, um sich mit allen Ecken und Winkeln vertraut zu machen.

»Noch etwas wundert mich«, sagte Duncan. »Ich fragte Euch danach schon einmal, aber Ihr hattet keine Gelegenheit, mir zu antworten. Es geht um den Wilden Jäger. Warum greift er ein?«

»Er haßt das Böse«, erwiderte Diane. »Wie viele von uns. Bei den Zwergen findet Ihr zum Beispiel nur wenige, die dem Bösen zugetan sind. Im Grunde sind sie nicht böse. Sie sind lediglich anders. Es gibt natürlich böse Wesen wie die Werwölfe, die Vampire, die sich gern den Verheerern anschließen. Aber das Zwergenvolk an sich ist nicht hinterhältig, und der Wilde Jäger auch nicht.«

»Ich habe mich gefragt«, sagte Duncan, »ob er uns die ganze Zeit über beobachtet hat. Wir sahen ihn vor einigen Tagen, und davor hatte ich ihn schon einmal am Himmel wahrgenommen.«

»Vielleicht hat er Euch beobachtet.«

»Aber warum sollte er sich um uns kümmern?«

»Der Wilde Jäger ist ein freier Geist. Ich weiß fast nichts über ihn, obwohl ich ihn vor ein paar Jahren schon einmal gesehen habe.«

»Ist er einer, der für die gerechte Sache kämpft?«

»Das würde ich nicht sagen.«

»Ich frage mich wirklich«, erklärte Duncan, »was dieses Böse ist.«

»Cuthbert könnte Euch bestimmt mehr darüber sagen als ich«, antwortete Diane.

»Aber wird er denn mit uns darüber sprechen wollen?«

»Ich glaube schon.«

Von ferne hörte man wildes Bellen. Conrad sprang auf. »Das ist Tiny. Ich werde mich um sie kümmern. Manchmal ist sie einfach außer Rand und Band.«

Er rannte aus der Tür, und die anderen folgten ihm. Sie eilten einen Gang entlang, kamen durch den herrlichen Speisesaal, erreichten dann über einen gewundenen Flur die riesige Eingangshalle.

Dort sahen sie Tiny vor der Säule des Dämonen sitzen. Sie wedelte heftig mit dem Schwanz und stieß von Zeit zu Zeit ein halb spielerisches, halb wildes Geheul aus.

Conrad flitzte die Treppe zur Halle hinab. »Tiny, laß das!« rief er. »Laß das Teufelchen in Ruhe!« Er packte den Hund am Halsband und zog ihn hoch. »Du solltest dich schämen«, sagte er. »Der hier ist angekettet, während du frei herumläufst.«

Duncan sah zu dem Teufelchen hinauf und sagte: »Dir ist nichts geschehen? Der Hund hat dir nichts getan?«

»Nein. Er hat nur wie alle Hunde gespielt. Es hat mir nichts ausgemacht. Er wollte mir sicher nichts tun.«

»Stimmt es übrigens«, sagte Duncan, »daß du ein Dämon aus der untersten Hölle bist? Wenn es stimmt, wie kommst du dann hierher?«

»Das ist eine lange, traurige Geschichte«, antwortete das Teufelchen. »Wenn Ihr einmal Zeit haben werdet, will ich sie Euch ausführlich erzählen. Ich war eine Art Lehrling, der in der Vorhölle lernen sollte, ein richtiger Dämon zu werden. Ich fürchte, ich habe es dort nicht richtig gemacht. Ich hatte sozusagen zwei linke Hände. Ich glaube, ich habe mich einfach nicht aufrichtig genug bemüht.«

»Vielleicht warst du nicht zum Dämonen bestimmt.«

»Das mag sein. Aber da ich ein Dämon war, hatte ich kaum eine Wahl.«

»Was ist also geschehen?«

»Nun, ich bin ausgerissen. Ich konnte es nicht länger ertragen. Eines Tages bin ich einfach fort. Und wißt Ihr, was das Schrecklichste war? Man hat kaum große Anstrengungen unternommen, mich einzufangen und zurückzuschleppen.«

»Behandelt man dich hier gut, von der Kette einmal abgesehen?«

»Bis auf die Kette, ja. Ich weiß, daß man mich hier schon besser als einen Menschen behandelt, der in die Hölle geraten ist.«

21

Cuthbert saß gegen zwei Kissen gelehnt im Bett. Er hatte eine leuchtendrote Mütze auf und trug ein spitzenbesetztes Nachthemd. Die Augen lagen unter buschigen, weißen Brauen tief in den Höhlen, und die Backen waren hohl. Die schmale Hakennase hing fast bis auf den schmalen Mund herab, und das Kinn war spitz.

Er lachte leise, als er Duncan sah, und sagte dann mit rauher Stimme: »Diane hat mir mitgeteilt, Ihr hättet sie in Fetzen gehauen. So muß man es machen. Das ist die einzige Sprache, die sie verstehen.«

»Meine Truppe und ich haben sie geschlagen«, erklärte Duncan. »Ich habe die Heldentat nicht allein verrichtet.«

»Du wirst die anderen später sehen«, sagte Diane zum Zauberer. » Eine recht gemischte Gruppe.«

»Ich möchte sie alle sehen«, bemerkte Cuthbert.

»Es wird schwierig sein, Pferd und Esel hier heraufzubringen«, gab Diane zu bedenken. »So viele Treppen.«

»Dann stehe ich auf und gehe zu ihnen.«

»Du darfst dich nicht überanstrengen.«

Er brummte etwas vor sich hin und sagte dann zu Duncan: »So geht es, wenn ein Mann alt wird. Man darf sich nicht überanstrengen. Man darf nur Brei essen, weil man Fleisch nicht mehr verträgt. Man muß vorsichtig mit dem Wein sein. Man hat keine Chance mehr. Man muß im Bett bleiben. Paßt auf, daß Ihr nicht älter als dreißig werdet. Und jetzt erzählt mir von Eurer kleinen Gruppe und der großen Schlacht.«

»Wir hätten sie nicht überlebt«, begann Duncan, »wenn nicht Diane und der Wilde Jäger eingegriffen hätten . . .«

»Ah, der Jäger — ein kräftiger Bursche ist er schon. Ich erinnere mich gut an die Zeit . . .« Er warf Duncan einen scharfen Blick zu. »Sagt nur nicht, daß Ihr der Jäger seid. Vielleicht ein enger Verwandter, aber der Jäger seid Ihr nicht. Ich kenne ihn. Ihr könnt mich nicht täuschen . . .«

»Ich sagte dir doch«, schaltete sich Diane ein, »wer dieser Herr ist. Du bildest dir nur ein, daß er vorgibt, der Jäger zu sein. Er heißt Duncan Standish und stammt aus einem großen Haus im Norden.«

»Ja, ja«, nickte Cuthbert, »jetzt erinnere ich mich. Die Standish. Ich habe von ihnen gehört. Warum seid Ihr nicht im sicheren Norden geblieben?«

»Ich überbringe eine Botschaft nach Oxenford«, sagte Duncan.

»Oxenford, ach ja. Dort leben erlauchte Gelehrte. Ich habe Freunde in Oxenford.« Er ließ den Kopf in die Kissen zurücksinken und schloß die Augen.

Duncan sah Diane fragend an, und sie bat ihn mit einer Geste, Geduld zu haben.

Nach einiger Zeit bewegte sich der Zauberer wieder, machte die Augen auf und richtete sich ein wenig auf. Er sah Duncan an. »Ihr seid immer noch hier«, sagte er. »Ich dachte, Ihr wäret schon fort. Ihr müßt entschuldigen, aber von Zeit zu Zeit nicke ich ganz plötzlich ein.«

»Ihr fühlt Euch jetzt besser, Herr?«

»Ja. Diane sagte mir, daß Ihr mir eine Frage stellen wollt.«

»Es geht um die Horde der Bösen. Könntet Ihr mir sagen, was dieses Böse ist?«

»Natürlich kann ich das. Was, meint Ihr, haben meine Brüder und ich hier all die Jahre gemacht? Wir haben uns um die Wahrheit bemüht. Dabei haben wir auch das Böse nicht übersehen können. Was wollt Ihr von ihm wissen?«

»Was es ist, und wo es herkommt.«

»Es kam von den Sternen hierher«, erwiderte der Zauberer. »Soviel wissen wir. Wieso es herkam, wissen wir nicht genau. Vielleicht ist es von einer mächtigeren Kraft von den Sternen vertrieben worden. Oder vielleicht hat es so wild unter den Sternen gehaust, daß es sich dort nicht mehr nähren konnte und eine andere Welt aufsuchen mußte, um nicht zu verhungern. Es traf dann auf unsere arme Welt und ihr Leben, und hier gab es genug Leid, von dem es sich nähren und wachsen konnte. Offensichtlich ging es ihm hier gut. Es ist immer mehr angewachsen, und wenn nicht bald etwas getan wird, wird es das ganze Leben auf der Erde verschlingen und dann möglicherweise weiterziehen müssen, um sich unter den Gestirnen eine neue Welt zu suchen.«

Er verstummte und fuhr dann wieder fort: »Es kam vor unermeßlichen Zeiten her. Als der Mensch mit seiner größeren Neigung zum Leiden auftrat, brachte das Böse reichere Ernten ein und ist in der Folgezeit noch kräftiger geworden, und jetzt sieht es so aus, als könne sich ihm nichts mehr entgegenstellen. Deshalb schätze ich es so sehr, daß Ihr Euch widersetzt habt; daß es noch Menschen gibt, die keine Furcht in ihren Herzen haben.«

»Das ist nicht wahr«, erklärte Duncan. »Ich habe mich gefürchtet.«

»Und trotzdem habt Ihr Euch widersetzt.«

»Herr, es blieb uns keine Wahl. Wir konnten nicht mehr fliehen.«

»Ihr seid sehr ehrlich«, sagte der Zauberer.

»Ich habe gehört, daß die Verheerungen, die das Böse anrichtet, den Zweck haben könnten, einer Verjüngung zu dienen. Es verwüstet eine Gegend, um bei diesem Akt der Verjüngung nicht gestört zu werden. Dabei nehmen die Bösen an Kraft und Anzahl zu und können dann wieder einige Jahrhunderte wüten.«

»Ich habe diese Theorie auch gehört«, sagte der Zauberer. »Vielleicht ist etwas Wahres an ihr. Mir scheint jedoch, die Verwüstungen haben einen anderen Zweck. Vielleicht sollen sie eine Entwicklung aufhalten, die auf lange Sicht das Los der Menschheit bessern würde.«

Er schöpfte Atem, fuhr dann fort: »Bei den jetzigen Verwüstungen bin ich mir sicher, daß sie nicht der Verjüngung dienen, wenn sie das überhaupt je schon getan haben. Diesmal hat das Böse rechte Angst. Es hat Angst, daß etwas Bestimmtes geschieht. Es sammelt seine Kräfte, um das zu verhindern. Und doch kommt mir das Böse sehr verwirrt und unsicher vor, als sei etwas Unvorhergesehenes eingetreten, das alle Pläne über den Haufen warf.

Ich freute mich eigentlich, als hier die Verwüstung einsetzte, weil ich mir sagte, daß es dann einfacher wäre, das Böse aus nächster Nähe zu studieren und nicht mehr auf alte Berichte angewiesen zu sein. Für einen wie mich war das die große Chance, doch fehlten mir verläßliche Gefährten. Ich sagte mir aber, daß ich die Arbeit auch allein tun könne, da ich große Erfahrung auf dem Gebiet hatte. Ich mühte mich also weiter ab . . .«

»Du hast zu angestrengt gearbeitet«, unterbrach ihn Diane.

Der Zauberer sprach plötzlich von etwas anderem. »Wir redeten vom Wilden Jäger. Wißt Ihr, daß er einst eine Woche bei uns verbrachte? Seine Hunde haben unsere Vorratskammern fast leergefressen, und er selbst trank unsere Keller beinahe leer. An die Geschichten, die er uns erzählte, haben wir noch lange gedacht.«

»Damals müßt Ihr frohe Tage verbracht haben«, sagte Duncan.

»Aber ja«, lachte der Zauberer. »Wenn ich mich zum Beispiel an die Nacht erinnere, in der uns eine Horde Trunkenbolde den Dämon brachte. Sie wollte ihn loswerden und dachte, es sei lustig, ihn uns zum Geschenk zu machen. Ihr habt den Dämon doch sicher schon gesehen?«

»Ja«, antwortete Duncan.

»Für einen Dämon ist er kein übler Geselle. Er behauptet, er hätte überhaupt nichts Übles im Sinn. Soweit würde ich nicht gehen . . .«

»Du hast eben über die Horde des Bösen gesprochen«, sagte Diane sanft.

Cuthbert zeigte sich etwas überrascht. »Wirklich? Darüber haben wir geredet? Nun gut. Auf jeden Fall glaube ich, daß die meisten Menschen keine Ahnung haben, wie eine Gemeinschaft von Zauberern wirklich lebt. Wir arbeiteten hart, da wir uns schwierige Aufgaben gesetzt hatten, aber wir wußten auch, wie man zusammen fröhlich sein kann. Ich kann mir die alten Gefährten noch immer ins Gedächtnis zurückrufen. Caewlin und Arthur, Aethelberth und Raedwald, Eadwine und Wulfert, und an alle erinnere ich mich gern, nur bei Wulfert packen mich Gewissensbisse. Wir konnten nicht anders, als ihm die Tür zu weisen, aber es war doch traurig und hart.«

»Du vergißt«, sagte Diane, »daß ich mit Wulfert verwandt bin.«

»Ja, ja«, nickte Cuthbert. »Ich vergesse jetzt so vieles.« Er sah Duncan an, zeigte auf Diane und setzte hinzu: »In ihren Adern fließt Zaubererblut, aber wielleicht wißt Ihr das schon.«

»Ja, sie hat es mir schon gesagt«, antwortete Duncan.

Der Zauberer lag still in den Kissen, und anscheinend war das Gespräch zu Ende, aber dann bewegte er sich wieder und sagte: »Wulfert und ich, wir waren wie Brüder. Doch als die Entscheidung getroffen werden mußte, stand ich auf der Seite der anderen.« Er schwieg eine Weile und fuhr dann fort: »Es war seine Überheblichkeit. Er stellte sich gegen die anderen. Er setzte sein Wissen und seine Geschicklichkeit gegen unsere Talente. Wir sagten ihm, daß er nur seine Zeit verschwende, daß in seinem Talisman keine Kraft sei, aber ihm lag nichts an unserer Meinung, unserer Freundschaft, und er behauptete, daß ihm große Kräfte innewohnten. Er sagte, wir seien nur neidisch. Wir versuchten, vernünftig mit ihm zu reden. Wir redeten wie Brüder mit ihm, aber er wollte nicht auf uns hören. Zugegeben, sein Talisman war ein sehr schöner Gegenstand, da er ein hervorragender Handwerker war und sich in den Geheimwissenschaften auskannte. Aber Schönheit allein genügt nicht.«

»Bist du dir sicher?« fragte Diane.

»Ganz sicher, mein Liebes. Eine geringe Kraft hatte er möglicherweise. Er behauptete, daß man seinen Talisman benützen könne, um gegen die Horde des Bösen anzugehen, und das war der reine Wahnsinn.«

»Wieso hast du nie darüber gesprochen? Du wußtest doch, daß ich nach seinem Verbleib forschte; daß ich hoffte, den Talisman zu finden.«

»Warum sollte ich dir Kummer bereiten?« antwortete der Zauberer. »Ich würde es auch jetzt nicht ausgesprochen haben, aber schwach, wie ich bin, sind mir die Worte herausgerutscht. Ich weiß doch, wie treu du seinem Andenken ergeben bist.«

Die Augen des alten Mannes verschleierten sich. Eine Träne rann über die faltige Haut. »Verlaßt mich jetzt«, sagte er. »Laßt mich mit meiner Trauer allein.«

22

Duncan sagte sich, daß er in Schwierigkeiten sei. Und das bereitete ihm großen Kummer. Eigentlich durfte er diese Schwierigkeiten überhaupt nicht haben, da er sein Leben lang alles frei heraus gesagt, die Wahrheit nie zurückgehalten, nie gelogen hatte. Jetzt hatte er nicht nur gelogen. Er war unehrlich gewesen.

Das Amulett oder der Talisman, wie Cuthbert ihn bezeichnet hatte, gehörte ihm nicht. Es gehörte Diane, und jede Faser seines Körpers hätte es ihr am liebsten sofort überreicht. Es war von ihrem Urgroßvater angefertigt worden, es mußte ihr zurückgegeben werden. Und doch hatte er nichts davon gesagt, daß es sich in seinem Besitz befand, und seine Gefährten hatte er auch dazu gebracht, Stillschweigen zu bewahren.

Er hatte sich so verhalten, weil er irgendwie davon überzeugt war, daß der Talisman große Kraft hatte. Duncan hatte das Gefühl, er brauche ihn jetzt dringender zu seinem Schutz als irgendwer sonst. Nicht er selbst, natürlich, sondern die Handschrift. Er mußte sie nach Oxenford bringen, und er konnte auf nichts verzichten, was ihm dabei helfen mochte.

Und trotzdem gefiel Duncan die Sache nicht. Er kam sich irgendwie unsauber, beschmutzt vor. Was war richtig? Als er darüber nachdachte, verwischte sich ihm die Grenzlinie zwischen richtig und falsch, und das war ihm noch nie passiert. Er hatte bis jetzt instinktiv immer gewußt, was richtig und was falsch war. Da hatte es keine Unklarheiten gegeben.

Er saß am Fuß der großen Treppe, die zum Eingang der Burg hinaufführte. Vor ihm erstreckte sich das saftige Gras, das bis zum Kreis der Steinpfeiler reichte. Durch den Garten führten gewundene Wege, die mit Ziegeln gepflastert waren. Ab und zu unterbrachen Bänke, Teiche und Springbrunnen die glatte Rasenfläche. Blumenbeete, Büsche und Baumgruppen rundeten das hübsche Bild ab.

In der Nähe der Steinpfeiler vergnügten sich Conrad und Tiny mit Spielen. Conrad warf einen Stock weit fort, und Tiny holte ihn ausgelassen vor Freude zurück. Oft war es ihm als Kampfhund nicht vergönnt, so unbeschwert zu sein. Daniel und Beauty waren nicht weit, rupften manchmal am Gras und sahen dem fröhlichen Toben zu.

In der Nähe lag auch Hubert, Dianes Greif, entspannt wie eine enorme Katze auf dem Rasen.

Duncan hörte hinter sich ein Geräusch und drehte sich um. Diane kam die Stufen herab. Wie verwandelt sah sie aus. Sie trug ein enganliegendes, weiches Gewand, das vom Hals bis zu den Zehen reichte und mit einem Gürtel verziert war. Es schimmerte hellgrün wie die ersten Blätter der Weide, und das rötliche Haar hob sich fast grell vom weichen Stoff ab.

Duncan stand rasch auf. »Milady«, sagte er, »Ihr seid schön. Schön und bezaubernd.«

Sie lachte ihn saft an. »Ich danke Euch. Wie kann man auch im Lederwams schön sein, frage ich Euch?«

»Selbst im Ledergewand hattet Ihr etwas Bezauberndes. Aber jetzt — ich finde keine Worte.«

»Ich habe nur selten Gelegenheit«, sagte sie, »mich so zu kleiden. Aber was bleibt mir übrig, wenn Gäste im Haus sind?«

Sie setzte sich auf eine Stufe, und er ließ sich neben ihr nieder.

»Ich sah Conrad und Tiny beim Spielen zu«, sagte er.

»Die passen gut zusammen«, lächelte sie. »Kennt Ihr sie schon lang?«

»Conrad kannte ich schon als kleiner Junge«, sagte er ihr. »Und Tiny kannte ich schon, als sie noch ganz klein war.«

»Meg ist in der Küche«, meinte sie, »und kocht ein Gericht aus Sauerkraut und Schweinshaxen zusammen. Sie sagt, daß sie so etwas seit Jahren schon nicht mehr gegessen habe. Ich weiß nicht, ob Ihr so etwas mögt?«

»Und wie!« erwiderte Duncan. »Was macht der Eremit? Ich habe ihn heute noch gar nicht gesehen.«

»Er wandert im Garten umher«, sagte Diane. »Er stützt sich auf seinen Stab, starrt ins Leere. Euer Eremit hat Kummer.«

»Er ist ein Wirrkopf«, erklärte Duncan. »Unsicher, weil viele Fragen ihn quälen. Er weiß nicht, woran er mit sich selbst ist.«

»Der Ärmste«, sagte sie. »Er hat soviel Gutes in sich und weiß nicht, wie er es herauslassen kann. Und Cuthbert? Wie hat Euch Cuthbert gefallen?«

»Er ist eindrucksvoll, obwohl er manchmal schwer zu verstehen ist. Es ist nicht leicht, ihm zu folgen.«

»Er ist senil«, sagte Diane.

Duncan sah sie überrascht an. »Seid Ihr Euch sicher?«

»Nun, Ihr nicht?« fragte sie zurück. »Ein glänzender Verstand, aber von Zeit und Krankheit geschwächt. Er kann seine Gedanken nicht mehr zusammenhalten. Manchmal redet er unvernünftiges Zeug.«

»Irgend etwas schien ihn zu bekümmern.«

»Er ist der letzte einer langen Reihe«, sagte sie, »die viele Jahrhunderte überdauerte. Jetzt sind alle bis auf Cuthbert tot. Sie versuchten, die Gemeinschaft am Leben zu erhalten, junge Lehrlinge aufzunehmen, aber es ließ sich nicht machen. Es gibt nur noch wenige hervorragende Zauberer. Ein Mensch muß eine besondere Gabe haben, um Zauberer sein zu können, die Gabe, sich ungeheuer viel geheimes Wissen aneignen zu können und mit ihm zu arbeiten.«

»Und wie steht's diesbezüglich bei Euch?«

Sie schüttelte den Kopf. »Frauen können nur selten zu Zauberern werden. Ich habe es natürlich versucht, und man hat es mich auch versuchen lassen, denn obwohl sie sich gezwungen sahen, Wulfert fortzuschicken, haben sie ihn doch in großen Ehren gehalten, selbst während seiner Verbannung. Er war der mächtigste Zauberer von ihnen. Aber obwohl ich einige Vorstellungen begreifen und gewisse Zauber durchführen konnte, war ich doch nicht zur Zauberin geschaffen. Ich kam von selbst darauf.«

»Ihr lebt jedoch im Schloß der Zauberer.«

»Weil man mich gern hatte«, sagte sie. »Weil Wulferts Blut in meinen Adern fließt. Als meine Eltern an der Pest gestorben waren, verließ Cuthbert das einzige Mal in seinem Leben die Burg und nahm mich an sich. Die letzten der Zauberer erzogen mich hier, und da ich sie liebte, versuchte ich, mir ihre Fertigkeiten anzueignen, aber es gelang mir nicht. Trotzdem gab mir Cuthbert den Greifen Wulferts, den mein Urgroßvater nicht mitnehmen konnte.«

»Eines Tages wird Cuthbert sterben«, sagte Duncan leise. »Was werdet Ihr dann tun? Werdet Ihr hier bleiben?«

»Ich weiß nicht«, entgegnete sie. »Ich habe nur selten daran gedacht. Ich fürchte, die Welt wird mich nicht allzu freundlich aufnehmen.«

»Die Welt kann grausam sein«, erklärte Duncan. »Ich sage Euch das nicht gern, aber es ist so.«

Sie beugte sich zu ihm und küßte ihn rasch auf die Wange. »Die Welt kann auch freundlich sein«, lächelte sie. »Ihr seid freundlich zu mir gewesen.«

»Milady, ich danke Euch«, sagte Duncan erst. »Ich danke Euch für Eure Worte und für den schönen Kuß.«

»Ihr macht Euch über mich lustig.«

»Ganz und gar nicht, Diane. Ich bin Euch wirklich dankbar. Womit hätte ich ihn denn verdient?«

»Cuthbert«, sagte sie ganz überraschend, »hat den Wunsch geäußert, Euch zu sehen.«

»Das muß bald geschehen«, erwiderte Duncan. »Wir halten uns hier schon zu lange auf. Wir müssen weiter.«

Sie widersprach ein wenig ärgerlich: »Warum so bald? Ihr solltet Euch einige Tage ausruhen. Ihr habt eine schwere Zeit hinter Euch.«

»Wir sind durch viele unglückliche Zwischenfälle aufgehalten worden. Wir sollten eigentlich schon in Oxenford sein.«

»Oxenford kann warten«, versetzte sie.

»Leider nicht, Milady.«

Sie stand rasch auf. »Ich muß nach Cuthbert sehen. Ich kann ihn nicht lange allein lassen.«

»Ich komme mit Euch«, sagte er. »Ihr sagtet, er wolle mich sprechen.«

»Jetzt noch nicht«, teilte sie ihm mit. »Ich werde Euch rufen, wenn er bereit ist.«

23

Als Duncan die Empfangshalle durchquerte, rief ihn das Teufelchen von seinem luftigen Sitz auf der Säule her an: »Seid Ihr in Eile, Herr? Habt Ihr vielleicht ein wenig Zeit, um mit mir zu plaudern?«

Duncan änderte die Richtung und ging zur Säule. »Ich habe nichts vor«, entgegnete er. »Diane sieht nach dem Zauberer, und meine Gefährten sind beschäftigt. Ich verbringe gern ein wenig Zeit mit dir.«

»Sehr gut«, sagte der Dämon. »Ihr braucht aber nicht mit verrenktem Hals zu mir heraufzusehen. Wenn Ihr mir herunterhelft, können wir uns auf der Steinbank hier vorn niederlassen. Meine Kette ist lang genug.«

Duncan trat näher an die Säule heran und streckte die Hände nach oben. Der Dämon beugte sich vor, und Duncan faßte ihn um die Hüften und half ihm herab.

»Wenn mich der schwere Klumpfuß und die Kette nicht behindern würden, könnte ich das allein machen«, sagte das Teufelchen. »Ich versuche es sogar manchmal, aber leicht ist es nicht.« Er streckte seine verkrüppelten Hände aus. »Und die sind auch keine große Hilfe.«

Sie gingen zur Bank und setzten sich.

»Ich werde Teufelchen genannt«, fuhr das Geschöpf fort, »aber der Name gefällt mir nicht. Ich habe lange nachgedacht, welcher Name zu mir passen würde. Ein Name, auf den ich stolz sein könnte. Ich wette, Ihr könnt nicht sagen, auf welchen Namen ich gekommen bin.«

»Ich habe keine Ahnung«, sagte Duncan.

»Auf Walter«, eröffnete ihm das Teufelchen triumphierend. »Ein prächtiger Name, meint Ihr nicht auch? Er hat einen vollen, runden Klang.«

»So verbringst du also deine Zeit«, sagte Duncan. »Du denkst dir neue Namen für dich aus. Warum auch nicht?«

»Es ist nur eins der vielen Dinge, die ich tue. Ich male mir in Gedanken vieles aus. Wie es zum Beispiel um mich stünde, wenn die Dinge anders gelaufen wären. Wenn ich meine Lehrzeit als Dämon gut hinter mich gebracht hätte, dann wäre ich jetzt ein ausgewachsener Teufel mit dickem Bauch und Haaren auf der Brust und einem recht gräßlichen Lachen. Das brachte ich nie fertig, das gräßliche Lachen, das einem Menschen das Blut in den Adern gefrieren läßt.«

»Du scheinst mir recht philosophisch über deine mißliche Situation zu denken«, sagte Duncan. »Du bist nicht bitter geworden. Und du willst auch nicht bemitleidet werden.«

»Was würde ich erreichen«, antwortete das Teufelchen, »wenn ich heulen und jammern würde?«

»Ich möchte dich gern etwas fragen«, sagte Duncan.

»Warum tut Ihr's nicht?«

»Was kannst du mir über die Horde des Bösen sagen? Ich könnte mir denken, daß du in dieser Burg die Zauberer darüber reden hörtest.«

»Allerdings. Was möchtet Ihr erfahren? Mir scheint, Ihr wißt aus eigener Erfahrung schon etwas über sie. Mir wurde gesagt, daß Ihr und Eure Gefährten sie vor nicht allzu langer Zeit in die Flucht geschlagen habt.«

»Nur einen kleinen Teil der Horde, und vor allem die Haarlosen, obwohl auch andere bei ihnen waren, obwohl ich nicht weiß, wie viele.«

»Die Haarlosen«, sagte das Teufelchen, »sind, wenn ich recht verstehe, das langsame Fußvolk, die Wächter, die Schützen, welche die erste Schmutzarbeit erledigen. In gewisser Weise gehören sie nicht wirklich zur Horde. Sie bestehen aus nichts als Knochen und Muskeln. Zauberkraft haben sie kaum, vielleicht gar keine.«

»Und die anderen? In unserem Kampf vor dem Steinring habe ich einen der anderen getötet, und Tiny hat einen zweiten zerrissen. Aber das waren weder Kobolde noch Dämonen. Ich weiß nicht, was sie waren.«

»Ihr habt ganz recht«, sagte das Teufelchen. »Es sind weder Kobolde noch Dämonen. Diese sind nämlich von dieser Welt, und jene Wesen nicht. Ihr wißt natürlich, daß die Horde von den Sternen kam.«

»Das wurde mir gesagt«, antwortete Duncan.

»Sie sind eine Brut, die von anderen Welten stammt, und ich vermute, daß sie unserer Welt nicht gleichen. Es ist also logisch, daß das Böse, das sie ausgebrütet haben, mit dem Bösen dieser Erde nichts zu tun hat. In der Horde gibt es unvorstellbare Formen und Gestalten. Sie sind so anders, daß einem schon bei ihrem Anblick das Blut in den Adern gefriert.«

»Mir hat jemand gesagt«, meinte Duncan, »daß sie gar keine Horde sind; daß es sich eigentlich um einen Schwarm handelt.

Was heißt das?«

»Nun ja«, erwiderte das Teufelchen, »wenn die Horde dabei ist, eine Gegend zu verwüsten, kommen die einzelnen Mitglieder von Zeit zu Zeit zusammen und bilden eine Art lebender Masse, vielleicht einem Bienenschwarm vergleichbar. Wenn keine Verwüstungen im Gange sind, scheinen die einzelnen Mitglieder der Horde allein oder in kleinen Gruppen vorzugehen. Aber wenn sie sich an das Verheeren machen, versammeln sie sich zu einem dichten Schwarm. Die ganze Gemeinschaft des Bösen kommt zusammen, nimmt miteinander Kontakt auf, einer mit dem anderen, und aus dieser Berührung ziehen sie vielleicht große Kraft und verjüngen sich so. Was meint Ihr? Mir kommt diese Erklärung glaubhaft vor.«

»Ich denke ähnlich.«

Der Dämon ließ seine Kette klirren und sagte: »Euch mag das seltsam erscheinen, aber wenn ich eine Entscheidung treffen müßte, würde ich mich auf die Seite der Menschen schlagen. Ich stamme zwar aus dem Bösen, aber dieses Böse hat doch wenigstens etwas mit den Menschen, mit der Erde zu tun. Jenem fremden Bösen könnte ich mich nicht anschließen. Ich kenne diese Wesen nicht, und sie kennen mich nicht, und mir wäre ihre Gesellschaft zuwider.«

Auf der Treppe, die aus einem der oberen Geschosse in den Empfangssaal herunterführte, wurden Schritte laut, und Duncan sah sich um. Diane trug noch immer ihr grünes Kleid und schien die Stufen herabzuschweben. Nur das Klappern ihrer Sandalen verriet, daß sie sich wie ein gewöhnlicher Mensch bewegte.

Duncan erhob sich von der Bank, und das Teufelchen stand auch auf und blieb steif neben ihm stehen.

»Teufelchen«, fragte Diane, »wieso hast du deine Säule verlassen?«

»Milady«, antwortete Duncan, »ich habe es gebeten, herabzukommen und neben mir zu sitzen. Es war bequemer für mich, als dazustehen und mit zurückgelegtem Kopf zu ihm aufzusehen.«

»Hat es Euch belästigt?«

»Überhaupt nicht«, sagte Duncan. »Wir haben uns gut unterhalten.«

»Ich denke«, sagte das Teufelchen, »ich gehe lieber wieder hinauf.«

»Einen Augenblick«, sagte Duncan, »ich helfe dir.« Er beugte sich hinab, hob den Dämon in die Höhe, bis er sich mit seinen verkrüppelten Händen oben an der Säule festklammern konnte.

»Das Gespräch mit dir war gut«, sagte Duncan. »Ich danke dir, daß du mir deine Aufmerksamkeit geschenkt hast.«

»Das ist sehr freundlich von Euch, mein Herr. Wollen wir uns noch öfters unterhalten?«

»Ganz sicher«, nickte Duncan.

Der Dämon kauerte sich oben auf die Säule, und Duncan trat zu Diane.

»Ich hatte mir gedacht«, sagte sie, »daß wir einen Spaziergang machen könnten. Ich würde Euch gern den ganzen Garten zeigen.«

»Ich bin höchst erfreut«, sagte Duncan. »Das ist sehr freundlich von Euch.« Er bot ihr den Arm, und sie gingen zusammen die Treppe hinab.

»Wie geht es Cuthbert?« fragte Duncan.

»Nicht so gut wie gestern«, antwortete sie stirnrunzelnd. »Ich mache mir Sorgen um ihn. Er scheint, sehr verwirrt zu sein. Er schläft jetzt. Ich wartete, bis er eingeschlafen war.«

»Könnte ihn mein Besuch ...«

»Nein, nein«, unterbrach sie ihn. »Die Krankheit setzt ihm halt zu und läßt ihn von Tag zu Tag schwächer werden.«

»Ihr habt ihn sehr gern?«

»Ihr dürft nicht vergessen, daß er mir wie ein Vater war. Wir zwei gehören zusammen.«

Sie waren am Fuß der Treppe angelangt und folgten einem Weg, der hinter die Burg führte. Der Rasen erstreckte sich fast bis zum Fluß hinab, der gleich hinter dem Ring der Steinpfeiler zu sehen war.

»Ihr glaubt sicher, daß ich zu streng zum Teufelchen bin«, sagte sie.

»Ein wenig vielleicht, aber ich kenne mich mit Dämonen nicht aus, kann also nichts sagen ...«

»Duncan.«

»Ja?«

»Lassen wir das närrische Geschwätz. Ich muß Euch etwas sagen, und wenn ich es jetzt nicht über die Lippen bringe, werde ich nie die Kraft dazu haben.«

Sie war an einer Wegbiegung stehengeblieben, hinter der sich eine dichte Baumgruppe aus Birken und Fichten erhob. Er blickte sie an und sah, daß ihr Gesicht angespannt und bleich war.

»So schlimm kann es doch nicht sein«, sagte er, verblüfft über ihren Gesichtsausdruck.

»Doch«, antwortete sie verzagt. »Ihr erinnert Euch, daß Ihr vor etwa einer Stunde sagtet, Ihr müßtet bald weiterziehen, und ich erwiderte, das hätte keine Eile, Ihr solltet Euch erst ein wenig ausruhen.«

»Ja, ich erinnere mich.«

»Ich hätte es Euch vorhin schon sagen müssen. Aber ich brachte die Worte einfach nicht über die Lippen. Ich mußte Euch erst einmal verlassen, um meinen Mut zusammenzunehmen.«

Er wollte etwas sagen, aber sie hob die Hand.

»Ich kann nicht mehr warten«, erklärte sie. »Ich kann nicht länger darum herumreden. Ich muß es Euch jetzt sagen. Duncan, Ihr könnt nicht fort. Ihr könnt diese Burg nie mehr verlassen.«

Er stand wie vom Blitz getroffen da, wollte nicht glauben, was er gehört hatte.

»Aber . . . aber das ist doch unmöglich«, stotterte er. »Ich . . . ich verstehe nicht . . .«

»Einfacher kann ich es nicht sagen. Ihr könnt unmöglich fort. Keiner kann Euch helfen, diese Burg zu verlassen. Das ist ein Teil des Zaubers. Man kann ihn nicht brechen.«

»Aber Ihr habt mir doch gesagt, daß Ihr schon Besucher hattet. Und Ihr selbst seid auch . . .«

»Dazu braucht man einen Zauber«, teilte sie ihm mit, »einen ganz persönlichen Zauber, nicht den eines anderen. Man braucht ein Geheimwissen, das man selbst in sich tragen muß. Die Besucher hatten dieses Wissen, besaßen diesen Zauber. Deshalb konnten sie auch hingehen, wo sonst niemand je hingehen kann. Ich habe selbst auch ein wenig dieses Wissens . . .«

»Ihr meint, weil keiner von uns dieses Wissen hat . . .«

Sie nickte mit Tränen in den Augen.

»Und Ihr könnt uns nicht helfen. Der Zauberer kann uns nicht helfen?«

»Niemand kann helfen. Ihr selbst müßt zu dem Zauber fähig sein.«

Plötzlich stieg Wut in ihm auf, und er schrie blind vor Zorn: »Warum habt Ihr uns dann zugerufen, wir sollten zur Burg laufen? Ihr wußtet, was geschehen würde! Ihr wußtet, daß wir in der Falle sitzen würden! Ihr wußtet . . .«

Er unterbrach sich mitten im Satz, da er das Gefühl hatte, sie höre ihn gar nicht mehr. Sie weinte jetzt mit gesenktem Kopf und ließ die Arme hängen. Sie stand in ihrer Einsamkeit vor ihm und weinte.

Sie hob das tränenüberströmte Gesicht, sah ihn an und wich vor ihm zurück.

»Ihr wäret getötet worden«, sagte sie. »Wir haben den Angriff der Haarlosen abgewehrt, aber sie wären zurückgekehrt. Der Kampf hatte sich nur für einen Augenblick gelegt. Sie wären zurückgekommen und hätten Euch erbarmungslos vernichtet.« Sie streckte die Hände nach ihm aus. »Versteht Ihr denn nicht? So versteht mich doch, bitte.«

Sie machte einen Schritt auf ihn zu, und er schloß sie in seine Arme, umarmte sie fest. Sie legte den Kopf an seine Schulter und schluchzte heftig weiter.

Sie sagte mit erstickter Stimme: »Ich lag letzte Nacht wach und dachte darüber nach, fragte mich, wie ich es fertigbringen sollte, es Euch zu sagen. Ich dachte, daß ich vielleicht Cuthbert bitten könnte, es Euch mitzuteilen. Aber das wäre nicht recht gewesen. Ich hatte es getan, und ich mußte es Euch sagen. Und jetzt habe ich es Euch gesagt.«

24

Die Gruppe saß eine Weile schweigend da, als Duncan ihr alles gesagt hatte. Meg öffnete als erste den Mund und versuchte, es auf die leichte Schulter zu nehmen. »Also, ich weiß nicht«, sagte sie, »so schlimm ist es gar nicht. Für die alte Meg gibt es schlimmere Orte, wo sie ihren Lebensabend verbringen könnte.«

Niemand hörte ihr zu. Schließlich räusperte sich Conrad und meinte: »Du sagst, Herr, man muß sich in den Geheimwissenschaften auskennen. Haben wir die Möglichkeit, uns dieses Wissen anzueignen?«

»Wohl kaum«, erwiderte Duncan. »Ich nehme an, man muß sich sehr genau damit befassen, vielleicht sogar Kenntnisse in anderen Wissenschaften haben. Wir können uns dieses Wissen nicht alle aneignen, vielleicht kann es sogar keiner von uns. Und wer sollte es uns auch beibringen? Cuthbert ist alt und wird bald sterben. Diane weiß nicht genug.«

»Außerdem würde es zu lange dauern«, sah auch Conrad ein. »Wir haben keine Zeit.«

»Nein, die haben wir nicht«, sagte Duncan. »Zwei sterbende Männer, einer hier und der andere in Oxenford.«

»Und was ist mit Tiny, mit Daniel und Beauty? Sie wären auf keinen Fall imstande, die Zauberkunst zu erlernen. Selbst wenn wir fort könnten, dürften wir sie nicht zurücklassen. Sie sind ein Teil von uns.«

»Wir könnten sie wahrscheinlich mitnehmen«, sagte Duncan. »Diane nimmt ihren Greifen auch mit hinaus. Und er hat die Geheimwissenschaften sicher nicht erlernt.«

»Selbst wenn wir keine Lehrer haben«, meinte Andrew, »können wir es immer noch mit Büchern versuchen. Ich bin heute morgen auf die Bibliothek gestoßen. Ein großer Raum voller Handschriften.«

»Es würde zuviel Zeit beanspruchen«, widersprach Duncan. »Wir müßten Haufen von Schriftrollen durchsehen und würden möglicherweise gar nicht erkennen, wonach wir suchen. Und niemand könnte uns bei unseren Nachforschungen anleiten. Dann ist da außerdem das Problem mit den Sprachen. Viele der Bücher sind vielleicht in Sprachen abgefaßt, die jetzt kaum mehr bekannt sind.«

»Ich selbst empfinde das Ganze nicht als Tragödie«, sagte Andrew. »Ich kann mich hier ohne Schwierigkeiten niederlassen und mit meiner Arbeit fortfahren, da der Ort recht hübsch ist. Doch für euch zwei ist es sehr wichtig, nach Oxenford zu kommen.«

Conrad stieß seine Keule gegen den Boden. »Wir müssen nach Oxenford. Es muß einen Ausweg geben. Ich werde nicht aufhören, ihn zu suchen, bis wir ihn gefunden haben.«

»Ich ebenfalls nicht«, beteuerte Duncan.

»Ich hatte eine Art Vorahnung«, teilte ihnen Andrew mit. »Auf jeden Fall kam mir einiges sehr seltsam vor. Als ich die Vögel und den Schmetterling sah ...«

»Was haben denn Vögel und Schmetterlinge damit zu tun?« unterbrach ihn Duncan.

»In dem Wald vor dem Steinring sitzen die Vögel wie erstarrt auf den Zweigen. Sie bewegen sich nicht, sehen aber lebendig aus. Und auf einer Pflanze saß ein kleiner gelber Schmetterling, bewegte sich aber auch nicht. Mir war, als sei er von einer dünnen Staubschicht bedeckt. Als säße er schon lange unbeweglich dort. Ich denke mir, die Wälder gehören auch zu dem Zauber, der bewirkt, daß die Zeit dort stillsteht.«

»Die Zeit ist stehengeblieben«, sagte Duncan. »Ja, so könnte es sein. Die Burg ist wie neu, und auch der Ring der Steinpfeiler. Die Meißelspuren sind so frisch, als seien sie erst gestern entstanden.«

»Aber von draußen, von der Welt, die wir verlassen haben, aus sieht die Burg verfallen aus«, sagte Conrad. »Herr, was geht hier vor?«

»Es ist ein sehr mächtiger Zauber«, meinte Meg.

»Wir sind schon mit Zauber fertig geworden«, erklärte Conrad. »Wir haben uns aus dem Zauber gelöst, der sich auf uns gelegt hatte, als wir uns dem Ufer näherten.«

»Das war nur ein schwacher Zauber«, sagte Meg, »der uns nur verwirren sollte, um uns vom Weg abzubringen. Das war kein so sorgsam errichteter Bann wie dieser hier.«

Duncan wußte, daß sie recht hatte. Trotz aller wohlmeinenden Worte war dieser Zauber nicht zu brechen.

Sie saßen betreten auf der untersten Stufe der breiten Treppe, die zum Eingang hinaufführte. Vor ihnen erstreckte sich der samtige Rasen. Daniel und Beauty waren am Ende des Parks in der Nähe der Steinpfeiler und schlugen sich die Bäuche mit saftigem Gras voll. Der Greif Hubert lag dort, wo er schon früher am Tag geruht hatte. Er war alt und steif geworden und bewegte sich nicht mehr oft.

»Wo ist Tiny?« fragte Duncan.

»Als ich sie zuletzt sah«, meinte Conrad, »grub sie eben eine Maus aus. Sie muß irgendwo in der Nähe sein.«

Wir sitzen also in der Falle fest, dachte Duncan. Die Handschrift wird Oxenford nie erreichen, und für die Menschheit ist sie auch verloren. Von ihr werden nur noch die beiden Abschriften künden, die von den Schreibern der Abtei angefertigt worden sind.

Mein Vater wird in Standish House und Seine Exzellenz in der Abtei auf mich warten, und sie werden nie mehr etwas von mir oder Conrad hören. Wir sind in das Öde Land hineingegangen, und das ist das letzte, was man von uns weiß. Vielleicht gibt es aber doch die Möglichkeit, eine Botschaft nach draußen zu senden. Diane kann hinaus, kann zurückkehren. Wenn sie einverstanden ist, kann sie Standish House verständigen, und vielleicht sogar das Manuskript zurückbringen. Vielleicht ist noch Zeit, es von jemand anders nach Oxenford bringen zu lassen. Allerdings nicht durch das Öde Land, da sich dieser Weg als zu gefahrvoll erwiesen hat. Vielleicht kann es trotz der vielen Piraten mit einem Schiff versucht werden. Vielleicht ist noch Zeit genug, eine kleine Flotte von Kampfschiffen zusammenzustellen, um mit den Piraten fertig zu werden.

»Herr«, sagte Conrad.

»Eine heikle Sache.«

»Zwischen dir und mir gibt es keine heiklen Angelegenheiten. Sprich es ruhig aus.«

»Die Horde«, sagte Conrad, »will nicht, daß wir nach Oxenford kommen. Vielleicht will sie sogar, daß wir überhaupt nirgends hinkommen. Sie hat ständig versucht, uns aufzuhalten. Und jetzt sitzen wir vielleicht wirklich für immer fest. Von uns hat sie nichts mehr zu befürchten.«

»Das stimmt. Aber worauf willst du hinaus?«

»Die Dame Diane.«

»Was ist mit ihr?«

»Steckt sie vielleicht mit der Horde unter einer Decke? Sind wir vielleicht auf einen raffinierten Trick hereingefallen?«

Duncan errötete vor Ärger, wollte etwas sagen, besann sich aber anders.

Andrew meinte rasch: »Das glaube ich nicht. Das kann ich mir nicht denken. Zweimal hat sie uns bei Kämpfen geholfen. Das hätte sie nicht getan, wenn sie mit der Horde zusammenarbeiten würde.«

»Es sieht so aus, als ob du recht hättest«, sagte Conrad. »Aber wir müssen jede Möglichkeit in Betracht ziehen.«

In der Stille, die darauf folgte, kehrten Duncans Gedanken zu seiner unausgegorenen Idee zurück, die Handschrift auf anderem Weg nach Oxenford gelangen zu lassen. Nein, es war nicht zu machen. Diane konnte sie zweifellos nach Standish House bringen, konnte seinem Vater mitteilen, was mit ihm und Conrad geschehen war, aber es schien unwahrscheinlich, daß das Manuskript mit einem Schiff nach Oxenford gebracht werden konnte. Sein Vater und der Erzbischof hatten diese Möglichkeit eingehend geprüft und waren offenbar zu dem Schluß gekommen, daß das nicht durchführbar sei. Es könnte sein, daß sich sein Vater entschließen würde, es noch einmal mit einem kleinen

Trupp Bewaffneter auf dem Landweg zu versuchen, aber ein solches Unternehmen würde wieder nur wenig Aussicht auf Erfolg haben, davon war Duncan überzeugt.

Einen Augenblick mal, dachte er sich. Wenn Diane das Manuskript nach Standish House schaffen könnte, wäre sie ebenso leicht in der Lage, es nach Oxenford zu bringen. In Oxenford könnte sie es eigenhändig Bischof Wise übergeben und auf das Ergebnis der Untersuchung warten.

Er wußte jedoch, daß nichts davon durchführbar war, daß er sich in dem verzweifelten Versuch, das Problem zu lösen, nur etwas vorgegaukelt hatte.

Er konnte Diane die Handschrift nicht übergeben, konnte sie eigentlich niemandem übergeben. Er konnte sie niemandem übergeben, dem er nicht völlig vertrauen konnte, und hier konnte er nur Conrad vertrauen. Diane hatte ihn und seine Gefährten in den Zauberkreis gelockt. Und jetzt sagte sie, es täte ihr leid, sie hatte dabei sogar Tränen vergossen. Duncan wußte aber, daß es Frauen nicht so schwerfiel, ein kummervolles Gesicht zu machen und zu weinen.

»Noch etwas«, sagte Conrad. »Könnte uns der Dämon nicht helfen? Vielleicht hat er ein paar Tricks auf Lager. Wenn wir ihm versprechen, daß wir ihn freilassen . . .«

»Mit einem Dämon lasse ich mich nicht ein«, erklärte Andrew. »Er ist ein schmutziger Geselle.«

»Mir kommt er recht anständig vor«, sagte Duncan.

»Man kann ihm nicht trauen«, behauptete Andrew. »Er würde einen hereinlegen.«

»Du hast gesagt, wir könnten Snoopy auch nicht trauen«, sagte Conrad. »Wenn wir aber auf Snoopy gehört hätten, wären wir jetzt nicht hier. Er hat uns vor der Burg gewarnt. Er sagte uns, wir sollten ihr nicht zu nahe kommen.«

»Macht, was ihr wollt«, erklärte Andrew. »*Ich* jedenfalls will mit einem Dämonen der Hölle nichts zu schaffen haben.«

»Vielleicht wüßte er, wie uns zu helfen wäre.«

»Wenn ja, würde damit sicher eine Bedingung verbunden sein.«

»Ich würde auf die Bedingung eingehen«, sagte Conrad.

»Nicht auf die, die er stellen würde«, blieb Andrew hartnäkkig.

Duncan erhob sich schwerfällig und stieg die Treppe hinauf.

»Wo gehst du hin?« wollte Conrad wissen.

Duncan schwieg, da ihm keine Antwort einfiel. Er wußte nicht, wohin er ging, welche Absicht er hatte. Er dachte überhaupt nichts. Ihm war, als hätte sich sein Geist von allen Gedanken gelöst, die er je gedacht hatte. Er wußte nur, daß er fort mußte, wußte dabei aber gleichzeitig, daß er unmöglich entkommen konnte.

Er stieg weiter die Stufen empor.

Er hatte fast den Eingang erreicht, als er einen Schrei hörte, ein kreischendes Heulen, das auf unerträgliches Entsetzen schließen ließ. Der Schrei bewirkte, daß er erstarrt stehenblieb, wie benommen von dem Schrecken, der in dem Heulen und Brüllen mitschwang.

Das Schreien kam aus dem Inneren der Burg, und zuerst hatte er geglaubt, es stamme von Diane. Das konnte jedoch nicht sein, da der Klang zu tief, zu kehlig war, um von einer Frau zu stammen. Cuthbert, sagte Duncan sich. Es konnte nur der Zauberer sein.

Mit übermenschlicher Anstrengung löste er sich aus dem Bann, der ihn festgehalten hatte, zwang seine Beine, sich wieder zu bewegen, und sprang die letzten Stufen hinauf. Als er durch den Eingang in die Halle stürzte, sah er, daß es Cuthbert war. Der alte Mann rannte den Balkon entlang, der sich hoch oben um die Halle zog. Er trug das lange, spitzenbesetzte Nachthemd und die rote Schlafmütze. Er hielt die Hände vor Entsetzen hoch in die Luft gestreckt, und sein Gesicht war so verzerrt, daß es kaum noch wie das eines Menschen aussah. Aus seinem Mund drangen ununterbrochen die entsetzlichen Laute, und dann sprang er mitten in einem langgezogenen Schrei über die Brüstung des Balkons, überschlug sich in der Luft und hörte nicht auf zu kreischen, bis er auf dem Boden aufgeschlagen war. Das Schreien verstummte, und er lag zerschmettert auf den bunten Fliesen.

Duncan eilte zu ihm hin und sah aus dem Augenwinkel Diane, die eine der Treppen, die zum Balkon hinaufführten, herabgerannt kam.

Er ließ sich neben Cuthbert auf die Knie nieder, wollte den Körper hochheben, hielt aber inne, als er das Blut sah, das vom zerschmetterten Schädel auf die glatten Fliesen strömte. Dann überwand er sich, drehte den Körper um, sah, was mit Gesicht und Kopf geschehen war, und ließ den Körper zurücksinken.

Diane rannte zu ihm her, und er stand auf und nahm sie in die

Arme, wogegen sie sich mit heftigen Bewegungen wehrte.

»Schau nicht hin«, sagte er. »Du wirst das nicht sehen wollen.«

»Aber Cuthbert . . .«

»Er ist tot.«

Duncan hörte über sich ein Knirschen und sah, wie ein Teil der Balkonbrüstung ins Schwanken geriet. Während er noch in die Höhe starrte, krachte sie auch schon nieder. Bruchstücke geborstenen Steines spritzten über den Boden, und aus der Tiefe der Burg drang ein stöhnendes Geräusch. Dann löste sich einer der Pfeiler, der den Balkon trug, langsam und anmutig von der Wand und beschrieb einen sanften Bogen, als sei er müde und wolle sich schlafenlegen. Trotz des anmutigen Falles krachte der Pfeiler laut auf den Boden, zerbarst in kleine Stücke, die über die Fliesen schossen.

»Nichts wie hinaus!« rief Conrad, der mit den anderen hereingekommen war. »Das ganze Gebäude wird einstürzen!«

Tief aus der Burg hörte man das Knirschen der Mauern, die sich gegeneinander bewegten, und dazu kam das Krachen unsichtbarer Wände, die in sich zusammenstürzten. Aus den Wänden der Halle lösten sich große Steinquadern, und die Mauern schwankten.

»Herr!« schrie Conrad. »So lauft doch hinaus!«

Duncan bewegte sich wie im Traum, eilte zum Eingang und zog dabei Diane hinter sich her. Hinter ihm stürzten donnernd weitere Mauern der Burg ein. Meg sauste ins Freie, dicht gefolgt von Andrew. Conrad sprang zu Duncan, wollte ihn packen und in die Sicherheit nach draußen zerren.

Eine laute Stimme dröhnte durch den Saal: »Helft mir! Laßt mich nicht hier zurück!«

Duncan, der Diane noch fest umklammert hielt, wandte sich um.

Das Teufelchen war von seiner Säule gesprungen und stand mit dem Rücken zu ihnen, hatte seine Kette umklammert, lehnte sich zurück und versuchte vergebens, den Befestigungsring aus dem Stein zu reißen.

Duncan stieß Diane in Richtung des Eingangs. »Rennt hinaus!« rief er. »Dreht Euch nicht um, rennt hinaus!«

Er sprang zum Dämon und seiner Kette, doch Conrad kam ihm noch zuvor. Er stieß den Dämon zur Seite, packte die Kette, drehte sich auf den Fersen herum und zog mit seinem ganzen

Gewicht an der Kette. Die gespannten Kettenglieder tönten wie eine Saite, aber der Ring hielt.

Duncan trat hinter Conrad, packte mit an und sagte: »Jetzt!«

Die beiden setzten ihre ganzen Kräfte ein, aber der Ring wollte nicht nachgeben.

»Unmöglich«, keuchte Conrad. »Wir können ihn nicht herausziehen.«

Eine Wand der Empfangshalle war eingestürzt, und aus der Decke lösten sich Steinbrocken, brachen auf den Boden nieder. Die Luft füllte sich mit Steinstaub, und der Boden war mit Steinstückchen übersät. Das ganze Gebäude konnte jeden Augenblick über ihnen zusammenstürzen.

»Laßt die verfluchte Kette sein«, jammerte der Dämon. »Schlag mir den Fuß ab, um mich von ihr zu befreien.«

Conrad brummte: »Er hat recht. Das ist die einzige Möglichkeit. Hack ihm den verflixten Fuß ab.«

Duncan wirbelte herum. »Laß dich fallen!« rief er dem Teufelchen zu. »Halte den Fuß in die Höhe, damit ich ihn gut treffen kann!«

Der Dämon legte sich ausgestreckt auf den Boden und hielt den Klumpfuß hoch. Duncan hob das Schwert und wollte zuschlagen. Jemand riß ihn zur Seite. Er sah, daß es Andrew war.

»Weg da!« schrie Duncan den Eremiten an. »Was willst du?«

Andrew wich nicht zur Seite. Er hatte seinen Stab hoch erhoben und ließ ihn mit aller Kraft nach unten sausen. Er traf die gespannte Kette, und sie zerbrach in tausend kleine Stücke.

Andrew hielt den Stab mit der Rechten, packte mit der Linken den Dämon am Arm und eilte zum Ausgang, das befreite Teufelchen hinter sich herzerrend.

»Rennt um euer Leben!« schrie Conrad, und Duncan setzte sich in Bewegung, dicht gefolgt von Conrad. Als sie im Freien die Treppe hinunterrannten, brach die Empfangshalle mit donnerndem Getöse in sich zusammen. Steinsplitter flogen an ihnen vorbei, und aus dem Eingang quoll eine mächtige Staubwolke.

Andrew hatte das Teufelchen inzwischen losgelassen, und der Dämon hastete trotz seines Klumpfußes überraschend hurtig die Stufen hinab. Auf dem Rasen vor der Treppe kniete Meg und hielt die Knie Dianes umschlungen. Hinter Duncan und Conrad brach die Burg weiter in sich zusammen. Der große mittlere Turm war schon eingestürzt, und die Außenmauern wankten.

Als Duncan das Ende der Treppe erreicht hatte, rannte er zu

Diane und nahm ihren Arm.

»Ihr könnt nicht mehr hinein«, sagte er.

»Cuthbert«, stieß sie hervor und wollte sich losreißen. »Cuthbert.«

Er packte sie an den Schultern und schüttelte sie.

»Es ist vorbei«, sagte er. »Wir können ihm nicht mehr helfen. Wir hätten ihm sowieso nicht mehr helfen können. Er starb, als er auf den Boden prallte.«

Daniel und Beauty standen am Rand des Parks und starrten zu ihnen her, sahen zu, wie die Burg in sich zusammenstürzte. Tiny sprang vor ihnen mit angelegten Ohren hin und her. Der Greif war nirgends zu sehen.

Das Teufelchen hüpfte auf Andrew zu. Es blieb vor ihm stehen und legte den Kopf zurück, um zu ihm aufzuschauen.

»Ich danke Euch, verehrter Bruder«, sagte er, »daß Ihr mich befreit habt. Ihr besitzt da wirklich einen wundertätigen Stab.«

Andrew gab ein würgendes Geräusch von sich, als säße ihm etwas Übles in der Kehle.

»Ich hatte keine Angst zu sterben«, erklärte das Teufelchen. »Ich glaube kaum, daß ich gestorben wäre. Ich nehme an, daß ich auf schreckliche Weise unsterblich bin. Aber wenn mich die Burg unter sich begraben hätte, wäre ich unter ihr gefangen gewesen, bis die Steinbrocken im Lauf der Zeit verwittert wären.«

Andrew stieß ein Krächzen aus und machte eine Handbewegung, als wolle er den Dämon für alle Zeiten aus seiner Gegenwart verbannen.

»Laß mich in Ruhe«, fauchte er. »Übler Geist, hebe dich weg von mir. Ich will dich nie wiedersehen.«

»Ihr möchtet nicht einmal meinen Dank?«

»Den am allerwenigsten. Ich möchte nichts von dir.«

»Aber Andrew«, sagte Conrad und trat zu ihm, »das arme Geschöpf will dir nur seine Dankbarkeit zeigen. Und er hat recht, wenn er sagt, daß du einen wunderbaren Stab hast. Warum hast du uns nie gesagt, daß er solche Kräfte in sich hat?«

»Hebt euch alle weg von mir!« heulte Andrew. »Ich möchte nicht, daß ihr mich weiter anseht und Zeugen meiner Schande seid!«

Er wandte sich ab und ging in den Park hinein. Conrad wollte ihm nach, aber Duncan hielt ihn zurück.

»Irgend etwas stimmt doch nicht mit ihm«, meinte Conrad.

»Er wird es uns schon zur rechten Zeit sagen«, erklärte Duncan. »Jetzt möchte er nur allein gelassen werden. Gib ihm ein wenig Zeit.«

Diane löste sich von Duncan und sah ihn mit ruhigen Augen an.

»Mir geht es jetzt besser«, sagte sie. »Es ist vorbei. Ich weiß, was geschehen ist. Mit dem Tod des letzten Zauberers ist auch der Zauber beendet.«

Die Sonne hatte hell glänzend am westlichen Horizont geschienen, doch jetzt wollte es schon dunkel werden. Die Sonne war verschwunden.

Der Lärm der einstürzenden Burg wurde schwächer, und in der Dämmerung war kein Gebäude mehr zu sehen, sondern nur noch ein Trümmerhaufen. Nur zwei Türme standen noch. Über den Steinbrocken schwebte eine dünne Staubwolke.

Conrad zupfte Duncan am Ärmel. »Schau, die Steinpfeiler.«

Duncan blickte zum Rand des Parks und sah, daß sie nicht mehr so gerade standen wie zuvor. Viele von ihnen hatten sich geneigt, und die Decksteine waren zum Teil herabgestürzt.

Er wandte sich um und starrte zur Burg hinüber, und im Mondschein erblickte er nur noch einen Schutthügel, sah ihn so, wie er ihn gesehen hatte, als er aus der Klamm getreten war.

»Es ist zu Ende«, murmelte Diane. »Der letzte Zauberer ist tot und der Zauberbann geschwunden, die Burg ein Hügel, wie sie es seit Jahrhunderten schon war.«

»Da leuchten Feuer«, sagte Conrad, und am Abhang zwischen Burg und Hügel flackerten tatsächlich viele kleine Lagerfeuer.

»Die Horde?« fragte der Dämon. »Wartet sie auf uns?«

»Das glaube ich kaum«, antwortete Duncan. »Die Horde bräuchte keine Feuer.«

»Wahrscheinlich ist es Snoopy«, meinte Conrad, »der mit seinen Leuten dort lagert.«

Duncan sagte zum Teufelchen: »Du mußt nicht bei uns bleiben. Wir haben mit deiner Befreiung keine Bedingungen verknüpft. Wir haben keinerlei Ansprüche an dich. Wenn du irgendwohin möchtest . . .«

»Ich weiß nicht, wohin ich soll«, sagte das Teufelchen. »Ich habe sonst keine Freunde. Ich kann Euch vielleicht ein wenig helfen. Ich kann Dinge tragen . . .«

»Nun gut«, sagte Duncan. »Unsere Gruppe wird immer vielfältiger, je weiter wir kommen. Wir haben auch Platz für einen Dämonen.«

Duncan bemerkte, daß der glatte Rasen unter seinen Füßen wildem Gras gewichen war. Der Mond schien hell, würde in ein, zwei Nächten voll sein, und im Süden schimmerte spiegelblank der Fluß. Wieder einmal gerettet, dachte er sich, durch ein unvorhersehbares Ereignis einer Katastrophe entkommen. Der Zauber der Burg war durch den Tod des letzten Menschen gebrochen worden, der ihn noch zusammengehalten hatte. Cuthbert hatte entweder absichtlich oder in einem Anfall von Wahnsinn seinem Leben ein Ende gesetzt.

Diane trat zu ihm, und er legte einen Arm fest um sie.

»Es tut mir leid«, sagte er, »daß es so gekommen ist.«

»Ich hätte es wissen müssen«, erwiderte sie, »daß die Burg eines Tages zusammen mit Cuthbert verschwinden würde.«

Er versuchte, sie zu trösten, so gut es ging, und blickte zu den Feuern hinüber, die am Abhang glühten.

»Da drüben müssen sich viele versammelt haben«, meinte er. »Snoopy sagte uns, er würde ein Heer zusammentrommeln.«

»Duncan«, fragte Diane ihn, »hast du Hubert gesehen?«

»Nein. Er muß aber in der Nähe sein. Er war vor kurzem noch mit Daniel und Beauty im Garten.«

Sie schüttelte den Kopf. »Ich glaube nicht. Ich glaube, ich habe auch ihn verloren. Er gehörte zur Burg. Er ist so lange hier gewesen.«

»Sobald es hell wird«, sagte Duncan, »suchen wir ihn. Er kommt vielleicht her, bevor die Nacht um ist.«

»Da nähert sich jemand«, ließ sich Conrad vernehmen.

»Ich sehe nichts.«

»Draußen, auf der anderen Seite der Steinpfeiler. Wahrscheinlich Snoopy und die Seinen. Ich glaube, wir sollten ihnen entgegengehen, um sie zu begrüßen. Sie werden nicht in den Steinkreis treten. Sie wissen, daß etwas geschehen ist, können aber nicht sagen, was.«

»Jetzt besteht keine Gefahr mehr«, meinte Diane.

»Sie können das nicht wissen«, sagte Conrad.

Conrad ging auf den Steinkreis zu, und die anderen folgten ihm. Sie schritten an den Pfeilern vorbei und sahen, daß ein halbes Dutzend kleiner Gestalten auf sie wartete.

Einer von ihnen trat vor, und sie hörten Snoopys Stimme vorwurfsvoll sagen: »Ich hatte euch gewarnt. Warum habt ihr nicht auf mich gehört? Ich sagte euch, ihr sollt einen Bogen um den Burghügel machen.«

25

Snoopy kniete neben dem Feuer auf dem Boden und glättete die Erde.

»Schaut gut zu«, sagte er. »Ich zeichne eine Karte und erkläre euch die Lage.«

Er nahm ein Stöckchen und machte ein Loch in der Erde. »Wir sind hier«, sagte er. Am Nordrand der Karte zog er eine gezackte Linie. »Das sind die Hügel«, sagte er. Im Süden zog er eine geschlängelte Linie. »Das ist der Fluß.« Im Westen zeichnete er einen weiten Bogen, der nach Süden lief, dann nach Westen schwenkte und in nördlicher Richtung weiterlief.

»Der Sumpf«, erriet Conrad.

Snoopy nickte. Er fuhr mit dem Stock an der Linie entlang, welche die Hügel darstellte, bog nach Osten ab, machte eine enge Schleife und bewegte ihn südlich der geschlängelten Linie weiter, die den Fluß darstellte.

»Die Horde nimmt diese Linie ein«, sagte er. »Sie haben uns von Norden, Osten und Süden umzingelt. Es sind vor allem Haarlose, dazu aber auch ein paar andere Mitglieder der Horde. Sie drücken uns gegen den Sumpf.«

»Gibt es eine Möglichkeit durchzubrechen?« fragte Conrad.

Snoopy zuckte die Schultern. »Wir haben es nicht versucht. Wir könnten es jederzeit. Wir können durchschlüpfen, ein paar hier, ein paar dort. Man wird nicht einmal probieren, uns aufzuhalten. Uns will man ja nicht. Sie sind hinter euch her.«

»Ihr meint, ihr habt hier einfach gewartet, und die warten drüben?« sagte Duncan.

»Nicht ganz«, antwortete Snoopy. »Wir sind hier nicht untätig gewesen. Wir haben Dutzende von Zauberfallen aufgestellt, die sie zwar nicht aufhalten, aber doch verwirren werden. Sie werden nur langsam vorwärtskommen. Manche Fallen sind recht hinterhältig. Sie wissen, daß wir sie aufgestellt haben, und möchten sich nur mit ihnen auseinandersetzen, wenn es gar nicht mehr anders geht.«

»Ihr haltet für uns den Kopf hin«, sagte Duncan. »Das war nicht abgemacht. Natürlich haben wir mir Eurer Hilfe gerechnet, und wir haben uns über sie sehr gefreut. Aber das hier haben wir nicht erwartet.«

»Wie ich schon sagte«, erklärte Snoopy, »können wir uns jederzeit zurückziehen. Uns droht keine besondere Gefahr. Ihr seid es, denen Gefahren drohen.«

»Wie viele Eurer Leute habt Ihr hier?«

»Ein paar hundert. Vielleicht tausend.«

»Ich hätte mir nie träumen lassen, daß Ihr so viele versammeln könnt. Ihr sagtet uns doch, daß das Zwergenvolk die Menschen nicht sonderlich liebt.«

»Wenn Ihr Euch recht erinnert, sagte ich Euch auch, daß wir die Horde noch weniger schätzen. Als sich herumsprach, daß eine kleine Gruppe Menschen direkt auf die Horde losmarschierte, kamen immer mehr von uns zusammen, einzeln und in kleinen Trupps. Es sprach sich wie ein Lauffeuer herum. Ich will Euch aber nichts vormachen. Meine Leute werden für Euch nicht in den Tod gehen. Sie haben eigentlich überhaupt keine Lust, sich auf einen Kampf einzulassen. Krieger sind wir nie gewesen. Wir werden aber tun, was in unseren Kräften steht.«

»Dafür sind wir Euch dankbar«, erklärte Duncan.

»Wenn Ihr nur tun würdet, was wir Euch sagen«, meinte Snoopy unwirsch, »dann ginge es Euch besser. Ich habe Euch deutlich aufgefordert, den Burghügel zu meiden. Es ist nur Eurem unglaublichen Glück zuzuschreiben, daß Ihr wieder freigekommen seid.« Er schüttelte den Kopf. »Ich verstehe diese menschliche Begabung für Glück nicht. Unsere Leute haben nie derartiges Glück.«

»Uns blieb keine Wahl«, sagte Conrad. »Wenn wir uns nicht in die Burg gerettet hätten, wären wir abgeschlachtet worden.«

Snoopy nickte skeptisch. »Ja, ja, ich weiß.«

»Diesmal«, versprach Duncan, »werden wir mehr auf Euch hören. Wir werden Euren Rat befolgen. Was schlagt Ihr vor?«

Der Zwerg setzte sich auf die Fersen und schaukelte hin und her. »Nichts«, antwortete er. »Ich habe keine Vorschläge.«

»Überhaupt nichts? Keine Pläne?«

»Ich habe genau nachgedacht«, sagte Snoopy, »und alle anderen von uns auch. Wir hielten eine Ratsversammlung ab. Wir haben lange geredet, haben uns die Köpfe zerbrochen. Wir können Euch nichts raten. Wir fürchten, daß Ihr am Ende seid.«

Duncan blickte Conrad an.

»Wir werden einen Ausweg finden, Herr«, sagte Conrad.

»Ja, natürlich«, meinte Duncan und überlegte dabei, ob es sich nicht nur um einen schlechten Scherz der Zwerge handelte. War es ein Scherz, oder sprach der Kobold die Wahrheit?

»In der Zwischenzeit tun wir für Euch, was in unserer Macht

steht«, sagte Snoopy. »Wir haben schon eine Decke für die Dame Diane aufgetrieben, um sie vor der Kälte zu schützen, denn das leichte Gewand, das sie trägt, kann sie nicht wärmen. Ohne Decke hätte sie die Nacht nicht überstanden.«

Duncan hatte sich Snoopys Karte genau angesehen und richtete sich jetzt auf. Die Flammen loderten in die Höhe. Daniel und Beauty standen auf der anderen Seite des Feuers dicht beisammen. Tiny lag zusammengerollt nicht weit von Conrad entfernt. Um das Feuer saß eine Reihe Kobolde und Zwerge, unter ihnen die Todesfee Nan. Sie saß mit gefalteten Flügeln dicht an den Flammen, und unter ihrem rabenschwarzen Haar glänzten die dunklen Augen hervor.

»Wir sind doch sicher nicht von der ganzen Horde umzingelt«, sagte Conrad zu Snoopy.

»Nein«, erwiderte Snoopy, »der Hauptteil der Horde hält sich auf der anderen Seite des Sumpfes auf, bewegt sich an seinem westlichen Ufer nach Norden hinauf.«

»Man will uns von Westen her einschließen.«

»Vielleicht auch nicht. Das Gespenst hat sie im Auge behalten.«

»Das Gespenst arbeitet mit euch zusammen? Wo steckt es denn?«

Snoopy machte eine Handbewegung. »Irgendwo da draußen. Er und Nan haben für uns gespäht und uns immer auf dem laufenden gehalten.«

»Ihr sagt, daß das Gros der Horde uns vielleicht nicht von Westen her einschließen will. Wieso?«

»Das Gespenst nimmt an, daß die Horde sich morgen oder übermorgen weiter nach Norden bewegen wird, und dabei wird das Ufer, das uns direkt gegenüberliegt, frei sein. Aber wieso interessiert Euch das? Ihr könnt doch nicht hoffen, den Sumpf durchqueren zu können. Niemand, der bei Sinnen ist, würde den Versuch unternehmen, den Sumpf zu durchqueren. Er besteht aus Schlamm, Wasser und Sand. Es gibt bodenlos tiefe Stellen, und man kann diese von den seichten nicht unterscheiden.«

»Wir werden sehen«, meinte Conrad. »Wenn das die einzige Möglichkeit ist, werden wir es versuchen.«

»Wenn Hubert noch in der Nähe ist«, sagte Duncan, »könnte Diane zusammen mit Nan und dem Gespenst auf Erkundungsflug gehen. Dann hätten wir noch einige Augen mehr.«

»Hubert?«

»Dianes Greif. Wir haben ihn nicht mehr gesehen, seit die Burg einstürzte.«

»Wir suchen ihn morgen«, sagte Snoopy.

»Ich fürchte, wir werden ihn nicht finden«, meinte Diane.

»Wir werden uns trotzdem umsehen«, versprach Snoopy. »Und wir werden auch versuchen, Euch das zu ersetzen, was Ihr verloren habt.«

»Wir haben alles verloren«, sagte Conrad. »Decken, Töpfe, Proviant.«

»Das ist nicht schlimm«, erklärte Snoopy. »Einige unsere Leuten arbeiten schon an einem Ledergewand für die Dame. Das Kleid, das sie trägt, ist für dieses Leben nicht geeignet.«

»Das ist sehr freundlich«, sagte Diane. »Ich muß Euch noch um etwas anderes bitten, um eine Waffe. Ich habe meine Streitaxt verloren.«

»Ich kann Euch vielleicht ein Schwert verschaffen«, stellte Snoopy in Aussicht.

»Das wäre sehr gütig von Euch.«

Snoopy sagte brummend: »Ich weiß nicht, was das alles soll. Ihr sitzt in der Falle. Ich sehe keinen Ausweg. Wenn die Horde beschließt, gegen Euch vorzugehen, werdet Ihr wie Trauben zerquetscht.«

Duncan sah sich die Runde um das Feuer an. Das Zwergenvolk, das sich eng zusammengedrängt hatte, nickte geschlossen.

»Einen solchen Haufen Feiglinge hab' ich meiner Lebtag noch nicht gesehen«, sagte Conrad ärgerlich. »Ihr wollt Euch nicht einmal auf einen Versuch einlassen? Warum zieht Ihr nicht gleich ab? Wir kommen auch ohne Euch zurecht.«

Er drehte sich um und ging in die Dunkelheit hinein.

»Ihr müßt meinen Freund entschuldigen«, sagte Duncan. »Er kann sich nur schwer in eine Niederlage schicken.«

Hinter dem Feuer trat eine Gestalt zaghaft zwischen den Bäumen hervor, blieb einen Augenblick stehen und zog sich wieder zurück. Duncan eilte hinüber und blieb am Rand des Wäldchens stehen. Er rief leise: »Andrew, wo bist du? Was ist los mit dir?«

»Was wollt Ihr von mir?« fragte die Stimme Andrews mürrisch.

»Ich möchte mit dir reden. Du benimmst dich wie ein verzogenes Kind. Wir müssen der Sache auf den Grund gehen.«

Duncan machte ein paar Schritte in das Wäldchen hinein. Andrew ließ sich wieder sehen. Duncan trat vor ihn hin.

»Heraus damit!« sagte er. »Was macht dir Sorgen?«

»Ihr wißt, was mich bekümmert.«

»Ja, ich glaube schon. Reden wir also.«

Der Feuerschein drang nicht bis zu der Stelle, an der sie standen, und Duncan sah das Gesicht des Eremiten nur als hellen Fleck vor sich; er konnte den Gesichtsausdruck nicht erkennen.

»Ihr erinnert Euch an die Nacht, als wir in meiner Klause miteinander redeten«, sagte Andrew. »Ich erzählte Euch, wie sehr ich mich bemüht hatte, ein Eremit zu sein. Ich war bekümmert. Es ist nicht einfach für einen Mann, sich Jahre mit etwas zu beschäftigen und am Ende festzustellen, daß man versagt hat, daß der größte Teil des Lebens in Nichts zerronnen ist, daß alle Hoffnungen und Träume im Wind zerstoben sind.«

»Ja, ich erinnere mich«, erwiderte Duncan. »Ich denke, weil du dich für einen Versager hieltest, hast du sofort die Gelegenheit beim Schopf gepackt, ein Streiter des Herrn zu werden. Und wenn du wirklich einer bist, so hast du dich bis jetzt recht wacker geschlagen. Du hast keinen Grund, hier im Gebüsch zu sitzen und zu schmollen.«

»Aber Ihr versteht nicht.«

»Dann erkläre es mir«, sagte Duncan trocken.

»Begreift Ihr denn nicht, daß sich all das Starren in die Kerzenflammen am Ende ausgezahlt hat? Ich bin mir nicht sicher, ob ich ein Heiliger bin, wäre auch nie so vermessen, das zu behaupten. Aber ich habe Kräfte, die ich früher nicht hatte, Kräfte, die ich mir nie hätte träumen lassen. Mein Stab . . .«

»Darum geht es also«, unterbrach ihn Duncan. »Dein Stab hat die Kette des Dämonen zerschmettert, nachdem harte Schläge meines Schwertes nichts ausgerichtet hatten.«

»Ihr wißt sicher«, sagte Andrew, »daß der Stab allein die Kette nicht hätte sprengen können. Ihr wißt, die Antwort heißt, daß der Stab entweder Zauberkraft gewonnen hat, oder daß der Mann, der ihn schwang . . .«

»Ich bin deiner Meinung«, unterbrach ihn Duncan noch einmal. »Du mußt gewisse Kräfte haben, sonst hätte der Stab nicht so gewirkt. Aber eigentlich solltest du froh sein, sie zu besitzen.«

»Versteht Ihr denn nicht?« wimmerte Andrew. »Seht Ihr denn nicht, in welcher schrecklichen Lage ich bin?«

»Ich fürchte, ich kann dir nicht folgen.«

»Meine Kraft hat sich zum erstenmal bei der Befreiung eines Dämonen geäußert. Versteht Ihr nicht, wie mich das im Innersten zerreißt? Daß ich, der ich vielleicht ein heiligmäßiges Leben führe, meine Kraft zum erstenmal für einen Feind der heiligen Mutter Kirche einsetzte?«

»Ich weiß nicht«, sagte Duncan. »So schlimm kommt mir das Teufelchen gar nicht vor. Es ist zwar ein Dämon, aber doch ein höchst erfolgloser, der nicht einmal die einfachsten Aufgaben eines Lehrlings bewältigen konnte. Deshalb ist er doch aus der Hölle geflohen.«

»Ihr habt versucht, dem eine gute Seite abzugewinnen, Herr«, meinte Andrew, »und ich danke Euch für Eure Aufmerksamkeit. Ihr seid ungewöhnlich freundlich. Aber Tatsache ist, daß ich jetzt mit einem Makel behaftet bin.«

»Diese Art von Makel gibt es nicht«, sagte Duncan. »Das ist das Dümmste, was ich je gehört habe. Wer soll denn da sitzen und entscheiden, was Makel ist und was nicht?«

»Meine Seele hat Schaden genommen«, erklärte Andrew.

»Sag mir eins«, antwortete Duncan, »wieso hast du überhaupt deinen Stab geschwungen, als du gesehen hattest, daß mein Schwert versagte?«

»Ich war wie in einem Taumel. Irgendwie wollte ich nicht abseits stehen. Ich sah, daß Ihr und Conrad Euer Bestes gabt, und ich dachte mir, ich müßte ebenfalls tun, was ich nur konnte, obwohl mir das in diesem Augenblick gar nicht bewußt war.«

»Dir war nicht bewußt, daß du auf diese Weise dabei warst, dem Dämon zu helfen?«

»Ich weiß nicht. Ich habe noch nicht darüber nachgedacht. Ich nehme aber an, ich wollte ihm helfen. Und das bereitet mir noch mehr Seelenpein. Warum sollte ich einem Dämon helfen?«

Duncan legte dem Eremiten eine Hand auf die Schulter. »Du bist ein guter Mensch, Andrew. Besser, als du selbst weißt.«

»Wie das?« fragte Andrew. »Wie kann mich die Tatsache, daß ich einem Dämon geholfen habe, zu einem guten Menschen machen? Ich meine, es hat mich zu einem schlechteren gemacht. Ich habe einer Ausgeburt der Hölle geholfen, die sogar jetzt noch nach Schwefel stinkt.«

»Du hast einem geholfen«, sagte Andrew, »der die Hölle hinter sich gelassen hat, der sich von ihr losgesagt hat. Vielleicht aus falschen Gründen, aber immerhin losgesagt hat. So, wie du und ich uns von ihr losgesagt haben. Er ist auf unserer Seite. Er ist noch immer vom Bösen gezeichnet, aber jetzt ist er für unsere Sache.«

»Ich weiß nicht«, sagte Andrew unsicher. »Ich muß es mir durch den Kopf gehen lassen.«

»Komm mit mir ans Feuer. Mach es dir bequem, während du darüber nachdenkst. Wärm deine durchfrorenen Knochen ein wenig auf und iß etwas. Die Zwerge haben ein Wildragout gekocht, das unglaublich gut ist. Es ist noch genug für dich da.«

Duncan führte ihn zum Feuer, an dem er sich mit Snoopy unterhalten hatte. Diane saß neben Nan, und er brachte ihn zu den beiden.

»Hier ist ein hungriger Mann«, sagte er zu Nan. »Ist noch eine Schüssel Essen übrig?«

»Mehr als nur eine Schüssel«, entgegnete die Todesfee. »Mehr als er essen kann, und wenn er noch so hungrig aussieht.« Zu Andrew sagte sie: »Setz dich an die Glut, ich werde dir einen Napf holen.«

Duncan drehte sich um und suchte Conrad, konnte ihn aber nicht entdecken. Snoopy war ebenfalls nirgends zu sehen.

Der Mond war hoch am Himmel emporgestiegen. Es mußte fast Mitternacht sein. Sie würden sich bald niederlegen müssen, um noch genug Schlaf zu finden, denn bei Einbruch der Dämmerung mußten sie schon wieder auf den Beinen sein. Duncan wußte nicht, was sie dann zu tun hatten, aber ein Plan mußte auf jeden Fall so rasch wie möglich gemacht werden. Conrad hatte vielleicht etwas Neues erfahren, und es war wichtig, sich bald mit ihm zu besprechen.

Es war möglich, daß Conrad an ein anderes Feuer gegangen war. Duncan machte sich auf den Weg zum nächstgelegenen. Er war kaum hundert Schritte weit gekommen, als ihn aus einem dunklen Gebüsch heraus leise etwas anzischte. Er drehte sich rasch herum, legte die Hand an den Schwertgriff.

»Wer ist da?« fragte er.

Ein dunkler Schatten löste sich aus dem Gebüsch. Ein krummes Horn schimmerte im Mondlicht.

»Teufelchen, was machst du denn hier?«

»Ich habe auf Euch gewartet«, sagte der Dämon. »Ich habe Euch etwas mitzuteilen. Setzt Euch nieder, damit wir miteinander reden können.«

Der Dämon beugte sich vor und fuhr fort: »Ich habe Eure Gespräche gehört. Ihr seid in Schwierigkeiten.«

»Das ist nichts Neues«, sagte Duncan. »Wir sind immer in Schwierigkeiten.«

»Aber diesmal seid Ihr von gewaltigen Mächten umzingelt.«

»Das ist wahr.«

»Keine Fluchtmöglichkeit?«

»Das behaupten die Zwerge. Wir glauben ihnen nicht ganz.«

»Es gibt einen Weg durch den Sumpf«, sagte das Teufelchen.

Was ging vor? Was hatte das Teufelchen hier vor? Es war jahrhundertelang in der Burg eingesperrt gewesen. Was konnte es über den Sumpf wissen?

»Ihr glaubt mir nicht?« fragte der Dämon.

»Es fällt mir schwer. Woher willst du das wissen?«

»Ich hätte Euch gern von meinen Abenteuern erzählt, aber wir kamen nicht mehr dazu. Als ich aus der Hölle geflohen war, sprach es sich bei den Menschen herum, daß sich ein Dämon herumtreibe, ein Flüchtling, der nicht mehr unter dem Schutz Satans stand und den man frei jagen konnte. Man war erbarmungslos hinter mir her, und ich habe so den Sumpf kennengelernt. Hier am südlichen Ende des Sumpfes hielt ich mich jahrelang versteckt, bis ich glaubte, daß man mich vergessen und die Jagd nach mir aufgegeben hätte. Ich verließ also den Sumpf und war im Handumdrehen eingefangen.«

»Im Sumpf lauert jedoch der Tod«, sagte Duncan. »Das ist uns wenigstens gesagt worden.«

»Wenn man den Weg kennt . . .«

»Und du kennst ihn?«

»Ein Wassergeist hat ihn mir gezeigt. Ein bärbeißiger kleiner Kobold, der Erbarmen mit mir hatte. Man muß sehr vorsichtig sein, aber es ist zu machen. Es gibt gewisse Anhaltspunkte . . .«

»Es ist lange her, seit du im Sumpf warst. Dieser kann sich verändert haben.«

»Nein. Ich denke an bestimmte Inseln.«

»Gerade Inseln verändern sich. Sie können sich verschieben oder versinken.«

»Die Hügel senken sich in den Sumpf ab. Ein Teil von ihnen zieht sich im Sumpf weiter hin. Das sind die Inseln, von denen ich sprach. Sie sind fest und haben alle Zeiten überdauert. Sie sind aus Felsgestein und können nicht versinken. Unter dem Wasser sind sie durch Felskämme miteinander verbunden. Man folgt diesen Kämmen und gelangt so durch den Sumpf. Sie sind vom Wasser bedeckt und unsichtbar. Man muß genau wissen, wie sie verlaufen.«

»Ist das Wasser tief?«

»An manchen Stellen reicht es mir bis zum Hals, tiefer wird es aber nie.«

»Den ganzen Weg quer durch den Sumpf? Bis zum Westufer?«

»Genau, Herr. Ein verborgener Felskamm, ein Teil der alten Hügel. Es gibt jedoch gefährliche Stellen.«

»Und du kennst die gefährlichen Stellen?«

»Sicher. Ich habe ein gutes Gedächtnis.«

»Du würdest uns führen, uns den Weg zeigen?«

»Guter Herr«, sagte das Teufelchen, »ich bin in Eurer Schuld, und ich hatte nie geglaubt, sie bezahlen zu können. Wenn ich Euch durch den Sumpf führte, wäre ein Teil davon abgetragen. Solltet Ihr es annehmen wollen . . .«

»Wir nehmen es an«, sagte Duncan rasch. »Wenn der Lauf der Dinge es zuläßt . . .«

»Der Lauf der Dinge?«

»Vielleicht wird uns die Haupthorde der Verheerer den Weg abschneiden. Sie bewegt sich am Westufer des Sumpfes entlang. Wenn sie sich weiter nach Norden hinaufbewegt, können wir mit deiner Hilfe den Sumpf durchqueren und ihr entkommen.«

»Eines muß ich Euch noch sagen.«

»Ja?«

»Am westlichen Rand des Sumpfes erhebt sich eine feste Insel, die viel größer als die anderen ist. Sie wird von Drachen bewacht.«

»Von Drachen?«

»Auf der Insel«, sagte das Teufelchen, »befindet sich ein Ort der Klage. Dort wird die Welt bejammert.«

26

Diane, Meg und Nan saßen gemeinsam am Feuer, als Duncan zurückkehrte; sie waren von den anderen ein wenig abgerückt. Hinter Duncan kam das Teufelchen herbeigeschlurft. Andrew hatte sich am Boden ausgestreckt, sich mit einem Schaffell zugedeckt und schlief laut schnarchend. In Dianes Schoß lag etwas Langes, Dünnes, das von schwarzem Samt umhüllt war.

Meg sagte kichernd zu Duncan: »Ihr solltet Euch ansehen, was Diane da hat. Ihr solltet sehen, was Snoopy ihr gegeben hat.«

Sie zeigte auf den Samt.

Duncan sah Diane an. Ihre Augen funkelten im Licht des Feuers, und sie lächelte ihn an. Behutsam faltete sie den Samt auf und zeigte ihm, was sich in der Umhüllung befand.

Die blanke Klinge blitzte hell auf, und am Griff funkelten viele eingelassene Edelsteine.

»Ich sagte ihm, daß es zu prächtig für mich sei«, erklärte sie, »aber er bestand darauf, daß ich es annehme.«

»Es ist herrlich«, sagte Duncan.

»Die Zwerge hatten es viele Jahre in ihrer Obhut«, berichtete Nan. »Sie hätten sich nie denken lassen, daß dieser Schatz einmal einem Menschen übergeben werden könne.« Sie zuckte mit den Achseln. »Natürlich ist es für einen Zwerg oder sonst einen von uns zu schwer.«

Duncan ließ sich vor Diane auf die Knie nieder und streckte die Hand aus, um die Klinge zu berühren.

»Darf ich?« fragte er.

Sie nickte.

Der Stahl unter seinen Fingern war kalt und glatt. Er ließ seine Finger beinahe zärtlich die Schneide entlanggleiten.

»Duncan«, sagte Diane, »Duncan, ich habe Angst.«

»Angst?«

»Ich fürchte, ich weiß, was das für ein Schwert ist. Snoopy hat mir allerdings nichts gesagt.«

»Dann solltet Ihr ihn auch nicht fragen«, meinte Duncan.

Er nahm den Samt und wickelte das Schwert wieder hinein. »Ihr müßt es zudecken. Es ist sehr wertvoll. Die feuchte Nachtluft tut ihm nicht gut.«

Er sagte zu Meg: »Ich möchte dich etwas fragen. Vor einigen Tagen hast du uns von dem Jammern für die Welt erzählt. Viel hast du uns nicht gesagt. Kannst du uns noch mehr mitteilen?«

»Nicht mehr als das, was ich Euch damals schon sagte, Herr. Wir sprachen darüber, als wir die Klagelaute aus dem Sumpf hörten.«

»Du hast gesagt, es gibt mehr solche Orte, an denen gejammert wird, und daß sie vermutlich weit auseinanderliegen. Du nahmst anscheinend an, daß einer von ihnen im Sumpf zu finden ist.«

»So heißt es.«

»Wer jammert dort?«

»Frauen, Herr. Wer sonst jammert in dieser Welt? Es sind die Frauen, die Grund zum Jammern haben.«

»Weißt du, wie diese Klagefrauen heißen?«

Meg legte ihr Gesicht in Falten und versuchte nachzudenken. »Ich glaube, sie haben einen Namen, aber ich habe ihn wohl nie gehört.«

»Und du«, fragte Duncan Nan, »ihr Todesfeen seid doch groß im Klagen?«

»Ja«, erwiderte Nan, »aber wir bejammern nicht die ganze Welt. Wir haben schon genug mit denen zu tun, die es am nötigsten haben.«

»Vielleicht hat es die ganze Welt nötig, daß das Leid in ihr bejammert wird.«

»Ihr habt möglicherweise recht«, sagte die Todesfee, »aber wir klagen zu Hause, in der Gegend, mit der wir vertraut sind, für die einsame Witwe, die hungernden Kinder, die bedürftigen Alten, für die, denen der Tod etwas geraubt hat. Es gibt soviel zu bejammern, daß wir uns nur um die kümmern können, die wir kennen.«

»Ja«, meinte Duncan, »ich verstehe. Du weißt nichts über das Jammern, das der ganzen Welt gilt.«

»Nur, was Euch die Hexe berichtet hat.«

Jemand trat leise neben Duncan.

»Was ist mit diesem Jammern?« fragte Snoopy.

Duncan sah den Kobold an und sagte: »Der Dämon sagt, im Sumpf kann man Klagerufe hören.«

»Der Dämon hat recht«, nickte der Zwerg. »Ich habe es oft gehört. Was hat das aber mit uns zu tun?«

»Das Teufelchen sagte mir, daß man den Sumpf durchqueren kann. Es behauptete, den Weg zu kennen.«

Snoopy zog ein Gesicht. »Ich bezweifle es. Es hieß immer, der Sumpf sei unpassierbar.«

»Aber sicher weißt du es nicht?«

»Nein, sicher bin ich mir nicht. Niemand ist so dumm gewesen, es zu versuchen. Niemand hat je ein Boot in den Sumpf gesetzt, da es dort gefährliche Wesen gibt, die einen verschlingen können.«

»Dann siehst du hier einen vor dir, der so dumm sein wird«, sagte Duncan. »Ich habe die Absicht, es zu versuchen.«

»Ihr werdet verschlungen werden.«

»Man wird uns auf jeden Fall verschlingen. Du sagst, daß uns die Horde einschließt. Da bleibt uns nur der Weg in den Sumpf.«

»Aber der größte Teil der Horde befindet sich doch am westlichen Ufer?«

»Du hast gesagt, daß dir das Gespenst mitgeteilt hat, die Horde würde sich nach Norden bewegen? Wenn sie weit genug nach Norden zieht, ist der Weg für uns frei.«

»Der Teil der Horde, der uns umzingelt hat, kommt näher«, erklärte Snoopy. »Das Netz zieht sich zusammen. Im Osten bewegt sich etwas. Sie sind in einige unserer magischen Fallen gegangen.«

»Um so mehr Grund«, sagte Duncan, »es mit dem Sumpf zu versuchen. Und zwar so rasch wie möglich.«

»Wenn die Kräfte, die uns eingeschlossen haben, wissen, daß Ihr hier seid, und sie müssen es wissen, weil sie sich sonst nicht in Bewegung gesetzt hätten, dann weiß es der Hauptteil am anderen Ufer sicher auch.«

»Aber die Horde am Westufer kann nicht ahnen, daß wir versuchen werden, den Sumpf zu durchqueren.«

Snoopy machte eine ärgerliche Handbewegung. »Nur zu«, brummte er. »Macht, was Ihr wollt. Ihr tut das ja sowieso. Ihr hört nicht auf mich, habt nie auf mich gehört.«

»Tut mir leid«, sagte Duncan, »aber du weißt ja auch keinen Ausweg. Für uns ist der Sumpf ein Ausweg. Ich habe mich zur Durchquerung entschlossen. Der Dämon wird mit mir kommen und mir den Weg zeigen. Conrad wird sicher auch mit mir ziehen.«

»Ich ebenfalls«, sagte Diane leise. Sie wandte sich an Snoopy: »Du hast von Ledersachen für mich gesprochen. Wann werden sie fertig sein? In diesem Kleid kann ich nicht gut in den Sumpf hinein.«

»Beim ersten Morgenlicht«, erwiderte Snoopy. »Unsere Leute arbeiten schon die ganze Nacht daran.«

»Beim ersten Morgenlicht können wir noch nicht fort«, sagte Duncan, »obwohl ich sehr dafür wäre. Wir müssen aber erst den Greifen suchen.«

»Es ist nachts schon gesucht worden«, erklärte Snoopy. »Man hat ihn nicht aufgespürt. Die Gegend wird im Morgengrauen noch einmal durchgekämmt. Wir haben aber kaum Hoffnung, ihn zu finden. Er war zu fest mit der Burg verbunden. Er war im Dienst der Zauberer alt geworden und hatte vielleicht nicht den Wunsch, den Einsturz der Burg zu überleben. Ich glaube, daß Milady unserer Ansicht ist.«

»Ja«, sagte Diane. »Ich werde aber auch ohne Hubert mitkommen.«

»Ihr könntet auf Daniel sitzen«, schlug Duncan vor.

»Nein, Daniel ist Euer Pferd.«

»Ich komme auch mit«, sagte Nan. »Vor dem Sumpf habe ich keine Angst, da ich über ihn hinwegflattern kann. Ich kann Euch helfen, das Land auszuspähen.«

»Und da ich dies Abenteuer zusammen mit Euch angefangen habe«, sagte Snoopy, »könnt Ihr mich nicht ausschließen.«

»Das ist nicht nötig. Du hast kein großes Vertrauen in unseren Plan und bleibst lieber hier, um deine Leute zu leiten«, sagte Duncan, den guten Snoopy zur Abwechslung wieder einmal duzend. Dies war überhaupt eine Schwäche von ihm, auch im Umgang mit anderen.

»Ich muß sie nicht leiten«, teilte ihm Snoopy mit. »Ich habe sie eigentlich nie geleitet. Ich habe herumsagen lassen, daß wir uns versammeln sollten. Und sie kamen, als ginge es um einen Ausflug, ein kleines Abenteuer. Großen Gefahren werden sie sich nicht aussetzen. Sie sind alle weise und rennen beim ersten Anzeichen von Gefahr davon. Um Euch die Wahrheit zu sagen, sie streben jetzt schon in alle Richtungen auseinander. Wenn Ihr fort seid, werden sie auch verschwunden sein.«

»Warum bist du dann nicht so vernünftig wie sie und ziehst mit ihnen? Wir freuen uns, daß du daran denkst mitzukommen, aber . . .«

Snoopy unterbrach ihn ärgerlich: »Ihr würdet mich um eine Sache betrügen, über die ich jahrelang reden kann. Die anderen werden um mich herumsitzen und an meinen Lippen hängen. Das Leben der Zwerge ist recht langweilig. Wir haben nur selten Gelegenheit, tollkühne Dinge zu tun. Die wenigsten von uns haben die Möglichkeit, einmal etwas Heldenhaftes zu vollbringen. Das war anders, bevor ihr Menschen kamt und uns das Land wegnahmt.«

»Nun gut«, sagte Duncan, »wenn es so ist, werden wir deine Gesellschaft zu schätzen wissen. Ich muß dich aber warnen. Irgendwo auf dem Weg werden wir es mit Drachen zu tun bekommen.«

»Von Drachen halte ich soviel«, sagte Snoopy und schnippte mit den Fingern.

In der Dunkelheit knackten Zweige, und Conrad glitt in den Feuerschein. Er zeigte mit dem Daumen nach oben. »Schaut, wen ich mitgebracht habe.«

Sie sahen alle auf und erblickten das Gespenst, das herabschwebte, um sich bei ihnen niederzulassen.

»Ich hatte Euch aufgegeben, Herr«, sagte es zu Duncan. »Ich habe Euch die ganze Zeit gesucht und nicht die kleinste Spur von Euch entdeckt. Noch während meiner Suche hielt ich mich an meinen Auftrag und behielt die vielen Gruppen der Horde im Auge, und da ich Euch nicht mehr fand, gab ich meine Berichte an Snoopy weiter. Er wußte so wenig wie ich, was aus Euch geworden war, hatte aber den Verdacht, daß Euer Verschwinden etwas mit dem Burghügel zu tun haben müsse, und das ist mir jetzt von Conrad bestätigt worden, auf den ich vor kurzem gestoßen bin ...«

»Einen Augenblick«, unterbrach Duncan. »Ich möchte dich fragen, was du weißt.«

»Ich weiß allerdings etwas. Zuerst möchte ich aber von Euch etwas wissen, von dem mein Seelenfrieden abhängt, und zwar, ob Ihr trotz der vielen Unterbrechungen immer noch vorhabt, nach Oxenford zu ziehen. Ich habe noch die Hoffnung, dorthin zu gelangen, da ich, wie Ihr wißt, eine Reihe Fragen habe, die ich den weisen Männern dort vorlegen möchte.«

»Ja«, erwiderte Duncan. »Wir wollen weiter nach Oxenford ziehen. Doch jetzt meine Frage: Wie steht es mit dem Teil der Horde, der das Westufer des Sumpfes entlang nach Norden strebt?«

»Er zieht weiter nach Norden«, sagte der Geist, »und er bewegt sich jetzt schneller.«

»Keine Anzeichen, daß er eine Pause einlegen will?«

»Keines. Er bewegt sich weiter nach Norden.«

»Das gibt den Ausschlag«, sagte Duncan zufrieden. »Wir machen uns morgen auf den Weg.«

27

Als sich der erste Morgenschimmer am Himmel zeigte, suchten sie noch einmal nach Hubert. Es waren inzwischen sehr viel weniger Zwerge bei ihnen; bei der Suche machte der Rest jedoch eifrig mit. Als sie ergebnislos abgebrochen wurde, verschwanden sie aber alle spurlos.

Duncan und Conrad riefen ihre Gruppe zusammen, um aufzubrechen. Sie zogen in loser Ordnung und nicht wie früher in einer Reihe durch das offene Land, das nur gelegentlich von Baumgruppen und Buschwerk bewachsen war. Der Himmel war anfänglich klar, aber dann schoben sich dichte Wolken vor die Sonne.

Sie waren kaum eine Stunde gegangen, als sie zum erstenmal schwache Klagelaute hörten. Sie kamen aus weiter Ferne, klangen aber deutlich nach Einsamkeit und Hoffnungslosigkeit, als würde die Ursache dieses Jammerns in alle Ewigkeit weiterbestehen. Diane, die neben Duncan ging, begann zu zittern.

»Das geht einem durch Mark und Bein«, sagte sie.

»Ihr hört es zum ersten Mal?« fragte er.

»Nein, ich habe es schon öfter gehört, nie sonderlich darauf geachtet. Aus dem Sumpf dringen oft die merkwürdigsten Geräusche heraus. Ich hatte keine Ahnung, was das ist.«

»Die Zauberer wußten es doch sicher?«

»Mir haben sie nichts gesagt. Von meiner Suche nach Wulfert abgesehen, habe ich die Burg nur sehr selten verlassen.«

Sie trug das Schwert, das Snoopy ihr gegeben hatte, ungeschützt in der Hand, da sie keine Scheide dazu erhalten hatte. Sie beschrieb mit der Klinge einen kleinen Kreis in der Luft, und das Metall blitzte selbst in den düsteren Wolkenschatten hell auf.

Sie waren die flache Flanke eines Hügels hinaufgezogen und erreichten jetzt ihren Scheitel. Sie blieben dicht beieinander stehen und blickten nach Westen, wo der Sumpf als schmaler, bläulicher Streifen zu sehen war. Am Fuß des Hügelausläufers lag zwischen ihnen und dem Sumpf ein dünner Streifen Wald, der sich das ganze Ufer entlang erstreckte. Das Teufelchen drängte sich an Duncan heran und zupfte ihn am Ärmel.

»Was willst du?« fragte Duncan.

»Der Waldstreifen.«

»Was ist mit ihm?«

»Der war früher nicht da. Als ich das letzte Mal hier war, gab es ihn noch nicht. Das Land senkte sich ohne Unterbrechung bis zum Sumpf hin ab.«

»Das ist doch schon lange her«, meinte Conrad.

»Ein paar Jahrhunderte«, sagte Diane. »Er war sehr lange in der Burg angekettet.«

»In ein paar Jahrhunderten kann der Wald dort gewachsen sein«, erklärte Duncan.

»Oder er erinnert sich nicht mehr genau«, sagte Conrad.

Andrew stieß seinen Stab heftig auf den Boden und knurrte: »Achtet nicht auf diese Ausgeburt der Hölle. Sie will uns nur in Schwulitäten bringen.«

»Meg«, fragte Duncan, »weißt du etwas über diesen Wald?«

»Wie denn?« antwortete sie. »Ich bin zum ersten Mal hier.«

»Ich finde es in Ordnung, wie er aussieht«, sagte Conrad. »Und ich rieche es immer zuerst, wenn etwas nicht stimmt. Das ist ein ganz gewöhnlicher Wald.«

»Ich kann auch nichts Ungewöhnliches an ihm bemerken«, erklärte Snoopy.

»Ich sage euch«, kreischte das Teufelchen, »daß er früher nicht hier war.«

»Wir werden uns vorsichtig weiterbewegen«, sagte Conrad. »Wir werden die Augen offenhalten. Es ist klar, daß wir durch den Wald müssen, wenn wir zum Sumpf wollen.«

Duncan blickte auf das Teufelchen nieder, das dicht neben ihm stand, die Hand erhoben, als wolle es ihn noch einmal am Ärmel zupfen. In der anderen Hand hielt es einen langen Dreizack, dessen Spitzen sehr scharf waren und Widerhaken hatten.

»Wo hast du den her?« fragte Duncan.

»Den Dreizack habe ich ihm gegeben«, sagte Snoopy. »Er gehörte einem Kobold, den ich kenne, dem er aber zu schwer und zu unhandlich war.«

»Er meinte, er würde gut zu mir passen«, sagte das Teufelchen. »Er spielte sicher auf Darstellungen des Teufels an, wie er arme Seelen mit einer Mistgabel ins Höllenfeuer schaufelt.«

Duncan brummte nur: »Gehen wir weiter.«

Ein schmaler Pfad, der augenscheinlich nicht oft benutzt wurde, schlängelte sich den sanften Abhang hinab auf den Waldrand zu. Aus der Nähe sah der Wald wie jeder andere auch aus. Die Bäume standen dicht beieinander, und ihr Geäst bildete eine undurchdringliche Wand. Der schmale Pfad lief in den Wald hinein und war in dem Dickicht doch breit genug, um ein müheloses Fortkommen zu ermöglichen.

»Bist du dir ganz sicher«, fragte Duncan das Teufelchen, »daß es den Wald früher nicht gegeben hat?«

Das Teufelchen hob seinen Klumpfuß und kratzte sich damit den etwas mißgestalteten Huf am anderen Bein.

»Ich bin mir ziemlich sicher«, sagte es. »Ich glaube, ich täusche mich nicht.«

»Wir müssen auf jeden Fall durch ihn hindurch«, meinte Conrad wieder, »wenn wir den Sumpf erreichen wollen.«

»Das ist richtig«, pflichtete Duncan bei. »Conrad, du und Tiny, ihr übernehmt wie immer die Spitze. Der Pfad ist so eng, daß wir hintereinander gehen müssen. Diane und ich werden nach hinten sichern. Laß Tiny nicht zu weit vorauslaufen.«

Meg ließ sich von Daniels Rücken herab.

»Bleib lieber oben«, sagte Conrad zu ihr. »Wir gehen gleich weiter.«

»Ich darf das Streitroß nicht behindern«, erwiderte sie. »Wer weiß, was auf uns wartet. Und den Weg durch dieses kleine Waldstück werde ich schon alleine schaffen.«

»Ich werde mich neben ihr halten«, sagte Andrew, »und ihr helfen.«

»Besten Dank«, sagte Meg. »Es geschieht nicht oft, daß einem alten Weib wie mir Begleitung angeboten wird.«

»Meg«, fragte Duncan, »ist hier etwas nicht in Ordnung?«

Die Hexe schüttelte den Kopf. »Alles in Ordnung, Herr. Der Pfad ist nur sehr eng.«

Duncan gab Conrad ein Zeichen, und Tiny und er machten sich auf den Weg. Die anderen folgten in einer Reihe. Den Schluß bildeten Diane und Duncan, vor ihnen ging das Teufelchen, das den Dreizack wie einen Wanderstab benutzte.

Der Wald wirkte düster mit seinen Pflanzen am Boden, die der erste Frost schon berührt hatte — nichts Ungewöhnliches im Herbst. Die meisten Bäume waren Eichen, dick und knorrig, dazwischen fanden sich auch Gruppen anderer Gewächse. Duncan hielt den Pfad für einen Wildwechsel, den sich wohl Rehe durch den Wald gebahnt hatten. Im Wald war es sehr still. Nicht ein Blatt raschelte. Das kam Duncan seltsam vor, da das Blattwerk selten ganz lautlos war. Selbst an einem windstillen Tag raschelten manchmal im Wald ein paar Blätter. Die Stille im Waldstück ließ auch die Leute schweigsam werden, die ihn jetzt betraten.

Der Pfad schlängelte sich durchs Dickicht, wich umgestürzten Bäumen aus.

Duncan blieb stehen und blickte auf den Pfad hinter ihm zurück. Er hatte ein merkwürdiges Kribbeln zwischen den Schulterblättern gespürt, als werde er beobachtet. Niemand war zu sehen. Das kleine Stück des Pfades, das er überblicken konnte, war leer, und nichts wies darauf hin, daß sich irgendein Wesen in der Nähe befand.

Er sagte sich, daß das Gefühl wohl dem Verdacht entsprang, daß das ganze Gelände, das vom Zwergenvolk besetzt gehalten worden war, jetzt von Haarlosen und anderen Mitgliedern der Horde wimmelte, die endlich zuschlagen wollten. Das Zwergenvolk war sicher schon in alle Winde verstreut.

Die magischen Fallen, die von den Zwergen aufgestellt worden waren, würden die Horde wohl einige Zeit aufhalten, bestenfalls aber nur Stunden. So gefährlich und heimtückisch die Fallen auch sein mochten, dem kräftigeren und gerisseneren Zauber der Horde konnten sie nicht lange standhalten. Am Ende waren sie wohl kaum mehr als kleine, lästige Störungen.

Er faßte nach seiner Gürteltasche, spürte rund und hart den Talisman Wulferts, das weich nachgebende Manuskript, hörte, wie dessen Blätter knisterten.

Er warf einen letzten Blick auf den Pfad hinter sich, drehte sich um und beeilte sich, Diane einzuholen. Dabei hörte er zum ersten Mal, seit sie den Wald betreten hatten, wieder das ferne, schwache Klagen. Es schien, weiter weg als zuvor zu sein, war kaum mehr als ein Wispern, das sich im dichten Gewirr der Bäume verlor.

Das Dickicht wurde plötzlich lichter, und vor ihm tat sich eine kleine, beinahe kreisförmige Lichtung auf. Die Gruppe war in der Mitte der Lichtung stehengeblieben. Als Duncan auf sie zutrat, blickte er in die Runde und stellte fest, daß der kreisförmige Waldrand von dickeren Bäumen umstellt war, als er sie bis jetzt im Gehölz gesehen hatte. Die Stämme waren riesig, und sie wuchsen fast unmittelbar nebeneinander aus der Erde. Sie schickten dicht über dem Boden schwere Äste aus, die so ineinander verwoben waren, daß an ein Durchkommen nicht zu denken war.

Duncan ging rasch zu Conrad. »Warum halten wir an?« fragte er ihn. »Warum gehst du nicht weiter. Wir müssen zum

Sumpf.«

»Der Pfad endet hier«, antwortete Conrad. »Er mündet in die Lichtung, findet aber auf der anderen Seite keine Fortsetzung.«

»Und jetzt«, sagte Andrew und stieß seinen Stab verzweifelt und verängstigt in die Erde, »ist der Pfad, auf dem wir gekommen sind, auch verschwunden.«

Duncan fuhr herum und blickte in die alte Richtung zurück und sah, daß Andrew recht hatte. Die Bäume hatten sich irgendwie bewegt und die Lücke geschlossen.

»Wir könnten uns mit größter Mühe durchzwängen, obwohl Daniel es bestimmt nicht leicht haben wird. So wie wir kann er nicht auf allen vieren kriechen. Wir werden ihm den Weg freihauen müssen. Wir werden nur langsam vorwärtskommen.«

Meg kam herbeigeschlurft. »Das ist Zauberei«, sagte sie, »und zwar eine äußerst täuschende. Wäre sie nicht so schlau angelegt, hätte ich etwas gemerkt.«

Snoopy sprang wütend auf und ab. »Die verflixten Gnome sind es gewesen!« heulte er. »Ich habe ihnen immer wieder gesagt, daß vor dem Sumpf keine Fallen aufgestellt werden sollen, da sich dort niemand von der Horde aufhält. Gnome sind hochnäsig und hören nie zu. Sie haben diese schwierige Falle eingerichtet, um die Horde festzuhalten, und wir haben uns jetzt in ihr gefangen. Und die Gnome sind wie alle anderen verschwunden und können die Falle für uns nicht mehr aufmachen.«

»Bist du dir sicher?« fragte Duncan.

»Ja, das bin ich mir. Ich kenne die Gnome und ihren Eigensinn, ihre Begabung für die Zauberei . . .«

Das Geräusch flatternder Flügel unterbrach ihn, und alle schauten in die Höhe, um zu sehen, wer sich nähere. Es war Nan, die mit heftigen Flügelschlägen ihre Geschwindigkeit abbremsen und sich im Gleichgewicht halten wollte. Sie landete ungeschickt und fiel vornüber. Kaum war sie wieder auf den Beinen, rannte sie rasch zu ihnen.

»Die Horde rückt näher!« rief sie schrill. »Sie ist auf dem Weg, kommt den Hang herab und nähert sich dem Waldstreifen!«

»Was machen wir jetzt?« keuchte Andrew.

»Wir hören mit unserem Geschwätz auf«, sagte Conrad grob, »und erinnern uns, daß wir Streiter des Herrn sind.«

»Ich bin nicht sein Streiter!« schrie das Teufelchen. »Aber wenn es zum Kampf kommt, werde ich mich daran beteiligen!«

»Hoffen wir nur«, sagte Duncan, »daß der Zauber der Gnome bei der Horde die Wirkung tut, die er uns gegenüber hat und ...«

Er unterbrach sich mitten im Satz und starrte auf die Bäume. »Mein Gott«, flüsterte er. »Seht euch die Bäume an.«

Die Bäume verwandelten sich in Ungeheuer mit Gesichtern, Armen, Händen, Fingern. Dicke Lippen säumten breit klaffende Mäuler, von denen viele zahnlos waren, einige nicht. Knollige Nasen formten sich, kleine, bösartige Augen begannen zu blitzen. Jetzt raschelten die Blätter, während Äste und Zweige zu ungeheuren Armen und Händen wurden, die sich plötzlich wie wild regten, nach Opfern greifen wollten, um sie zu ersticken.

»Diese idiotischen Gnome«, zeterte Snoopy, »haben keinen Anstand im Leib. Ihr Zauber kann nicht zwischen Freund und Feind unterscheiden.«

Aus der Ferne drangen gedämpfte Schreie zu ihnen, offenbar vom Waldrand.

»Das sind die Haarlosen«, sagte Conrad. »Sie sind mit den Bäumen in Berührung gekommen.«

»Meg, kannst du nichts tun?« rief Duncan der Hexe zu. »Hast du keine Zaubersprüche, die diesen Bann aufheben können?«

Andrew ging auf die Bäume zu, die den Weg zum Sumpf versperrten, schlug mit seinem Stab auf sie ein und begann lateinische Verse zu singen, im schrecklichsten Latein, das man je gehört hatte.

»Hör auf!« schrie ihn Duncan an. Und Meg fragte er noch einmal: »Kannst du gar nicht helfen?«

»Ich kann es versuchen«, entgegnete Meg. »Viel Kraft habe ich altes Weib aber nicht.«

»Ja, das weiß ich«, sagte Duncan.

Meg meinte scheu: »Vielleicht kann ich zusammen mit Andrew etwas ausrichten.«

Ein dünner Nebelstreifen schob sich auf der anderen Richtung zwischen den Bäumen hervor. Conrad trat zu Duncan und Diane und sagte: »Das ist der Nebel der Horde. Ihr kennt ihn vom Kampf vor dem Burghügel. Er riecht genauso.«

»Die Horde versucht, durch den Wald zu dringen«, erklärte Diane. »Vielleicht wird sie eine Weile aufgehalten, lange aber sicher nicht. Snoopy hat uns ja gesagt, daß die Horde von den Fallen nicht wirklich in Schach gehalten werden kann.«

Snoopy sagte: »Diese hier wird ein wenig länger als die anderen halten. Die wahnsinnigen Gnome waren mit dem Herzen bei der Sache. Sie haben sich dort die größte Mühe gegeben, wo es gar nicht nötig war. Hätten sie es nicht getan, wären wir jetzt schon am Sumpf.«

»Vielleicht kann uns Meg einen Pfad freihexen«, schlug Conrad vor.

In dem Waldstück, durch das sie gezogen waren, wurde anscheinend angestrengt gekämpft. Die Bäume schüttelten sich wild und schlugen mit den Ästen um sich. Die Mäuler in den Stämmen waren weit geöffnet, als wollten sie schreien.

»Die Haarlosen versuchen durchzubrechen«, sagte Conrad. »Und es gelingt ihnen auch.«

Er packte seine Keule und ging rasch an den Rand der Lichtung.

Über den Baumwipfeln tauchte eine schwarze, flatternde Gestalt auf, die sich auf sie stürzte. Zwei Köpfe reckten sich ihnen mit zahnbewehrten Mäulern entgegen, und die Flügel waren mit scharfen Klauen versehen.

»Aufgepaßt!« schrie Conrad.

Diane sprang zur Seite, als das flatternde Ding über ihr schwebte. Sie riß ihr Schwert hoch und schlug zu. Ein Flügel fiel schwerfällig zu Boden. Das Geschöpf taumelte nieder, stürzte Duncan ins Schwert, der ihm einen der Köpfe abtrennte. Das Geschöpf wälzte sich am Boden, bis ihm Conrad mit seiner Keule den Garaus machte.

Duncan schickte einen raschen Blick in die Höhe und sah ein zweites flatterndes Scheusal über der Lichtung schweben, doch kaum hatte er es entdeckt, schwebte es über die Baumwipfel zurück.

Dann sah er, daß Meg und Andrew Seite an Seite am Rand der Bäume standen. Andrew schüttelte wütend seinen Stab und sang sein Latein heraus, während Meg die Arme in kabbalistischen Gesten bewegte und in ein schrilles Singen verfallen war, wie es Duncan von einer menschlichen Zunge noch nie gehört hatte.

Der Nebel drang jetzt in dichteren Schwaden auf die Lichtung vor. Die Bäume bogen sich, als fahre ein wilder Sturm über sie hin, und ihre Arme und Hände versuchten verzweifelt, etwas Unsichtbares zu fassen. Gelegentlich drangen spitze Schreie aus dem Wald, die ebenso plötzlich wieder verstummten. Ein riesiger Ast mit Dutzenden von Händen fuhr in die Höhe. Er hielt den verdrehten, zerbrochenen Leib eines Haarlosen. Ein zweiter

Haarloser taumelte zwischen den Bäumen hervor.

Duncan sprang ihm entgegen, doch Conrad kam ihm zuvor. Er ließ seine Keule niedersausen und zerschmetterte dem Haarlosen den Schädel. Ein Angreifer nach dem anderen tauchte jetzt am Rand der Lichtung auf. Sie waren durch das Dickicht gebrochen und stürmten los.

Duncan sah einen hocherhobenen Arm mit einer Keule, wehrte ihn instinktiv mit dem Schwert ab. Es trennte den Arm vom Rumpf, und die fallende Keule streifte leicht seine Schulter. Neben sich bemerkte er Diane mit ihrer blitzenden Klinge. Ein Haarloser stürzte sich auf ihn, und er wich zur Seite aus und stieß ihm sein Schwert in den Hals. Hinter ihm tauchte sofort ein zweiter auf, und diesmal hätte er der niedersausenden Keule nicht mehr entgehen können, wenn nicht wirbelnde Hufe über seiner Schulter aufgetaucht wären und den Haarlosen niedergetrommelt hätten. Daniels Gewicht drückte Duncan zu Boden. Auf Händen und Knien unter dem Pferd hervorkriechend, sah Duncan, daß Conrad ebenfalls zu Boden gegangen war und mit schlaff herabhängendem rechtem Arm von einem Haarlosen fortkriechen wollte, der die Keule schon zu einem vernichtenden Schlag erhoben hatte. Duncan sprang auf, rannte los und wußte dabei schon, daß er zu spät kommen würde. Wie aus dem Nichts tauchte aber zwischen Conrad und dem Haarlosen eine dunkle, kurze, untersetzte Gestalt auf und stieß dem Angreifer den Dreizack in die Kehle.

Andrew stieß einen Schrei aus. »Ein Pfad! Wir haben einen Pfad!«

Der Haarlose wich zurück, und das Teufelchen mühte sich mit aller Kraft, seinen Dreizack aus ihm herauszureißen. Dicht neben Conrad ließ Tiny von einem Haarlosen ab, den sie erledigt hatte, und machte sich zu einem neuen Angriff bereit.

Im Augenblick schien es aber keine Haarlosen mehr zu geben. Es zeigten sich keine mehr. Der Nebel quoll noch immer aus dem Wald, und die Bäume schlugen weiter um sich. Die Haarlosen jedoch, welche die Zauberfalle durchbrochen hatten, lagen tot oder sterbend am Boden.

Andrew rief von neuem: »Wir haben einen Pfad!«

»Alle zum Pfad!« schrie Duncan. »Lauft alle weg!«

Er sprang rasch zu Conrad, packte den schweren Mann und half ihm auf die Beine. Conrad versuchte verzweifelt, seine im Gras liegende Keule an sich zu nehmen. Er packte sie mit der

Linken und stolperte vorwärts. Der rechte Arm hing kraftlos herab. Duncan drehte seinen Gefährten mit aller Kraft herum.

»Andrew hat einen Pfad freibekommen«, sagte er zu ihm. »Lauf hinüber.«

Tiny sprang herbei, wurde aber von Teufelchen weggedrängt, das seinen Dreizack endlich freibekommen hatte und sagte: »Hier, Conrad, lehn dich an mich.«

Duncan nahm Conrad die Keule aus der Hand. »Ich trage sie. Stütz dich auf den Dämonen. Er ist stark genug. Er kann dir helfen.«

»Ich brauche keine Hilfe«, knurrte Conrad.

»Aber ja, zum Teufel!« rief Duncan.

Conrad stützte sich mit der Linken auf Teufelchens Schulter und humpelte los.

Duncan fuhr herum. Er sah, wie Diane Daniels Mähne faßte und das große Pferd über die Lichtung zum Pfad führte. Drüben trieb Snoopy den Esel am Waldrand entlang.

Duncan warf einen letzten Blick zurück. Die Bäume bewegten sich noch immer heftig, und zwischen den Stämmen quoll weiter Nebel heraus. Es waren jedoch keine Haarlosen mehr zu sehen.

Duncan wußte, daß sie rasch fort mußten. Der Zauberwald der Gnome hielt dem Ansturm der Horde vielleicht nicht mehr lange stand, und dann würde sie über die kleine Gruppe herfallen.

Duncan hoffte nur, daß sie genug Zeit haben würden, den restlichen Wald zu durchqueren und an den Sumpf zu gelangen.

Er spürte eine Hand auf seinem Arm. »Kommt, Duncan«, sagte Diane. »Die anderen sind alle schon auf dem Pfad.«

Er drehte sich wortlos um und folgte ihr.

Der Pfad war schmal. Daniel wird Schwierigkeiten haben, dachte sich Duncan. Vor ihm hörte er die anderen, die sich einen Weg durch das Gestrüpp bahnten. Snoopy hatte nicht recht gehabt. Die Falle der Gnome hielt die Horde auf, gab aber Megs Hexerei und Andrews lateinischen Sprüchen nach. Hinter Duncan schloß sich das Dickicht wieder, rückten dicke Bäume auf den Pfad, verwoben sich wieder Äste und Zweige ineinander.

Zu Diane sagte er: »Rennen wir los!«

Vor ihnen zeigte sich offener Himmel, und einen Augenblick später lag der Wald hinter ihnen. Die anderen liefen vor ihnen den flachen Abhang zum Sumpf hinunter, an der Spitze das Teufelchen. Am Ufer blieb es stehen, blickte hierhin und dorthin und suchte nach Anhaltspunkten. Dann rannte es ein Stück am Ufer entlang und stürzte sich ins Wasser. Die Gruppe folgte ihm.

Diane und Duncan erreichten das Ufer und stiegen ins Wasser, das ihnen kaum über die Knöchel ging. Beim Weitergehen wurde es stellenweise tiefer, reichte aber nie höher als bis an die Knie. Vor ihnen lag eine kleine, felsige Insel, und die ersten kletterten über diese hinweg und waren nicht mehr zu sehen. Wenig später hatten auch Diane und Duncan die Insel erreicht und stiegen über die Felsen auf die andere Seite, wo die Gruppe auf sie wartete. Daniel stand zwischen Felsen im Wasser und war so vom Land her nicht zu sehen.

Das Teufelchen faßte die beiden an den Händen und zog sie zu sich herab. »Wir verstecken uns hier«, sagte er. »Wenn uns die Horde nicht sieht, wird sie vermutlich nicht versuchen, den Sumpf zu betreten. Sie weiß nicht, daß man ihn durchqueren kann.«

Wieder konnten sie die Klagelaute hören. Snoopy kroch die Felsen hinauf und legte sich neben Duncan. »Diese verrückten Gnome«, sagte er, »wissen gar nicht, wie gut ihre Falle ist. Selbst die Hexe ist auf den Zauber hereingefallen. Und der Wald steht noch immer.«

Kaum hatte er es gesagt, war der ganze Wald wie weggeblasen. Der Hang, den er bedeckt hatte, lag, von einer zerstreuten Gruppe Haarloser und einer Nebelwand abgesehen, nackt vor ihnen.

Die Haarlosen blieben am Ufer stehen, starrten über das Wasser und rannten dann aufgeregt hin und her wie Hunde, welche die Spur verloren haben. Nach einiger Zeit machten sie kehrt und verschwanden in der Nebelbank, die sich dann auch langsam zu verflüchtigen begann.

»Wir warten hier, bis es Abend wird«, sagte das Teufelchen. »Lange mag es nicht mehr dauern. Die Sonne wird bald untergehen. Dann machen wir uns auf den Weg. Hier draußen wird es nie richtig dunkel, weil das Wasser immer irgendwelches Licht zurückwirft.«

Conrad saß zusammengesunken auf einem Felsen am Rand der Insel und hielt den verletzten Arm dicht an den Körper gepreßt. Duncan ging zu ihm.

»Zeig mir den Arm«, sagte er.

»Er tut verdammt weh«, erklärte Conrad, »aber gebrochen ist er, glaube ich, nicht. Mich hat eine Keule unterhalb der Schulter erwischt.«

Der Oberarm war so geschwollen, daß die Haut dunkel glänzte. Duncan drückte die Stelle sanft, und Conrad zuckte zusammen.

»Du hast Glück gehabt«, sagte Duncan, »er ist nicht gebrochen.«

»Er braucht eine Schlinge«, meinte Diane.

Sie faßte in die Tasche ihres neuen Lederwamses und zog das dünne grüne Kleid hervor, das sie in der Burg getragen hatte.

»Wir können das hier dazu hernehmen«, sagte sie.

Duncan legte die Keule neben Conrad ab. »Hier ist deine Waffe.«

»Danke«, sagte Conrad. »Ich hätte sie nicht gern zurückgelassen. Gutes Holz und bestens durchgetrocknet. Ich habe sie viele Stunden geglättet.«

Diane machte aus dem Kleid rasch eine Schlinge, legte sie um Conrads Arm und band sie ihm um die Schulter.

Sie lachte fröhlich. »Ein bißchen zuviel Stoff. Er wird sich an Euch wie ein Umhang ausnehmen, damit müßt Ihr Euch abfinden. Zerreißen will ich es nicht. Vielleicht kann ich es eines Tages wieder brauchen.«

Conrad grinste sie an.

»Bestimmt sind alle hungrig«, meinte er. »Beauty steht unten neben Daniel. Jemand sollte ihr die Bündel abnehmen. In ihnen findet sich etwas zu essen.«

»Gekocht wird aber nichts«, befahl Duncan, »damit uns kein Rauch verrät.«

Als der Abend hereinbrach, saßen Duncan und Diane auf einem Felsen am Wasser. Sie schwiegen lange. Schließlich sagte Diane: »Duncan, das Schwert, das Snoopy mir gegeben hat, ist seltsam.«

»Ihr seid es nur nicht gewohnt.«

»Nein, nein. Mir kommt es vor, als würde mir jemand helfen, als werde es von einem anderen Arm als dem meinen geschwungen.«

»Das bildet Ihr Euch ein.«

Sie schüttelte den Kopf. »Das glaube ich nicht. Es gab einmal ein Schwert, das in den See geworfen wurde . . .«

»Das genügt«, unterbrach Duncan sie. »Keine weiteren Phantastereien.«

»Duncan, ich fürchte mich.«

Er legte einen Arm um sie, zog sie fest an sich. »Es ist schon gut«, sagte er. »Alles ist gut.«

28

Duncan war, als bewege er sich durch eine blaue Traumlandschaft. Kaum Helligkeitsunterschiede, nur sanfte Farbtöne in der flachen Wasserlandschaft. Sie bewegten sich schon seit Stunden durch das Wasser, folgten einander dicht auf den Fersen, damit keiner von dem schmalen Felskamm unter dem Wasser abkam, über den sie vom Teufelchen an der Spitze der Reihe geführt wurden.

Der Mond stand milchig am Himmel, und neben ihm konnten sich nur wenige Sterne behaupten, doch das ruhige Wasser des Sumpfes spiegelte jeden Lichtfunken wider, von dem es getroffen wurde.

Dicht hinter dem Teufelchen ging Diane, während Duncan den Schluß bildete. Direkt vor ihm lief Andrew. Duncan hatte das Gefühl, der Eremit sei sehr müde. Ab und zu stolperte dieser und versuchte unter großem Gespritze mit Hilfe seines Stabes wieder das Gleichgewicht zu erlangen. Duncan wußte, daß bald eine Ruhepause nötig werden würde. Er hoffte, daß sie bald wieder eine felsige Insel erreichten. Zwei hatten sie auf ihrem Weg schon überquert. Er hoffte, daß sie auf eine dritte stießen.

Das Wasser war nicht tief, ging selten über die Knie, aber man kam nur mühsam vorwärts, da man bei jedem Schritt den Boden vor sich abtasten mußte, um einen sicheren Halt zu finden.

Zwischenfälle hatte es keine gegeben. Zweimal waren aus dem Sumpf große Leiber auf sie zugeschossen, hatten sie auf dem Felsenriff aber nicht erreichen können, weil das Wasser zu flach war.

Die ganze Nacht hatten sie das ferne Klagen über die Welt gehört, und Duncan war es jetzt, als seien sie ihm näher gekommen. Es klang lauter und schwankte nicht mehr so häufig von laut nach leise und umgekehrt. Irgendwie hatte er sich in den letzten Stunden an die unangenehmen Töne gewöhnt.

Andrew vor ihm stolperte wieder und brach in die Knie. Duncan faßte rasch zu und zog ihn hoch.

»Du wirst müde«, sagte er.

»Ich bin müde«, versetzte der Eremit. »Müde an Körper und Seele.«

»Das mit dem Körper kann ich verstehen«, meinte Duncan. »Das mit der Seele jedoch nicht.«

»Der Herr hat mir gezeigt«, erklärte Andrew, »daß ich mir durch meine jahrelangen Bemühungen ein gewisses Maß an Heiligkeit erworben habe. Und wie habe ich diese Gabe genutzt? Ich habe einen Dämonen aus seinen Banden befreit, habe mit einer Hexe zusammengearbeitet.«

»Dieses endlose Selbstmitleid wird dir eines Tages noch den Hals brechen«, sagte Duncan streng. »Denk daran, daß du ein Streiter des Herrn bist, auch wenn du dich selbst dazu ernannt hast.«

»Ja«, meinte Andrew, »aber was für ein erbärmlicher.«

»Dir wird es besser gehen«, sagte Duncan, »wenn du dich erst ein wenig ausgeruht hast. Der Tag war schwer für uns, und du bist nicht mehr der Jüngste. Bis jetzt hast du dich gut gehalten und gezeigt, daß du wirklich ein Streiter des Herrn bist.«

»Es wäre vielleicht besser gewesen«, erklärte Andrew, »ich wäre in meiner Klause geblieben und nicht auf Abenteuer ausgegangen. Die Reise hat mir mehr von mir selbst gezeigt, als mir angenehm ist. Ich habe nichts erreicht und . . .«

»Einen Augenblick«, unterbrach ihn Duncan. »Mir scheint, du hast eine Menge zuwege gebracht. Wenn du den Dämonen nicht befreit hättest, wäre er nicht in der Lage, uns durch den Sumpf zu führen.«

Andrews Gesicht hellte sich auf. »Daran habe ich noch gar nicht gedacht. Aber ich half eben doch einem, der dem Satan angehört.«

»Er gehört dem Satan nicht mehr an. Du weißt doch, daß er aus der Hölle geflohen ist.«

Duncan sah nach einiger Zeit eine felsige Insel aus dem Wasser ragen. Die anderen hatten ihre Anhöhe schon erreicht und verschwanden auf der anderen Seite. Er beschleunigte seine Schritte, nahm Andrew beim Arm und half ihm über das zerklüftete Gestein. Er stieß auf eine flache Felsplatte, die einen guten Sitz abgab, und drückte Andrew auf sie nieder.

»Bleib hier und ruh dich aus«, sagte er zu ihm, »bis ich dich hole.«

Andrew gab keine Antwort. Er zog die Knie an den Leib, legte die Arme darauf und ließ den Kopf sinken.

Duncan kletterte die Felsen hinauf und fand den Rest der Gruppe auf der anderen Seite. Alle hatten sich niedergelassen und rasteten. Zu Snoopy sagte er: »Ich glaube, wir sollten eine Weile hier bleiben. Bestimmt sind alle müde. Andrew ist fast am Ende.«

»Die anderen auch«, sagte Snoopy. »Conrad ist zwar groß und stark, aber der Arm macht ihm sehr zu schaffen. Ihr müßt mit dem Teufelchen reden. Es könnte immer weiter gehen. Es möchte nach einer kurzen Pause gleich wieder aufbrechen.«

»Warum hat es der Dämon so eilig?«

»Ich weiß nicht. Wir haben die Hälfte sicher schon hinter uns, obwohl das schwer zu sagen ist, weil alles so gleich aussieht. Es gibt kaum Anhaltspunkte.«

»Ich werde mit ihm reden. Er mag seine Gründe haben. Hast du Nan gesehen?«

Snoopy verzog des Gesicht. »Ich glaube, sie ist fort.«

»Du meinst, sie hat uns verlassen?«

»Sicher bin ich mir nicht, aber es ist möglich. Sie kann nicht sehr gut fliegen. Todesfeen hassen das Wasser. Außerdem drohen hier Gefahren.«

»Du meinst die Wesen, die auf uns zugeschossen kamen?«

»Ja. Solange wir auf dem Kamm sind, haben wir von ihnen nichts zu befürchten. Sie können uns nicht erreichen, weil das Wasser nicht tief genug ist und sie zu groß sind. Wenn es anders wäre, hätten sie uns schon verschlungen.«

»Drohen noch andere Gefahren?«

Snoopy zuckte mit den Achseln. »Kann ich nicht sagen. Ich habe nur Geschichten gehört. Niemand weiß Genaues über den Sumpf.«

Duncan ging vorsichtig zum Wasser hinunter. Dort fand er das Teufelchen auf einem Felsen kauern. Er ließ sich neben ihm nieder.

»Alle sind sehr müde«, sagte er. »Spricht etwas dagegen, daß wir hier bleiben und uns ausruhen, bis die Sonne aufgeht?«

»Wir sollten so rasch wie möglich den Sumpf hinter uns lassen«, sagte das Teufelchen. »Schaut einmal geradeaus. Seht ihr die drei Erhebungen dort? Das ist die Insel, auf der für die Welt gejammert wird.«

»Die Insel, auf der die Drachen sind?«

»Genau. Bei Nacht können sie möglicherweise nicht viel sehen. Aber wenn sie uns bei Tag im offenen Wasser entdecken, hacken sie uns tot, einen nach dem anderen.«

»Hätten wir auf der Insel, die sie bewachen, eine größere Chance?«

»Ja, weil sie uns dort nicht aus der Luft angreifen können. Sie haben weite Flügel und können nicht so nah an die zerklüfteten Felsen heran. Sie werden natürlich am Boden auf uns losgehen, aber dort kann man eher mit ihnen fertig werden. Wenn man ein paar von ihnen getötet hat, werden die anderen wahrscheinlich die Flucht ergreifen.«

»Du meinst also, wir sollten gleich wieder weiter?«

»Ich glaube, wir sollten versuchen, die Insel wenigstens vor dem Morgengrauen zu erreichen.«

»Wie weit ist es noch von der Insel des Klagens bis zum Ende des Sumpfes?«

»Nicht mehr weit, vielleicht eine Meile. Die Insel liegt dicht vor dem Westufer.«

»Wir könnten von der Insel aus versuchen, trotz der Drachen rasch das Ufer zu erreichen?«

»Wenn sie sehen, daß wir die Insel verlassen, sind sie vielleicht nicht so scharf auf eine Verfolgung. Sie haben die Aufgabe, die Insel zu bewachen. Das ist aber nur eine Vermutung.«

Über ihnen war ein leises Rauschen zu hören. Duncan sah auf und erblickte das Gespenst.

»Ich bringe schlechte Nachrichten«, sagte es. »Das Unerwartete ist geschehen.« Es machte eine bedeutungsschwere Pause.

»Heraus damit!« sagte Duncan ungeduldig.

»Die Horde zieht nicht mehr nach Norden. Sie hat kehrtgemacht«, sagte der Geist. »Sie lagert gegenüber der Insel des Klagens am Westufer, und ihre Mitglieder sind dabei, sich in einer dichten Kugel zusammenzuballen.«

»Mein Gott«, stieß Duncan hervor, »der Schwarm.«

Er wandte sich an das Teufelchen: »Du hast mir erzählt, daß sie sich zur Verteidigung zu einem Schwarm zusammenballen.«

»So habe ich es gehört«, nickte der Dämon. »So hat man diese Schwarmbildung gedeutet.«

»Cuthbert hat mir gesagt«, meinte Duncan, »daß die Horde von Furcht ergriffen ist. Er wußte nicht, was sie fürchtet. Warum sollte sie vor uns Angst haben? Sie ist uns gegenübergetreten, und wir sind wiederholt vor ihr geflohen. Wie können wir ihr denn gefährlich sein?«

»Es gibt genügend Beweise«, sagte das Gespenst, »daß sie Euch fürchtet. Die Mitglieder der Horde sind nie wirklich gegen Euch angetreten. Man hat die Haarlosen ausgeschickt, dazu höchstens ein paar Angehörige der eigentlichen Horde.«

»Was der Geist sagt, ist richtig«, meinte das Teufelchen. »Wenn euch die Horde nicht fürchten würde, hättet ihr schon vor Tagen den Tod gefunden.«

»Was wollt Ihr jetzt tun?« fragte der Geist.

»Zurück können wir nicht«, entgegnete Duncan. »Wir sind schon zu weit, um noch an Umkehr denken zu können. Je rascher wir durch den Sumpf sind, desto eher stehen wir ihnen gegenüber. Es gelingt uns vielleicht sogar, an der Horde vorbeizuschlüpfen. Ich weiß es nicht. Wir dürfen ihnen nur keine Zeit lassen. Vielleicht dauert es eine Weile, bis der Schwarm vollständig ist.«

Er sprang auf.

»Du bist bereit, uns weiterzuführen?« fragte er das Teufelchen.

»Ja.«

»Dann los!«

29

Die Klagelaute waren lauter geworden. Sie legten sich wie eine schwere Hand auf Land und Wasser, drückten alles Leben nieder.

Conrad stolperte vorwärts, ließ die Hand von Duncans Schulter gleiten. Duncan warf sich nach vorn, um Conrads Sturz abzufangen, und das Gewicht des großen Mannes riß ihn mit in das Wasser.

Es war das dritte Mal, daß Conrad stürzte, seit sie sich auf den Weg gemacht hatten, um die Insel der Klagen noch im Dunkeln zu erreichen.

Duncan kämpfte sich aus dem Wasser hoch und mühte sich, Conrad auf die Beine zu bringen. Der große Mann schnob und spuckte und sagte schließlich: »Herr, warum kann ich nicht einfach zurückbleiben?«

»Weil wir das Abenteuer zusammen begonnen haben«, sagte

Duncan. »Wir werden es auch zusammen zu einem Ende bringen.«

»Wo ist meine Keule?«

»Snoopy trägt sie.«

»Sie ist zu schwer für ihn. Er läßt sie vielleicht fallen, und dann kann sie von ihm forttreiben.«

»Hör mal«, sagte Duncan, »die Insel des Klagens liegt direkt vor uns, nur eine halbe Meile entfernt. Weiter müssen wir nicht. Und wir werden rechtzeitig dort sein.«

»Wo sind die Drachen?« fragte Conrad.

»Komm, stütz dich auf mich und geh weiter«, sagte Duncan laut.

Conrad kämpfte sich zitternd und schnaubend weiter. Sie hatten den Anschluß an die Gruppe verloren. Sie bewegte sich langsam in nicht allzu großem Abstand vor ihnen weiter. Diane kümmerte sich um Andrew, bewahrte ihn vor dem Hinfallen, trieb ihn zum Durchhalten an.

Bis jetzt war von den Drachen nichts zu sehen.

Nicht weit vor ihnen ragte ein Inselchen auf, kaum hundert Schritt vor der Insel des Klagens, deren Gipfel dunkel in den helleren Himmel ragten. Der Mond war inzwischen untergegangen, und Duncan war sich nicht mehr sicher, ob sich am östlichen Himmel nicht doch schon die Dämmerung ankündigte.

Die dunkle, untersetzte Gestalt des Dämonen stieg die kleine Insel hinauf und verschwand auf der anderen Seite. Ihm folgte Daniel, auf dessen Rücken sich Meg festgekrallt hatte. Dahinter kam Beauty, die anmutig über die Felsen tänzelte. Dann Diane, die Andrew führte, der trotz seiner Schwäche eisern seinen Stab umklammerte. Und hinter den beiden kam die dürre Gestalt Snoopys mit Conrads schwerer Keule auf der Schulter. Manchmal brachte sie ihn beinahe aus dem Gleichgewicht.

Tiny sprang zurück ins Wasser, um nachzusehen, was Duncan und Conrad machten, und ihre Stirn war in sorgenvolle Falten gelegt.

»Schon gut«, preßte Conrad mit zusammengebissenen Zähnen hervor. »Geh wieder zu den anderen.«

Tiny drehte sich zufrieden um und trottete durch das Wasser.

Sie erreichten die winzige Felseninsel.

»Vorsichtig«, sagte Duncan zu Conrad. »Halt dich gut fest an mir.«

»Ja, Herr«, antwortete Conrad.

30

Eine Stimme sagte: »Wacht auf, Herr.«

Duncan versuchte, sich in seinen Traum zurückzuziehen. »Laß mich in Ruhe«, murmelte er. Dann machte er ein Auge auf und sah Teufelchen, das sich über ihn beugte. Er öffnete das andere Auge und sah, daß er unter einem Felsvorsprung lag.

»Ihr seid jetzt wach«, sagte das Teufelchen. »Bleibt wach und schlaft nicht wieder ein.«

Duncan setzte sich auf und rieb sich die Augen. Er befand sich auf einer kleinen Felsbank, die geschützt unter einer überhängenden Felswand lag. Vor der Höhlung schien die Sonne, und zum Wasser des Sumpfes war es nicht sehr weit. Ein kleines Stück weiter lag Conrad auf der Seite, und Tiny hatte sich im Schlaf dicht an ihn geschmiegt. Andrew lag mit geöffnetem Mund auf dem Rücken und schnarchte.

Duncan wollte aufstehen und setzte sich wieder hin. Ihm wurde bewußt, daß er und die anderen erschöpft eingeschlafen waren, ohne die nötigen Vorsichtsmaßnahmen ergriffen zu haben. Sie hatten keine Wache aufgestellt, hatten die Gegend nicht ausgekundschaftet. Er fragte mit schwacher Stimme: »Ist alles in Ordnung?«

»Alles in Ordnung«, antwortete das Teufelchen. »Ich hielt Wache, während meine Gefährten schliefen.«

»Du warst doch auch müde.«

Das Teufelchen schüttelte den Kopf. »Nein. Ein Dämon kennt keine Müdigkeit. Doch jetzt wollen Euch Leute sprechen, Herr. Ich hätte Euch sonst nicht geweckt. Ein paar alte Frauen.«

Duncan seufzte und erhob sich. Er trat auf den Pfad vor der Höhlung und sah die Frauen. Sie waren zu dritt. Sie standen auf dem Weg, der vom Ufer auf die Anhöhe der Insel führte. Sie waren in schmutziggraue Gewänder gehüllt, die ihnen bis zu den Knöcheln reichten.

Sie führten Henkelkörbe mit sich und blickten ihm entgegen. Er wappnete sich durch tiefes Einatmen gegen die Wolke von Leid, die über der Insel lag, und ging auf sie zu.

Als sie sich gegenüberstanden, schwiegen sie erst einmal und sahen sich an. Die Frauen waren nicht mehr die Jüngsten, bemerkte er. Dann sagte diejenige, welche ein wenig vor den anderen stand: »Junger Mann, seid Ihr vielleicht der, der unseren

Drachen so übel mitgespielt hat?«

Die Frage war so unerwartet, daß Duncan unwillkürlich loslachte. Das Lachen war kurz und heftig und klang eher wie ein Bellen.

»Das hättet Ihr nicht tun dürfen«, sagte die Frau. »Ihr habt sie zutiefst erschreckt. Sie sind jetzt noch nicht zurückgekommen, und wir machen uns große Sorgen. Ich glaube, einen habt Ihr sogar getötet.«

»Erst, nachdem er mit aller Kraft versucht hatte, uns umzubringen«, antwortete Duncan scharf. »Erst, nachdem er die kleine Beauty getötet hatte, unsere Eselin.«

»Nur die Eselin?«

»Gute Frau«, fuhr er aufgebracht fort, »ich weiß nicht, wie Euch entgangen sein kann, daß Eure Drachen die blutgierigsten Geschöpfe sind, die ich je getroffen habe. Wir hatten zwar gute Gründe, es ihnen heimzuzahlen, haben aber selbst nichts unternommen. Wir waren zu müde, um richtig zuzupacken, weil wir den Sumpf durchquert hatten. Es war der Wilde Jäger, der sie in alle Winde zerstreut hat.«

Sie sahen sich fragend an. »Ich sagte es dir doch«, erklärte eine der beiden, die hinter der Wortführerin standen, »ich sagte doch, daß ich den Jäger und das Gebell seiner Hunde gehört hatte. Du sagtest, ich müsse mich getäuscht haben, da der Jäger nicht den Mut habe, sich dieser Insel zu nähern und uns bei unserer Arbeit zu stören.«

»Für Eure Arbeit interessiere ich mich ein wenig«, hakte Duncan ein. »Ihr seid die Klageweiber der Welt?«

»Junger Mann«, sagte die Sprecherin, »das geht Euch nichts an. Die Geheimnisse, mit denen wir beschäftigt sind, sind von Sterblichen nicht zu begreifen. Schlimm genug, daß Eure irdischen Füße den geheiligten Boden entweiht haben, auf dem Ihr steht.«

»Und doch«, sagte eine der anderen, »können wir Euch den Frevel verzeihen. Wir gewähren Euch symbolisch unsere Gastfreundschaft. Wir haben Euch etwas zu essen gebracht.«

Sie trat vor und setzte ihren Korb auf den Pfad. Die beiden anderen stellten die ihren daneben. Dann wollten sie gehen, doch Duncan hielt sie mit einer Geste zurück.

»Habt Ihr vielleicht von der Anhöhe Eurer Insel aus gesehen«, fragte er, »ob die Horde der Verheerer in der Gegend ist?«

Sie sahen ihn erstaunt an. »Wie albern«, sagte eine, »er ist so tief im Öden Land und hat noch nichts von den Verheerern gemerkt?«

Eine andere meinte: »Schaden kann es nicht. Die Horde, junger Mann, lagert nicht weit von hier am Westufer des Sumpfes. Sie muß wissen, daß Ihr kommt, denn sie hat einen Schwarm gebildet, wobei ich nicht begreife, weshalb sie wegen Euch schwärmen sollte.«

Duncan lachte sie an.

»Das Lachen wird Euch schon vergehen, wenn Ihr dem Schwarm gegenübersteht.«

»Und wenn wir umkehren«, sagte Duncan, »werden Eure lieben Drachen unser Tod sein.«

Die drei drehten sich verärgert um und gingen. Duncan begriff plötzlich, daß die drei irgendwie mit der Horde zusammenhingen, da sie als Klageweiber der Welt schließlich von dem Leid lebten, das in die Welt gebracht wurde. Er schickte ihnen einen halblauten Fluch nach, nahm die Körbe und schleuderte sie in den Sumpf.

Dann ging er den Pfad zurück. Conrad und das Teufelchen saßen nebeneinander auf der Felsplatte, auf der sie geschlafen hatten.

»Wo sind die anderen?« fragte er.

»Der Eremit und die Hexe holen Beautys Bündel«, antwortete das Teufelchen. »Sie sahen sie im Wasser treiben. Vielleicht findet sich in ihnen noch etwas Eßbares.«

»Wie fühlst du dich?« fragte Duncan Conrad.

Der große Mann grinste ihn an. »Das Fieber ist weg. Dem Arm geht es besser. Er ist weniger geschwollen, und der Schmerz ist erträglich.«

»Die junge Dame«, sagte das Teufelchen, »ist in diese Richtung gegangen.« Er zeigte Duncan die Richtung mit dem Daumen. »Sie sagte, sie wolle die Gegend ausspähen. Sie ist noch vor Eurem Aufwachen fort.«

Duncan schickte einen Blick zum Himmel. Die Sonne hatte die Mittagshöhe schon überschritten. Sie hatten einen Gutteil des Tages verschlafen.

»Ihr bleibt hier«, sagte er. »Wenn die anderen zurückkommen, haltet ihr sie fest. Ich suche jetzt Diane. Hier entlang, hast du gesagt?«

Der Dämon nickte grinsend.

»Wenn es etwas zu essen gibt«, setzte Duncan hinzu, »so eßt.

Wir müssen uns bald wieder auf den Weg machen. Wir haben keine Zeit zu verlieren.«

»Herr«, sagte Conrad, »wir werden uns der Horde stellen?«

»Es bleibt uns nichts anders übrig«, sagte Duncan. »Zurück können wir nicht, und hierbleiben ist unmöglich. Ich bin gleich wieder da.«

Er fand Diane auf einem kleinen Felsvorsprung, der in den Sumpf hineinragte. Sie wandte ihm das Gesicht zu, als sie seine Schritte hörte.

»Müssen wir weiter?« fragte sie.

»Bald«, erwiderte er.

»Ich weiß nicht«, sagte sie. »Der Horde gegenübertreten . . .«

»Ich muß Euch etwas sagen«, erklärte er. »Ich muß Euch etwas zeigen, das Ihr schon längst hättet sehen müssen.«

Er faßte in die Gürteltasche, zog den Talisman hervor und hielt ihn ihr hin.

Sie atmete heftig ein, streckte die Hand aus, zog sie wieder zurück.

»Wulferts Talisman?« fragte sie.

Er nickte.

»Wie habt Ihr ihn bekommen? Warum habt Ihr mir nichts gesagt?«

»Weil ich Angst hatte«, entgegnete Duncan, »Ihr könntet ihn für Euch beanspruchen. Ich brauchte ihn, versteht Ihr?«

»Ihr brauchtet ihn?«

»Gegen die Horde«, erklärte er. »Dafür ist er ja von Wulfert geschaffen worden.«

»Cuthbert sagte doch . . .«

»Cuthbert hatte sich getäuscht. Seit dem Tag, an dem ich ihn fand, hat er uns vor der Horde geschützt. Sie hat ihre Handlanger gegen uns ausgeschickt, doch bis auf wenige Ausnahmen sind keine Mitglieder der Horde gegen uns angetreten. Sie haben einen großen Bogen um uns gemacht.«

Sie streckte beide Hände aus und nahm den Talisman in Empfang. Sie drehte und wendete ihn langsam, und die gefaßten Edelsteine blitzten in der Sonne.

»Wie schön«, sagte sie. »Wo habt Ihr ihn gefunden?«

»In Wulferts Grab«, antwortete er. »Conrad versteckte mich nach dem Kampf im Garten dort. Ihr erinnert Euch, wo wir uns zum ersten Mal sahen.«

»Und Ihr habt ihn dort zufällig gefunden?«

»Als ich zu mir kam, lag ich auf ihm, was mir unbequem war. Ich dachte, es sei ein Stein, den jemand in das Grab geworfen hat. Zuerst wollte ich ihn Euch möglichst rasch übergeben, aber dann, als offenkundig wurde . . .«

»Ich verstehe«, sagte sie. »Und jetzt meint Ihr, Ihr könnt ihn gegen die Horde einsetzen und sie vielleicht vernichten?«

»Es ist ein Risiko«, erwiderte Duncan, »aber ich glaube schon. Uns hat offenbar etwas beschützt, und das kann nur der Talisman gewesen sein. Ich glaube, wir haben eine Waffe, die der Horde Furcht einjagt. Warum sollte sie sich sonst gegen uns zu einem Schwarm zusammentun?«

»Wulfert hat also die ganze Zeit recht gehabt«, sagte sie. »Die anderen hatten sich alle getäuscht. Sie verbannten ihn, obwohl er recht hatte.«

»Auch Zauberer können sich irren.«

»Noch etwas«, setzte sie hinzu. »Sagt mir doch, warum Ihr hier seid? Was geht vor? Warum müßt Ihr unbedingt nach Oxenford? Ihr habt es mir oder Cuthbert nie gesagt. Cuthbert hätte sich dafür interessiert. Er hatte viele Freunde dort, mit denen er Briefe tauschte.«

»Nun«, bekannte er, »ich habe eine Handschrift bei mir. Es ist eine lange Geschichte, aber ich will sie kurz erzählen.«

Er berichtete ihr mit so wenigen Worten wie möglich.

»Dieser Gelehrte in Oxenford«, sagte sie, »der die Echtheit des Manuskripts bestätigen kann, wißt Ihr, wie er heißt?«

»Er heißt Bischof Wise. Ein alter Mann, dem es nicht allzu gut geht. Deshalb sind wir in solcher Eile. Er lebt vielleicht nicht mehr lange.«

»Duncan«, sagte sie vorsichtig, »Duncan . . .«

»Ja? Habt Ihr den Namen schon einmal gehört?«

Sie nickte. »Er ist ein guter Freund Cuthberts.«

»Prima«, freute er sich.

»Nein, Duncan, nicht prima. Bischof Wise ist tot.«

»Tot?«

»Vor ein paar Wochen erreichte Cuthbert die Nachricht«, teilte sie ihm mit, »daß sein alter Freund gestorben ist. Wahrscheinlich war er schon tot, als Ihr von Standish House losgezogen seid.«

»Ach, mein Gott!« sagte er und fiel neben ihr auf die Knie.

Eine sinnlose Reise, dachte er. Alles umsonst.

»Diane«, sagte er erstickt. »Diane ...«

Sie nahm seinen Kopf in ihre Hände und zog ihn in ihren Schoß und hielt ihn wie eine Mutter den Kopf ihres Kindes.

»Weint Euch aus«, sagte sie. »Außer mir wird es keiner sehen. Tränen tun Euch vielleicht gut.«

Er weinte nicht, konnte nicht weinen. Bitterkeit stieg in ihm auf und füllte ihm den Mund mit galligem Geschmack.

»Duncan«, sagte sie, »ich trauere so tief wie Ihr.«

Er hob den Kopf und sah sie an.

»Der Talisman«, murmelte er.

»Ja, wir werden den Talisman einsetzen, wie Wulfert es sich gedacht hat«, sagte sie.

»Das ist alles, was uns bleibt«, fuhr er fort. »So kommt wenigstens noch etwas Gutes bei der Reise heraus.«

»Ihr zweifelt nicht an dem Talisman?«

»Doch, es gibt vielleicht Zweifel. Was bleibt aber zu tun?«

»Nichts«, sagte sie.

»Es ist möglich, daß wir sterben«, sagte er. »Der Talisman ist vielleicht nicht kräftig genug.«

»Ich werde bei Euch sein«, lächelte sie.

»Ihr vertraut Wulfert?«

»So sehr, wie Ihr Eurem Manuskript vertraut.«

»Und wenn alles vorbei ist?«

»Was meint Ihr damit, wenn alles vorbei ist?«

»Ich werde nach Standish House zurückkehren. Und Ihr?«

»Ich werde einen Platz für mich finden. Es gibt andere Zauberburgen. Ich werde dort willkommen sein.«

»Kommt mit mir.«

»Als Eure Dienerin, als Eure Geliebte?«

»Als meine Frau.«

»Bester Duncan, ich habe Zaubererblut in den Adern.«

»Und in meinen fließt das Blut gewissenloser Abenteurer, schrecklicher Kriegshelden, von Räubern, Wegelagerern und Brandschatzern.«

»Aber Euer Vater ist doch ein Herr.«

»Ein Herr und ein guter Mensch, und er wird dich wie eine Tochter lieben. Er hat nie eine Tochter gehabt. Er hat niemanden als mich. Meine Mutter ist vor Jahren gestorben. Standish House hat lange auf die Hand einer Frau gewartet.«

»Ich brauche Zeit zum Nachdenken«, sagte sie. »Aber eines kann ich dir jetzt schon sagen. Ich liebe dich sehr.«

31

Der Schwarm ruhte auf einer kleinen Anhöhe nicht weit vom Ufer des Sumpfes. Er bot einen schrecklichen Anblick, war schwarz und doch wieder nicht ganz schwarz, da er von einem zuckenden Leuchten erfüllt war, das wie ein Wetterleuchten am fernen Horizont aussah. Manchmal schien der Schwarm eine feste, schwarze Kugel zu sein, dann sah er wieder außerordentlich locker wie eine Rolle Garn aus, wie eine Seifenblase, die jeden Augenblick platzen konnte.

Duncan beobachtete ihn und meinte manchmal, eine Einzelgestalt, ein einzelnes Mitglied der Horde zu sehen. Es waren gräßliche Erscheinungen.

Er sagte zu denen, die sich um ihn versammelt hatten: »Ihr wißt, was wir tun wollen. Ich werde den Talisman hoch erhoben vor mir hertragen und ihn dem Schwarm zeigen. Ich werde langsam vor euch an der Spitze gehen. So«, sagte er und hielt den Talisman hoch, damit ihn alle sehen konnten. Die Edelsteine des Talisman fingen die letzten Strahlen der Sonne ein und glänzten wie eine mystische Flamme in allen Farben des Regenbogens, doch viel, viel heller als ein Regenbogen.

»Und wenn es nicht klappt?« brummte Conrad.

»Nun, dann ergreift jeder die Flucht, schnell wie der Blitz, zurück in den Sumpf und zur Insel.«

»Ich werde nicht wegrennen«, sagte Conrad. »Zum Teufel mit dem Wegrennen.«

Eine Hand fuhr hoch und entriß den Talisman Duncans Fingern.

»Andrew!« brüllte Duncan, doch der Eremit rannte schon nach vorn und auf den Schwarm zu. In der einen Hand hielt er den Talisman in die Höhe, die andere wirbelte den Stab durch die Luft. Aus weit geöffnetem Mund drangen Schreie, die nicht mehr zu verstehen waren.

Conrad war bleich vor Wut. »Der dumme, angeberische Narr!« heulte er.

Duncan machte einen Satz, wollte Andrew fangen und festhalten.

Vor ihm leuchtete grell ein Blitzstrahl. In seinem Glühen sah Duncan Andrew stehen und in hellen Flammen aufgehen. Als sie erloschen waren, sah Andrew wie eine qualmende menschliche Fackel aus, eine Fackel, die der heftige Wind ausgeblasen hatte.

Der Talisman war verschwunden, und Andrew fiel langsam in sich zusammen, bis nur noch ein Haufen Asche von ihm übrig war.

Duncan warf sich flach auf den Boden, und ihn durchzuckte der eine wilde, schreckliche Gedanke, daß die Horde nicht Wulferts Talisman gefürchtet hatte, daß es nicht der Talisman gewesen war, der sie auf dem langen Zug durch das Öde Land geschützt hatte. Ich hätte es wissen müssen, sagte er sich. Am Ufer hatte die Horde Harold den Räuber benutzt, um den Gegenstand zu gewinnen, den sie fürchtete, den sie aus mangelndem Mut nicht selbst fassen konnte. Und sie hatten den Talisman bekommen, ihn aber als eher wertloses Ding am Ufer liegenlassen.

Was sie jedoch nicht in die Hände bekommen hatten, war die Handschrift!

Das Manuskript, dachte er. Es war das Manuskript, das die Horde hatte vernichten wollen. Das war also der Sinn der letzten Verheerung. Man wollte den nördlichen Teil Britanniens veröden lassen, wollte Standish Abbey vom Rest der Welt abschneiden, auf die Abtei losgehen, in der sich die Handschrift befand. Als die Horde aber bereit war, gegen die Abtei anzugehen, befand sich die Handschrift des unbekannten Mannes, der mit Jesus mitgezogen war und alles gehört hatte, nicht mehr dort. Cuthbert hatte gesagt, daß die Horde sehr verwirrt und unsicher wirkte. Und das war sie natürlich. Die Handschrift, das wußten oder spürten die Verheerer, war nicht mehr an ihrem alten Ort, sondern wurde durch die Verheerungen getragen, die von der Horde verursacht worden waren.

Die Wiedergabe der Worte Jesu, wie er sie gesprochen hatte, ohne Änderung oder Zutat, der Bericht über jede Geste, jede Bewegung, jeden Gesichtsausdruck, hatte größere Wirkung gehabt, als sich ihr Schreiber vermutlich hatte träumen lassen. Duncan wußte, daß es sich so verhalten mußte. Sie mußte die Wahrheit enthalten, mußte ein Bericht sein, der die Ereignisse wiedergab, wie sie sich abgespielt hatten, sonst wäre Jahrhunderte später der Zauber nicht mehr kräftig gewesen. Sonst hätte die ganze Kraft und Herrlichkeit des einen Menschen, der gesprochen hatte, nicht mehr wirken können.

Duncan stieß die Hand in die Gürteltasche. Seine Finger schlossen sich um die Handschrift und zogen das knisternde Bündel heraus. Er stand auf, hielt sie hoch über seinen Kopf und ging mit einem Triumphgeschrei auf den Schwarm los.

Die große, dunkle, wirbelnde Kugel vor ihm wurde von vielen hellen Blitzstrahlen durchzuckt, und mit jedem seiner Schritte wurden sie heller, blieben jedoch innerhalb des Schwarms und schlugen nicht nach draußen. Es waren dieselben Blitze, die durch die Nebelbank am Hang über dem Burghügel gerast waren, die hinausgeschossen waren und Andrew zu einer lebenden Fackel hatten werden lassen, doch jetzt verließen sie die Kugel nicht.

Plötzlich zogen sich die Blitzstrahlen zusammen, und die Kugel wurde zu einem explodierenden Feuerball. Er platzte auf, und durch die Luft flogen viele qualmende Teile, stürzten überall um Duncan herum zu Boden, rauchten und schrumpften ein, als sie die Erde berührten. Einen Augenblick bäumten sie sich sterbend auf, dann waren sie tot und lagen still.

Die Horde war verschwunden, und mit der Dämmerung kam ein fauliger Gestank, der sich wie ein Nebel auf alles senkte.

Duncan ließ seine Arme fallen, hielt noch immer die Handschrift umklammert, die recht zerknittert war, weil sie von seinen Händen zu fest gehalten worden war.

Ein Klageschrei stieg in die Dämmerung auf, nicht der Jammer um die Welt, sondern ein Klagen, das aus der Nähe kam.

Duncan wandte sich um und sah Meg, die sich über die Asche beugte, zu der Andrew geworden war, und er wußte, daß sie den Klageruf ausgestoßen hatte.

»Wie das?« fragte Diane, die neben ihn trat. »Ein Eremit und eine Hexe?«

»Als wir sie zum ersten Mal sahen, gab er ihr ein Stück Käse«, sagte Duncan. »Er stützte sie, als wir den Pfad durch den Wald gingen. Er stand neben ihr, um den Pfad von der Waldlichtung freizuhexen. Genügt das nicht?«

32

Das Manuskript würde also nicht auf seine Echtheit überprüft werden. Bischof Wise in Oxenford war gestorben, und so gab es keinen Menschen, der es für echt erklären konnte. Es würde in die Abtei Standish zurückgebracht werden und dort vielleicht in einem schönen verzierten Behälter liegen. Die Welt würde nichts von ihm erfahren, weil niemand sagen konnte, ob es echt oder falsch war, ob es sich um ein wahres Dokument oder eine fromme Fälschung handelte.

Duncan sagte sich, daß für ihn die Echtheit über jeden Zweifel erhaben war. Es war die Wahrheit, die Echtheit der Handschrift gewesen, die wahren Taten und Worte Jesu, die zur Vernichtung der Horde geführt hatten. Von etwas weniger Starkem wäre die Horde nicht berührt worden.

Er faßte nach der Gürteltasche und hörte das Knistern, das ihn mit Gewißheit erfüllte. Wie oft, dachte er, hatte er das getan und dem Rascheln des Pergaments gelauscht. Er hatte jedoch nie die Dankbarkeit und Sicherheit empfunden, die er jetzt fühlte.

Diane neben ihm bewegte sich, er legte einen Arm um sie, und sie schmiegte sich an ihn.

Das Feuer schlug hoch zum Himmel, und das Teufelchen hatte etwas Glut zur Seite gezogen und röstete auf ihr mit Conrads Hilfe einige Fische, die sie zusammen in einem nahen Bach gefangen hatten.

»Wo ist das Gespenst?« fragte Duncan.

»Du wirst es nicht wiedersehen«, erwiderte Diane. »Es ist fort, um in einer Burg zu spuken.«

»In einer Burg? Wo nimmt es sie denn her?«

»Es meint den Burghügel«, sagte Diane. »Es hat mich um meine Erlaubnis gefragt.«

»Und du hast sie ihm gegeben?«

»Ich sagte ihm, ich hätte da nichts zu entscheiden, daß er aber ruhig hingehen könne. Ich könne es schließlich nicht aufhalten.«

»Das gleiche habe ich ihm auch gesagt«, meinte Duncan, »als es mit uns nach Oxenford wollte. Es überrascht mich, daß sich der Geist die Burg ausgesucht hat. Er wollte so dringend nach Oxenford.«

»Er sagte, er suche ein Zuhause, einen Ort, an dem er spuken könne.«

»Was würde Cuthbert sagen?«

»Ich glaube, er wäre zufrieden, wenn er es wissen würde. Das arme Gespenst wollte unbedingt ein Zuhause.«

»Wenn man es reden läßt«, sagte Duncan, »zerreißt es einem das Herz.«

»Was ist mit dem Teufelchen?« fragte Diane. »Was wird mit ihm geschehen?«

»Es kommt mit uns. Conrad hat es eingeladen.«

»Das freut mich«, sagte Diane. »Die beiden sind Freunde geworden. Das ist schön. Das Teufelchen ist zwar ein Dämon, aber kein schlechter Kerl.«

»Auf der Lichtung hat es Conrads Leben gerettet«, erklärte Duncan. »Conrad vergißt so etwas nicht.«

»Und Conrad war in der Burg freundlich zu ihm«, sagte Diane. »Du auch. Bis dahin war es von allen nicht sehr nett behandelt worden.«

Meg brachte ihnen auf Birkenrinde gebackenen Fisch und kauerte sich vor ihnen nieder.

»Wartet ein wenig mit dem Essen«, sagte sie. »Laßt ihn erst abkühlen.«

»Und du?« fragte Diane. »Was wirst du machen, da jetzt das Abenteuer sein Ende gefunden hat? Das Teufelchen zieht mit uns.«

»Auf Standish House«, sagte Duncan, »wird sich schon ein Platz für eine Hexe finden lassen.«

Meg schüttelte den Kopf. »Ich habe es mir überlegt. Ich wollte mit Euch darüber reden. Ich habe keine Hütte, kein Zuhause, versteht Ihr? Ich besitze überhaupt nichts. Andrew hatte doch seine Klause. Meint Ihr, er hätte etwas dagegen? Ich glaube, ich weiß, wo sie liegt. Snoopy will sie mir zeigen, wenn ich den Weg nicht finde.«

»Wenn du es wirklich möchtest«, sagte Duncan, »wird Andrew vielleicht glücklich sein, daß du dich dort aufhältst.«

»Ich meine«, sagte Meg, »daß er mich schon ein wenig leiden konnte. Als wir uns zum ersten Mal sahen, nahm er ein Stück Käse aus seiner Tasche. Er hatte schon daran genagt und gab es mir und . . .«

Sie konnte nicht weitersprechen, führte die Hände an die Augen, erhob sich geschwind und ging in die Finsternis hinein.

»Sie hat Andrew geliebt«, sagte Diane. »Merkwürdig, ein Eremit und eine Hexe.«

»Wir haben ihn alle geliebt«, erklärte Duncan, »ganz gleich, wie kratzbürstig er sich auch gab.«

Kratzbürstig und ein Streiter für den Herrn, der in den Tod gegangen war, bis zuletzt ausgeharrt hatte. Andrew und Beauty, dachte Duncan, ein Streiter des Herrn und eine Eselin.

Sie werden mir beide fehlen, dachte er.

Aus der Ferne trug der sanfte Wind die spitzen Töne des Klagens für die Welt herbei. Duncan sagte sich, daß jetzt mit den Jahren weniger gejammert werden würde. Es gab noch Leid auf der Erde, aber da die Horde sie nicht mehr heimsuchte, würde es immer weniger werden. Weniger Leid, in dem sich die Klageweiber auf der Insel baden konnten.

Diane setzte den Fisch auf der Birkenrinde auf den Boden und zupfte Duncan am Ärmel.

»Komm mit«, sagte sie. »Ich kann es nicht ganz allein tun. Du mußt dabei sein.«

Er ging mit ihr auf die Seite des Feuers, an der Snoopy seinen Fisch verzehrte. Diane trat vor ihn hin. Sie hielt das bloße Schwert in den Händen und hielt es ihm hin.

»Die Klinge ist zu wertvoll«, sagte sie, »als daß sie einem Menschen gehören könnte. Nimmst du es bitte wieder für das Zwergenvolk in Obhut? Bis die Zeit kommt, da es wieder gebraucht wird.«

Snoopy wischte sich sorgfältig die Hände ab und streckte sie aus, um das Schwert entgegenzunehmen. Er hatte Tränen in den Augen.

»Ihr wißt also, wem es einst gehörte?«

Sie nickte, wagte nicht, den Mund aufzumachen.

»Dann nehmen wir es gern zurück«, sagte Snoopy. »Wir werden es gut bewachen und es in hohen Ehren halten. Vielleicht wird es eines Tages wieder eine Hand geben, die wert ist, es zu führen.«

»Du sagst doch deinem Volk«, lächelte Diane, »wie sehr ich mich geehrt gefühlt habe?«

»Wir haben Euch vertraut«, erwiderte Snoopy. »Ihr wart uns nicht unbekannt. Wir können Euch im Haus der Standish finden?«

»Ja«, nickte Diane. »Wir werden am frühen Morgen aufbrechen.«

»Wir werden eines Tages kommen und Euch besuchen«, sagte Snoopy.

»Wir werden auf euch warten«, versicherte Diane. »Kuchen wird es geben und auch Bier. Und wir werden auf dem Rasen tanzen.«

Sie wandte sich ab und trat neben Duncan. Sie nahm ihn beim Arm.

»Und jetzt«, sagte sie, »freue ich mich auf morgen.«

Goldmann Verlag München

Lin Carter
Thongor in der Stadt der Zauberer

Thongor, der Mächtige, Herrscher von Lemuria, besiegt die Stadt Zaa – und ihre Zauberer. Aber so glanzvoll sein Sieg ist – er kann sie nicht alle vernichten. Einem von ihnen gelingt die Flucht.

Fantasy-Roman. (23259)
Deutsche Erstveröffentlichung.

Don Tracy
Der Mord zum Sonntag

Sam Martinson war Maler, kein Detektiv. Aber als er in sein Wochenendhaus in Florida kam und einen Toten auf dem Teppich fand – was hätte er tun sollen? Die Polizei verständigen? Sheriff Bailey wartete schon seit Jahren darauf, Sam etwas anzuhängen, warum nicht einen Mord? Also nahm Sam die Sache selbst in die Hand . . .

Thriller. (4690)
Deutsche Erstveröffentlichung.